Trish Doller

Du hast gesagt, es ist für immer

Trish Doller

DU HAST GESAGT, ES IST FÜR IMMER

Roman

Deutsch von
Sonju Rebernik-Heidegger

blanvalet

Die Originalausgabe erschien 2021
unter dem Titel »Float Plan« bei St. Martin's Griffin,
an imprint of St. Martin's Publishing Group, New York.

MIX
Papier aus verantwortungsvollen Quellen
FSC® C014496

Klimaneutral
Druckprodukt
ClimatePartner.com/14044-1912-1001

Penguin Random House Verlagsgruppe FSC® N001967

1. Auflage

Dieses Werk wurde im Auftrag von St. Martin's Press
durch die Literarische Agentur Thomas Schlück GmbH,
30161 Hannover, vermittelt.

Redaktion: Angela Kuepper
Umschlaggestaltung und -motiv: www.buerosued.de
Karte: © www.buerosued.de
Satz: Uhl + Massopust, Aalen
Druck und Bindung: GGP Media GmbH, Pößneck
LH · Herstellung: sam
Printed in Germany
ISBN: 978-3-7341-0986-7

www.blanvalet.de

In liebender Erinnerung an Miss Jean.
Ich vermisse dich jetzt schon.

Das beste Heilmittel für alles
ist Salzwasser – Schweiß, Tränen oder das Meer.

Isak Dinesen

Anna …

Man verspürt ein beinahe überwältigendes Glücksgefühl, wenn einem klar wird, dass das Leben bald vorüber ist und man den Entschluss, es zu beenden, in die Tat umsetzen wird. Vielleicht ist es das Adrenalin. Vielleicht die Erleichterung. Wenn ich mich jeden Tag so gefühlt hätte, wäre ich Marathons gelaufen oder hätte Berge bestiegen. Jetzt reicht es gerade, um das hier durchzuziehen. Ich hätte dich am ersten Abend an der Bar in Ruhe lassen sollen. Hätte ich es getan, müsstest du diesen Brief nicht lesen. Du würdest mit deinem Hund spazieren gehen oder mit deinem Freund vor dem Fernseher sitzen. Du hast es nicht verdient, dass ich dich in meine Scheiße hineinziehe, und du hast ganz sicher nicht den Schmerz verdient, den ich dir bereiten werde. Das hier ist nicht deine Schuld. Du warst die letzten zwei Jahre lang der einzige Grund, warum ich am Leben blieb. Ich wünschte, ich hätte dir eine gemeinsame Ewigkeit schenken können.

Du bist stark und tapfer, und eines Tages wird es dir wieder gut gehen. Du wirst dich verlieben, und ich hasse ihn jetzt schon dafür, dass er ein besserer Mann ist als ich. Irgendwann wirst du wieder glücklich sein.

Ich liebe dich, Anna. Es tut mir leid.

Ben

Zehn Monate und sechs Tage

Es ist Thanksgiving, als ich beschließe, mein gewohntes Leben hinter mir zu lassen.

Leute hetzen durch den Supermarkt, um in letzter Minute die Regale mit der Truthahnfüllung und den Fertigmischungen für den Kürbiskuchen leer zu räumen, während ich alles, was ich vielleicht brauchen könnte, in den Einkaufswagen werfe. (Trockenbohnen. Dosengemüse. Reis.) Ich laufe durch den Supermarkt wie eine Verschwörungstheoretikerin kurz vor dem Jüngsten Tag. (H-Milch. Limetten. Ersatztaschenlampe.) Ich beeile mich, damit ich nicht den Mut verliere. (Äpfel. Toilettenpapier. Rotwein.) Ich versuche, nicht an die Zeit danach zu denken. (Kohl. Spielkarten. Wasser.) Oder daran, was ich zurücklasse.

Meine Mutter ruft an, während ich die Einkaufstüten auf den Rücksitz meines vollgepackten Subarus hieve. Ich habe ihr noch nicht gesagt, dass ich zum Thanksgiving-Dinner nicht da sein werde, und sie kommt sicher nicht damit klar, dass ich die Stadt verlassen will. Immerhin habe ich den Großteil des letzten Jahres nicht mal das Haus verlassen. Sie wird Fragen stellen, und ich habe keine Antworten, also lasse ich die Sprachbox rangehen.

Als ich am Hafen ankomme, wartet die Alberg bereits auf mich. Der marineblau gestrichene, glänzende Rumpf. Der leere Heckspiegel, der noch immer auf einen Namen wartet. Einen Moment lang erwarte ich, dass Bens Kopf aus dem Niedergang auftaucht. Ich freue mich auf sein gewinnendes Lächeln und die Aufregung in seiner Stimme, wenn er mir erklärt, dass heute der große Tag ist. Aber die Luke ist mit einem Vorhängeschloss versperrt, und das Deck ist voller Vogelkacke – ein weiterer Teil meines Lebens, den ich in letzter Zeit vernachlässigt habe.

Vor zehn Monaten und sechs Tagen schluckte Ben eine Packung verschreibungspflichtiges Paroxetin und schwemmte die Pillen mit dem billigen Tequila hinunter, der immer unter seiner Spüle stand. Und ich habe keine Ahnung, warum. Er lag tot auf dem Küchenboden, als ich von der Arbeit kam. In seinem Abschiedsbrief stand, ich hätte ihm einen Grund zum Leben gegeben. Warum war ich nicht genug?

Ich atme tief ein, bis sich meine Lunge vollständig gefüllt hat, und lasse den Atem langsam entweichen. Dann steige ich aufs Boot und öffne das Schloss.

Die Luft ist stickig und heiß, und es riecht nach Holzwachs, frischem Segeltuch und einer Spur Diesel. Ich war seit Bens Tod nicht mehr an Bord. Spinnen haben in den Ecken Netze gesponnen, und alles ist von einer dünnen Staubschicht überzogen, aber die Veränderung raubt mir dennoch den Atem. Die Vertäfelung glänzt frisch lackiert. Die grässlichen braunkarierten Stoffbezüge sind rotem Segelleinen und peruanischen Mustern gewichen. Auf dem vorderen Schott hängt ein gerahmtes Schild mit der Aufschrift: *I & LOVE & U*

»Warum die ganze Arbeit, wenn du doch nie auf große Fahrt gehen wirst?«, frage ich laut, aber es ist nur eine weitere Frage, auf die ich keine Antwort bekomme.

Ich wische mir mit dem Ärmel meines T-Shirts über die Augen. Das ist eines der Dinge, die ich inzwischen über Selbstmord gelernt habe: Er bricht dir nicht nur einmal das Herz.

Ich brauche den ganzen Vormittag, um das Boot zu schrubben und zu putzen, mein Auto auszuladen und alles zu verstauen. Überall finde ich Dinge, die mich an Ben erinnern. Ein Kochtopf auf dem Boden des Hängeschranks, ein abgelaufenes Sixpack Heineken in der Achterpiek. Eine angeschimmelte orangefarbene Schwimmweste im Kühlschrank. Ich werfe alles in den Müll, aber trotz meiner Grünlilie, die über dem Handlauf hängt, und meinen Büchern auf dem Regal gehört das Boot Ben. Er hat es ausgesucht. Er hat es renoviert. Er hat die Route berechnet. Er hat das Datum für die Abfahrt festgesetzt. Meine Anwesenheit fühlt sich an wie eine vorübergehende Staubschicht.

Der letzte Gegenstand in meinem Kofferraum ist ein Schuhkarton mit Fotos von Bens alter Polaroidkamera, einer getrockneten Hibiskusblüte von unserer ersten Verabredung, einem kleinen Stapel anrüchiger Liebesbriefe und seinem Abschiedsbrief. Ich nehme ein Foto heraus – es zeigt Ben und mich vor dem Leuchtturm am Hillsboro Inlet, etwa eine Woche, bevor er starb – und stelle den Karton in die unterste Schublade der GPS-Station. Das Foto klebe ich an die Wand der V-förmigen Schlafkoje, direkt über mein Kissen.

Dann wird es Zeit zum Ablegen.

Eigentlich hatte ich vor, den Tag im Bett zu verbringen – wie jeden Tag seit Bens Tod –, doch die Benachrichtigungsfunktion meines Handys riss mich aus dem Schlaf. Der Text lautete: *HEUTE IST DER GROSSE TAG, ANNA! WIR SEGELN LOS!* Ben hatte die Benachrichtigung vor beinahe drei Jahren eingerichtet – an dem Tag, als er mir zum ersten Mal sein Segelboot gezeigt und mich gebeten hatte, mit ihm um die Welt zu segeln –, und ich hatte nicht mehr daran gedacht. Ich habe geweint, bis meine Augen brannten, weil es kein WIR mehr gibt und ich vergessen habe, wie ich ohne Ben ICH sein soll. Dann bin ich aufgestanden und habe gepackt.

Ich war noch nie ohne Ben mit dem Boot unterwegs. Ich verwende nicht immer die richtigen Fachbegriffe – *»Es ist eine Leine, Anna, kein Seil«* –, und ich habe Glück, wenn ich es bis zum Ende des Flusses schaffe. Aber ich habe weniger Angst davor, was passieren könnte, wenn ich allein durch die Karibik segle, als davor, was aus mir wird, wenn ich hierbleibe.

Mein Chef ruft an, während ich die Festmacherleinen löse. Er fragt sich sicher, ob ich heute noch komme, aber ich gehe nicht ans Telefon. Er wird es auch so bald merken.

Ich bitte den Wärter auf der Andrews-Avenue-Zugbrücke per Funk um Durchfahrt und tuckere langsam von der Kaimauer fort. Der Motor pufft und hustet nach der monatelangen Zwangspause, und die Strömung treibt mich den Fluss hinunter, während ich das Segelboot unter der geöffneten Brücke hindurchmanövriere. Als ich sie passiert habe, überholt mich ein großes Sportfischerboot. Am Achterdeck steht ein Kerl in einem pastellblauen Fischershirt und winkt mir zu. Er ist nur einige Jahre älter als ich und sieht auf abenteuerliche, sonnengebräunte Weise gut aus. Ich winke zurück.

Ich fahre an hoch aufragenden Wohntürmen und schnittigen weißen Mega-Yachten vorbei. Das Gitternetz aus Kanälen wird von riesigen Bauten gesäumt, in deren Eingangshalle das Häuschen meiner Mutter passen würde. Sie hat nie von einer Villa geträumt, aber wenn vier Leute in einem Haus mit zwei Schlafzimmern wohnen, ist mindestens einer zu viel. Mom behauptet, sie fände es herrlich, wenn all ihre Mädchen unter einem Dach vereint wären, aber ich hätte nie daran gedacht, nach Hause zurückzukehren. Ich wollte mein Leben mit Ben verbringen.

Vor der Zugbrücke an der Third Avenue erklärt mir der Brückenwart, dass ich warten muss, weil er gerade ein großes Sportfischerboot durchgelassen habe. Nachdem Ben sonst immer alles geregelt hat, wenn wir warten mussten, ziehe ich enge, vorsichtige Kreise, denn ich habe Angst, dass ich in ein anderes wartendes Segelboot krache. Bis die Autos anhalten und die Brücke sich langsam hebt.

Im Seehafen Port Everglades liegen die Kreuzfahrtschiffe

der Reihe nach an der Hafenmauer, und die übereinanderliegenden Decks sehen aus wie die Schichten einer Hochzeitstorte. Frachtschiffe steuern hinaus auf den Atlantik und von dort aus zu allen Häfen der Welt. Die Alberg fühlt sich klein und unbedeutend an, während ich zwischen ihnen hindurchnavigiere und überlege, ob ich die sicherere Route entlang des Intracoastal Waterways nehmen soll, anstatt mich aufs offene Meer zu wagen. Doch laut den Notizen in Bens Seekartenbuch soll ich zur Biscayne Bay segeln und von dort auf die Inselgruppe Bimini übersetzen. Und genau das habe ich vor.

Ich habe mir überlegt, was ich alles in Griffweite brauche, und während ich eine neue Schicht Sonnencreme auftrage, überprüfe ich noch einmal meine Ausrüstung. Wasser. Snacks. Bens zerlumpter Cowboyhut aus Stroh, den ich mir tief ins Gesicht ziehe. Mehrere Dosen Cola. Ein Handfunkgerät. Mein wasserdichter Survival-Rucksack samt Schwimmweste im nächstgelegenen Schrankfach. Handy.

Nachdem ich bald keinen Empfang mehr haben werde, rufe ich endlich meine Mutter an.

»Ich wollte dir nur sagen, dass ich mir Bens Boot geschnappt habe und eine Zeit lang herumsegeln werde.«

»Herumsegeln?« Sie schnaubt leise. »Anna, Schatz, wovon um alles in der Welt redest du da? Es ist Thanksgiving. Der Truthahn ist schon im Ofen.«

»Heute wären Ben und ich zu unserer Weltumsegelung aufgebrochen«, erkläre ich. »Ich … ich kann nicht mehr länger in Fort Lauderdale bleiben. Es tut zu weh.«

Sie schweigt so lange, dass ich glaube, die Verbindung wäre unterbrochen.

»Mom?«

»Das ist doch *bekloppt*, Anna. Vollkommen bekloppt.« Mom kam noch vor Rachels und meiner Geburt nach Amerika, aber manche deutsche Ausdrücke gebraucht sie nach wie vor, vor allem, wenn sie sich aufregt. »Du solltest nicht auf einem Boot herumsegeln, auf dem du nichts verloren hast. Du solltest nach Hause kommen und dir helfen lassen.«

Es ist nicht das erste Mal, dass sie mir rät, mir professionelle Hilfe zu suchen, aber ich brauche keinen Therapeuten, der mir sagt, dass es meine Entscheidung sei, wie lange ich trauere. Und dass es nicht meine Aufgabe sei, dafür zu sorgen, dass sich andere Leute in meiner Gegenwart nicht unwohl fühlen. Ich bin noch *nicht* bereit, mit meinem Leben weiterzumachen. Ich bin noch *nicht* bereit, mir einen neuen Seelenverwandten zu suchen. Und ich bin *verdammt noch mal* nicht mehr bereit, mit meiner Schwester und einer Zweijährigen in einem Zimmer zu schlafen.

»Ich melde mich, wenn ich auf den Bahamas bin.« Ein leuchtend blaues Containerschiff schließt von hinten zu mir auf. »Ich muss jetzt auflegen, Mom. Aber mir geht es gut. Wirklich. Ich rufe dich von Bimini aus an. Hab dich lieb.«

Ich stecke das Handy in die Tasche meiner Shorts und spüre, wie es vibriert, während ich so dicht wie möglich an den Rand des Kanals fahre. Wahrscheinlich ist es Mom, die mich zur Vernunft bringen will. Mein Handy wird vor Anrufen übergehen, bis ich den Empfang verliere. Aber ich kann mir jetzt keine Gedanken darüber machen, denn das gewaltige Schiff kommt immer näher.

Der Frachter fährt dröhnend vorbei, und Möwen kreisen zankend über den Fischen in seinem Fahrwasser. Sportfischer zischen vorüber. Andere Segelboote überholen mich. Die Hochhäuser der Skyline von Fort Lauderdale werden kleiner, und der saphirblaue Atlantik erstreckt sich bis zum Horizont. Das Wasser ist ruhig, die Luft frisch.

Ein perfekter Tag, um von zu Hause fortzulaufen.

Eine halbe Meile vor der Küste drehe ich das Boot in den Wind und stelle den Motor auf Leerlauf. Das Großsegel öffnet sich problemlos und bläht sich flatternd im Wind, doch ich bin mir nicht sicher, ob es weit genug oben ist. Ich öffne die Fock, setze die Segel und frage mich immer noch, ob ich alles richtig gemacht habe. Andererseits bewegt sich das Boot in die gewünschte Richtung, ich befinde mich nicht auf Kollisionskurs, und es ist nichts kaputtgegangen, was ich schon mal als Sieg einstufe. Ich mache den Motor aus und lehne mich für die sechsstündige Fahrt nach Miami in meinem Sitz zurück.

Die Gewässer hier sind mir nicht unbekannt. Ben und ich sind einmal nach Miami gesegelt und lagen eine Nacht in dem alten Marine Stadium vor Anker. Ein anderes Mal haben wir ein Wochenende im Biscayne National Park verbracht. Der Trip auf die Bahamas sollte ein Test werden, um zu sehen, ob wir es längere Zeit gemeinsam auf dem elf Meter langen Boot aushalten. Es wirkte groß, bis ich zum ersten Mal an Bord ging und begriff, dass es wie ein winziges schwimmendes Haus ist.

Hätten Ben und ich es geschafft, auf so engem Raum zusammenzuleben? Hätte unsere Beziehung gehalten? Die Tatsache, dass ich es nie erfahren werde, lastet wie ein Stein auf meinem Herzen. Es ist ein fortwährender, dumpfer Schmerz, der in Momenten wie diesem zu pochen beginnt. Wenn ich mich frage, wie unsere Zukunft ausgesehen hätte.

Ein Tümmler durchbricht die Wasseroberfläche neben der Alberg und reißt mich aus meinen Gedanken. Ich muss unwillkürlich grinsen, als ich mich an eine Diskussion über Delfine zurückerinnere, die wir einmal hatten. Ben nannte sie Vergewaltiger und Mörder.

»Lass dich von dem Lächeln und dem fröhlichen Geschnatter nicht täuschen. Sie sind Arschlöcher.«

»Tiere folgen nicht den moralischen Grundsätzen der Menschen«, widersprach ich. »Du solltest dich über echte Vergewaltigungen aufregen und nicht darüber, dass Delfine tun, was Delfine nun mal tun. Menschen sind die wahren Arschlöcher.«

Er musterte mich eine Weile, dann schenkte er mir ein Lächeln, bei dem meine Knie weich wurden.

»Mein Gott, Anna, was für ein verdammtes Glück ich doch habe, dass du bei mir bist.«

Ein zweiter Delfin gesellt sich zu dem ersten, und sie schwimmen dicht vor dem Boot herum, als wären sie auf eine Mutprobe aus. Dann springen sie aus dem Wasser und ziehen eine richtige Show ab, und es ist beinahe so, als hätte Ben sie mir geschickt. Das ist zwar lächerlich, aber ich sehe ihnen trotzdem zu, bis auch der Letzte der beiden verschwunden ist.

»Du wolltest doch bei mir bleiben.« Meine Worte werden vom Wind davongetragen. »Warum verschwindest du an einen Ort, an den ich dir nicht folgen kann?«

Ich bin mir nicht sicher, ob ich mit dem Delfin rede oder mit Ben. So oder so bekomme ich keine Antwort.

Die Sonne geht unter, und es wird bereits dunkel, als ich den Motor anmache und die Alberg in eine Marina in Miami Beach lenke. Ben hat *No Name Harbor* als unseren Zielpunkt festgelegt, doch ich habe noch nie selbst den Anker gesetzt, schon gar nicht im Dunkeln. Stattdessen manövriere ich das Boot umständlich zu einem leeren Liegeplatz und bin dankbar, dass niemand meine Anlegekünste und die schlecht geknoteten Leinen sieht.

Ich schlüpfe in eines von Bens alten T-Shirts, klettere in die Schlafkoje und öffne die Luke. Während ich versuche, an den hellen Lichtern Miamis vorbei und hinauf zu den Sternen zu gucken, denke ich an das letzte Mal, als Ben und ich auf dem Boot übernachtet haben. Es war auch eines der letzten Male, an denen wir uns geliebt haben. Sex ist nicht das, was ich am meisten vermisse, aber er fehlt mir trotzdem. Vor Ben hatte ich keine Ahnung, dass Einsamkeit an so vielen Stellen im Körper wehtun kann.

Ich male mir aus, wie er neben mir liegt. Seine warmen Hände auf meiner nackten Haut. Seine Lippen auf meinen.

Doch je mehr ich versuche, ihm in meiner Vorstellung näherzukommen, desto weiter weicht er vor mir zurück.

Gestrandet

Die Morgensonne dringt durch meine geschlossenen Lider, und mir wird schlagartig klar, dass ich verschlafen habe.

»Scheiße!« Ich krabble aus der Koje und hüpfe auf einem Bein durch die Kabine, während ich in eine abgeschnittene Jeans schlüpfe. Ich wollte Miami vor Sonnenaufgang verlassen, damit ich noch bei Tageslicht auf Bimini ankomme. »Scheiße. Scheiße. *Scheiße.*«

Ich putze mir hastig die Zähne und flechte die Haare, bevor ich mich auf den Weg ins Hafenbüro mache, wo ich eine unchristliche Summe für meine vermutlich letzte ruhige Nacht zahle. Mit der Gewissheit, zu spät dran zu sein, eile ich zurück zum Boot, löse die Leinen und schramme auf dem Weg aus dem Hafen nur knapp an einer Zwanzig-Meter-Yacht vorbei.

»Da haben Sie aber Glück gehabt, dass Sie mein Boot verfehlt haben«, schimpft ein Mann vom Achterdeck. Seine Augen sind hinter einer Sonnenbrille verborgen, und er verzieht missbilligend den Mund.

»Glauben Sie mir«, sage ich, und meine Wangen brennen vor Scham, »das ist mir bewusst.«

Ich fahre mit Motorkraft den Government Cut hinunter und an den Kreuzfahrtschiffen und Fähren vorbei hinaus aufs offene Meer, wo ich die Segel setze und das Boot auf den Kurs bringe, den Ben berechnet hat.

Wäre ich mit einem Schnellboot unterwegs, dann wäre ich bereits auf Bimini. Ich würde am Strand liegen, durch die Läden streifen oder in einer Strandbar an einem Fruchtcocktail nippen. Ich wäre durch den Golfstrom gepflügt und ein paar Stunden später angekommen. Aber ein Segeltörn nach Bimini dauert den ganzen Tag.

Ben und ich haben uns am Steuer abgelöst; ohne ihn fühle ich mich nicht wohl dabei aufzustehen. Ich kann nicht hinunter in die Kabine, um mir eine kurze Auszeit von der Sonne zu nehmen oder auf die Toilette zu gehen. Ich kann kein Buch lesen. In dem Gebiet zwischen Florida und den Bahamas wimmelt es von Tankern und Containerschiffen, die nach Norden zu den zahllosen Häfen in den USA und Europa oder nach Süden in Richtung Panamakanal unterwegs sind.

Der Wind ist schwach. Die Alberg schafft bloß vier Knoten. Ich kämpfe gegen die Müdigkeit an, während die Sonne über den Himmel zieht. Als ich wenig später hochschrecke, wird mir klar, dass ich vom Kurs abgekommen bin und die Segel gegen den Wind stehen. In meiner Verzweiflung schütte ich mir eine Flasche Wasser über mein Tanktop, doch es ist nicht kalt genug. Ich trinke lauwarme Cola und hoffe auf einen Koffeinschub. Erstelle eine Playlist mit den lautesten Punkrock-Songs, die ich finden kann, und gröle mit. Alles, um wach zu bleiben, während mein überhitzter Körper immer wieder einnickt.

Als ich das nächste Mal hochfahre, pflügt ein riesiges Containerschiff in etwa zehn Metern Entfernung an mir vorbei. Sein Rumpf ragt wie eine gewaltige Stahlwand vor mir auf. Es ist so nahe, dass ich den Deckarbeiter sehe, der vom Heck auf mich herabblickt. Die Alberg schwankt im Kielwasser des Schiffes. Ich habe keine Ahnung, ob mich der Kapitän gesehen hat, und falls er ins Horn stoßen ließ, habe ich es nicht gehört. Mein Herz schlägt bis zum Hals, und ich zittere am ganzen Körper, während ich die Alberg wieder auf Kurs bringe.

Du solltest nicht mit einem Boot herumsegeln, auf dem du nichts verloren hast.

Angst und Scham steigen in mir hoch. Ich hätte sterben können. Zerquetscht von einem Containerschiff auf dem Weg nach Cartagena. Wenn ich nicht einmal die fünfzig Seemeilen nach Bimini schaffe, wie soll ich dann die lange Überfahrt von den Turks und Caicos nach Puerto Rico überstehen? Mom hat recht. Ich sollte nach Hause zurückfahren.

Und dann?

Ich bin unentschuldigt der Arbeit ferngeblieben, und die Wohnung, in der ich mit Ben gewohnt habe, gehört jetzt einem Paar aus New Jersey, das den Winter im Süden verbringt. Selbst die Weite des Ozeans wirkt weniger leer als die Vorstellung, mein Leben ohne ihn zu verbringen.

Als ich ihn zum ersten Mal sah, saß er am Ende der Bar, ein Seekartenbuch vor sich und eine Flasche Red Stripe neben seinem sonnengebräunten Arm. Ich wusste damals noch nicht, dass es sich um ein Seekartenbuch handelte. Ich wusste nur, es war nicht normal, dass jemand seine Zelte in einer Piraten-Bar aufschlug, in der die Kellnerinnen wie Thekenschlampen gekleidet waren.

Meine beste Freundin Carla schnitt gerade Limetten, als meine Schicht begann. Der Tagdienst musste die Bar ausreichend bestückt für die Abendschicht hinterlassen – ein Gefallen, den wir vor der Sperrstunde erwiderten –, doch sie ließ sich mit der Vorbereitung der Garnierungen immer bis zur letzten Minute Zeit.

»Was ist mit dem Architekten dort los?« Ich griff nach einem Schälmesser und schnitt eine Zitrone in Scheiben, auch wenn es ihr Job war. Normalerweise bediente ich mit den anderen Kellnerinnen die Gäste an den Tischen, doch im Moment vertrat ich Denise hinter der Bar, da diese ein Baby bekommen hatte.

»Das ist eine *Seekarte*«, erklärte Carla. »Er will um die Welt segeln oder so. Keine Ahnung. Er ist süß, aber ich habe nicht genau zugehört. Für dich wäre er allerdings perfekt.«

»Was? Warum?«

Sie stieß mir gegen die Schulter. »Weil du, Anna Beck, unbedingt einen kleinen Popeye in deinem Leben brauchst.«

»Oh mein Gott.« Ich kicherte und warf dem Kerl einen Blick zu. Doch er konzentrierte sich auf seine Karte, als existierte um ihn herum sonst nichts. »Du bist schrecklich.«

Carla lehnte sich zu mir und drückte mir einen Kuss auf die Wange. »Aber du liebst mich trotzdem, oder?«

»Klar, und noch viel mehr, wenn du bleibst und die Orangen schneidest.«

»Ich habe gleich ein Date, und ich rieche, als wäre der Bierzapfhahn direkt vor mir explodiert … *weil* der Bierzapfhahn direkt vor mir explodiert ist«, erklärte sie und stopfte die Limettenscheiben in den Zutatenbehälter. »Also muss ich mich auf deine gewöhnliche Liebe verlassen.«

»Soll ich auf dich warten?« Ich teilte mir eine Wohnung mit Carla und zwei anderen Kellnerinnen aus dem Restaurant. Es war wie eine Stewardessenbude, die hauptsächlich zum Schlafen genutzt wurde, und ich glaube nicht, dass wir jemals alle vier gleichzeitig zu Hause waren.

»Eher nicht«, erwiderte sie mit einem Grinsen.

»Vergiss das Kondom nicht!«, rief ich ihr nach, doch Carla konnte man nicht in Verlegenheit bringen. Sie warf mir eine Kusshand zu und rief: »Wir brauchen sicher mehrere!«

Nachdem ich die Limetten fertig geschnitten hatte, trocknete ich mir die Hände ab und schritt langsam die Bar entlang. Ich stellte mich vor und zapfte frisches Bier. Am Ende stand ich vor dem Kerl mit der Karte. »Bereit für die nächste Runde?«

»Ich bin versorgt, danke«, erwiderte er und hob den Blick nicht von seinen Aufzeichnungen. Am Ende sah er doch noch kurz auf, und unsere Blicke trafen sich. Seine Augen waren braun und sanft, als könnte man weich landen, wenn man in sie hineinsank. »Oh! Ähm, ja. Ich glaube, ich nehme noch ein Red Stripe.«

»Okay.«

»Bitte«, fügte er hinzu, als ich mich zum Kühlschrank umdrehte, und diese kleine Höflichkeit änderte alles. Es klingt lächerlich, unmöglich und so abgrundtief absurd, dass ich mich auf den ersten Blick in ihn verliebte. Aber als ich mich mit der Bierflasche umdrehte und Ben Braithwaite mir zum ersten Mal sein gewinnendes Lächeln schenkte – nicht ahnend, wie weich meine Knie dabei wurden –, wusste ich, dass er ein Teil meines Lebens werden würde.

»Ich bin übrigens Anna.«

»Ben.« Er schüttelte mir über die Bar hinweg die Hand. Carla hatte recht gehabt. Er war auf jungenhafte Surferkumpel-Art süß. Definitiv mein Typ. Seine karamellfarbenen Haare reichten ihm beinahe bis zu den Schultern und wirkten so weich, dass ich am liebsten mit den Fingern hindurchgefahren wäre.

Stattdessen deutete ich auf die Karte mit der Bleistiftlinie von Florida zu einer Insel auf den Bahamas. »Woran arbeitest du da?«

»Ich habe ein altes Boot gekauft. Eine Alberg«, antwortete er und strahlte wie ein kleines Kind an Weihnachten. »Ich muss noch eine Menge Arbeit reinstecken, aber ich habe vor, sie zu renovieren und einmal um die … Ähm, ich glaube, da will jemand was von dir.«

»Ups, ich sollte wohl besser weiterarbeiten, was? Merk dir, was du sagen wolltest, ich bin gleich wieder da.«

Er lächelte, doch seine dunklen Augen wirkten ernst. »Ich gehe nirgendwohin.«

So war Ben. List und Tücke waren ihm fremd, und er spielte keine Spiele. Er war ernst und liebenswürdig, und er öffnete von Anfang an sein Herz für mich.

Der Himmel ist pechschwarz, als ich Bimini erreiche, und der rosa-goldene Sonnenuntergang ist nur noch eine Erinnerung. Ich hasse es, im Dunkeln in einen unbekannten Hafen zu segeln, doch daran bin ich einzig und allein selbst schuld. Ich stelle den Bug gegen den Wind, hole die Fock ein und senke das Großsegel.

Nach dreizehn Stunden auf See schmerzt mein ganzer Körper. Meine Gesichtshaut spannt von der Sonne und dem Wind, und nachdem ich mich zwei Mal mitten auf dem Meer ins Speigatt erleichtert habe, sehne ich mich nach einer heißen Dusche.

Ich suche mit Bens Taschenlampe nach Navigationsmarkierungen, während ich auf den Kanal zwischen Nord- und Süd-Bimini zusteuere. Es ist schwer, im Dunkeln etwas zu erkennen, und von den Inseln fällt kaum Umgebungslicht aufs Wasser. Ein Zittern geht durch die Alberg, als der Kiel über den Grund schrammt, und mein Herzschlag setzt einen Moment lang aus.

»Nein!« Ich reiße das Ruder herum und versuche, in die Mitte des Kanals zu steuern, doch das Boot hängt fest. »Ich werde sicher nicht hier stranden!«

Ich lege den Rückwärtsgang ein und hoffe, dass ich mich so aus der Misere manövrieren kann, doch nichts passiert. Das Geräusch, das mir entfährt, ist eine Mischung aus hysterischem Lachen und Schluchzen. Ich bin so nah am Ufer, dass ich vom Boot springen und an Land waten könnte.

»Verdammt!«

Ich suche in der Achterpiek nach meinem Handy, um nachzusehen, wann die Flut kommt, doch ich habe keinen Empfang. Wahrscheinlich ist das auch besser so – ich will gar nicht wissen, wie viele Nachrichten und Anrufe ich verpasst habe.

Ich lege das nutzlose Telefon zurück und hoffe inständig, dass die Flut und nicht die Ebbe bevorsteht, sonst wird es eine sehr, sehr lange Nacht.

Nachdem das Boot eine Zeit lang nirgendwohin fahren wird, steige ich hinunter und mache mir in der Pantry ein Truthahn-Sandwich – mehr kann ich von meinem Thanksgiving-Dinner dieses Jahr nicht erwarten. Mom ist vermutlich tief gekränkt, weil ich nicht da bin, und ich spiele erneut mit dem Gedanken, mein impulsives Vorhaben abzubrechen. Sobald ich von hier losgekommen bin, kann ich jederzeit nach Florida zurückkehren. Meinen Chef anbetteln, dass ich meinen Job wiederbekomme. Auf dem Boot wohnen. So lange so tun, als wäre alles okay, bis es das tatsächlich ist. Das wäre doch in Ordnung, oder nicht? Außer, dass sich Ben nicht mit Dingen zufriedengab, die bloß »in Ordnung« waren. Er wollte das Außergewöhnliche. Sollte ich das nicht auch wollen?

Wenn er jetzt hier wäre, würde er darüber lachen, dass ich

mich schäme, auf Grund gelaufen zu sein. *Wenn es niemand gesehen hat, ist es dann wirklich passiert?* Er würde eine Solarlampe an den Baum hängen, sich ein kaltes Bier gönnen und eine Playlist mit seinen liebsten Seemannsliedern starten. Er würde die Situation in eine Party verwandeln. Nachdem ich mein Sandwich gegessen habe, mache ich alles, was er auch getan hätte, als wäre es ein Ritual, das ihn mir vielleicht zurückbringt.

Doch das hat noch nie funktioniert.

Ohne Ben ist es zu viel. Ich mache die Musik nach ein paar Songs aus und lausche dem leisen, rhythmischen Rauschen der Wellen. Doch die Gedanken an Ben machen mich ruhelos. Ich stehe auf und laufe von einer Seite zur anderen, sodass das Boot zu schwanken beginnt. Vielleicht lockert der Meeresboden seinen Griff. Ich komme mir dumm vor, doch plötzlich geht ein Ruck durch das Boot, und es treibt mit der Strömung davon. Ich starte eilig den Motor, steuere zurück ins tiefere Wasser und bleibe dort, bis ich die Anlegestelle erreicht habe.

Es sind nicht viele Boote zu sehen, als ich den Anker vom Bug ins Wasser werfe, und das ist gut so, denn ich habe keine Ahnung, wie viel Leine ich auswerfen soll, und auch als ich schließlich das Gefühl habe, dass der Anker fest sitzt, fehlt mir das Fachwissen, um es definitiv sagen zu können. Ich mache das Ankerlicht am Mast an und hisse die gelbe Quarantäneflagge, damit die Zollbehörde weiß, dass ich noch nicht offiziell in die Bahamas eingereist bin.

Dann krieche ich voll bekleidet in die Koje und bete zu Gott, Ben und dem Universum, dass der Anker sich nicht löst und ich nicht an Land gespült worden bin, wenn ich morgen früh aufwache.

Ein biergeschwängertes Kaleidoskop

Der Himmel ist blassblau, als ich aufwache, was bedeutet, dass es entweder früher Morgen oder früher Abend ist. Die Uhr auf dem Regal neben meinem Kopf zeigt 6 Uhr 09 an, was auch keine große Hilfe ist. Ich kann unmöglich eine ganze Nacht und den darauffolgenden Tag verschlafen haben, doch als ich nach draußen klettere, geht gerade die Sonne unter. Der Horizont erstrahlt in kräftigen Streifen aus Rot und Violett, als hätte ihn ein zorniger Künstler eingefärbt. Andererseits gibt es da das Sprichwort »Abendrot, Gutwetterbot«, was durchaus vielversprechend klingt.

Das Boot ist nicht abgetrieben, während ich geschlafen habe, und es ist auch nicht gegen ein anderes Boot gekracht, was ich als kleines Wunder einstufe. Ich trete an den Bug, um die dilettantische Arbeit von gestern Abend zu begutachten. Wenn wir gemeinsam irgendwo vor Anker lagen, stand Ben alle paar Stunden auf, um sicherzustellen, dass der Anker hielt. Wenn das Boot zu sehr schaukelte, fuhr er hoch und war sich jedes Mal sicher, dass wir abtrieben. Meine Erleichterung wird von Schuldgefühlen abgelöst. Ich hätte besser aufpassen sollen. Ben hätte es getan.

Andererseits erledigt der Anker seine Arbeit, und ich fühle mich so ausgeruht wie seit Monaten nicht mehr.

Und hungrig.

Mit dem Beiboot zum Abendessen auf eine tropische Insel zu rudern klingt sehr verlockend, und aus den Strandbars wird Reggae-Musik übers Wasser getragen, doch die Zollbehörde ist mittlerweile schon wieder geschlossen. Vielleicht merkt es niemand, aber ich habe keine Lust, eine deftige Strafe zu zahlen. Also schenke ich mir stattdessen ein Glas Rotwein ein und mache Spaghetti ohne Fleisch, die ich direkt aus der Pfanne esse.

Morgen werde ich die behördlichen Angelegenheiten erledigen und Mom anrufen. Sie ist vermutlich krank vor Sorge, aber mein Handy hat noch immer keinen Empfang, und obwohl Bob Marleys Stimme über das Wasser driftet, reicht das Wi-Fi nicht bis hierher.

Ich werde morgen entscheiden, wie es übermorgen weitergeht. Die Überfahrt von Miami war der einfachste Part der Reise, und ich habe es vermasselt. Will ich das Risiko eingehen und glauben, dass das Glück mich die ganze Zeit nicht verlässt, während ich von Insel zu Insel segle?

Doch heute Abend spüle ich erst mal das Geschirr und lege mich anschließend aufs Vordeck, um hinauf zu den Sternen zu sehen und mich daran zu erinnern, wie Ben und ich gemeinsam hier lagen. Er deutete auf ein Sternbild. Ich kann mich nicht mehr erinnern, welches es war. Ich weiß nur noch, dass wir in einer von Mangroven bewachsenen Bucht vor Key Largo ankerten und so viele Sterne über uns leuchteten, als läge das ganze Universum in Reichweite.

»Da!«, meinte er. »Der kleine Stern ganz unten. Der gehört dir, Anna. Für immer und ewig.«

Ich erinnerte ihn nicht daran, dass das Licht, das wir am Himmel sehen, manchmal von bereits erloschenen Sternen stammt. Der Stern konnte mir nicht gehören, wenn es ihn nicht mehr gab. Hätte ich besser darauf geachtet, wohin er deutete, würde ich den Stern jetzt finden. Aber es spielt keine Rolle. Ich weiß auch so, wie es sich anfühlt, sich an das Licht eines erloschenen Sterns zu klammern.

Der Morgen an meinem zweiten Tag auf Bimini beginnt so hell, dass ich mich frage, wie ich den ganzen gestrigen Tag verschlafen konnte. Heute bin ich jedenfalls hellwach. Ich pumpe das Beiboot auf und rudere zum Hafen, wo sich das Büro der Zollbehörde befindet. Ich habe meinen Reisepass, die Bootspapiere, die Zollunterlagen und Bargeld für die Segelerlaubnis dabei. Ben und ich haben Horrorgeschichten über karibische Beamte gelesen, die zusätzlich Bestechungsgelder erwarten, weil niemand die Befugnis hat, sie davon abzuhalten. Doch die Beamten der Bahamas verhalten sich sehr geschäftsmäßig, während sie meinen Reisepass stempeln und mein Geld entgegennehmen.

Nachdem ich nun offiziell angekommen bin, rudere ich zurück zum Boot und nehme eine schnelle Dusche. Ich ziehe mich an, flechte meine Haare, sperre das Boot ab und mache mich erneut auf den Weg zur Insel.

Die Hauptstraße wird von pastellfarbenen Läden, Bars, Restaurants und Wohnhäusern gesäumt, und es gibt mehr Autos, als ich es auf einer Insel erwartet hätte, die bloß elf Kilometer lang und etwa zweihundert Meter breit ist. Bimini erinnert mich an das Lieblingsspielzeug eines kleinen Kindes. Schäbig und abgenutzt, aber heiß geliebt. Ich betrete einen winzigen, blau gestrichenen Lebensmittelladen und kaufe eine SIM-Karte für mein Handy, die auf den Bahamas funktioniert. Mein erster Anruf geht nach Hause.

»Gott sei Dank!« Die Erleichterung meiner Mutter ist deutlich zu hören, genauso wie Rachels Gemurmel im Hintergrund. Manchmal kommt es mir so vor, als hätte ich zwei Mütter und wäre fünf und nicht fünfundzwanzig Jahre alt. »Ich habe bei der Küstenwache angerufen und dich als vermisst gemeldet, aber sie meinten, sie können nichts tun, wenn du das Land verlassen hast.«

»Tut mir leid, dass ich mich nicht früher gemeldet habe«, erkläre ich. »Ich bin vorgestern Abend sehr spät hier angekommen und habe dann fünfzehn Stunden durchgeschlafen. Deshalb bin ich gerade erst an Land gegangen und musste mir noch eine neue SIM-Karte für mein Handy kaufen.«

»Ich verstehe das nicht, Anna. Das ist doch albern.«

Ich habe nicht angerufen, um mich mit ihr zu streiten, aber

ich gehe sofort in die Defensive. »Du sagst doch immer, dass ich mein Leben weiterleben soll.«

»Aber das tust du nicht«, widerspricht mir meine Mutter. »Du segelst auf Bens Boot, du lebst seine Träume. Du übergibst ihn nicht der Vergangenheit, du suhlst dich in Erinnerungen.«

»Vielleicht brauche ich das.«

»Anna, es ist fast ein Jahr vergangen.«

»Ich wusste gar nicht, dass Trauer ein Ablaufdatum hat.«

»Das meinte ich doch nicht. Du solltest mit einem Therapeuten reden.« Sie schnieft, und ich fühle mich noch mieser, als mir klar wird, dass sie weint. »Ich habe mir früher nie Sorgen um dich gemacht, aber mittlerweile tue ich nichts anderes mehr.«

»Es tut mir leid.«

»Ich will nicht, dass es dir leidtut, *Liebchen.* Ich will, dass du glücklich bist. Ben würde wollen, dass du glücklich bist.«

Eines der schlimmsten Dinge am Leben ohne Ben ist, dass jeder zu wissen glaubt, was er wollen würde. *Er würde wollen, dass du dich wieder verabredest. Er würde wollen, dass du glücklich bist.*

»Na ja«, murmle ich. »Aber er hat mit seinem Tod dafür gesorgt, dass ich so ziemlich das genaue Gegenteil von glücklich bin.«

»Bitte komm nach Hause.«

»Ich kann nicht.«

Mom bricht in Tränen aus, und ich höre Rachel schnauben,

während sie ihr das Telefon aus der Hand nimmt. Ich bereite mich auf eine heftige Standpauke meiner Schwester vor.

»Anna, hör auf mit dem Scheiß! Denk ausnahmsweise mal nicht nur an dich selbst.«

Als Kinder standen Rachel und ich uns sehr nahe. Wir sind kaum zwei Jahre auseinander, haben zusammen gespielt und sind gemeinsam zur Schule gegangen. Bevor er uns verließ, nannte Dad uns »zwei kleine Erbsen in einer Schale«. Doch nachdem Rachel Maisie bekam, wurde alles anders. Manchmal steigt Eifersucht in mir hoch, und ich verstehe nicht, warum. Rachel liebt ihren Job, und sie hat ein wunderbares Kind. Ich habe nur ein riesiges Loch, wo einst mein Leben war.

»Sag Mom, dass ich mich in ein paar Tagen wieder melde.« Ich beende das Gespräch und schalte das Handy auf lautlos.

Die Überfahrt von Florida war definitiv kein Erfolg – immerhin habe ich verschlafen, wäre beinahe von einem Frachter versenkt worden und bin ein paar Meter vor dem Ziel auf Grund gelaufen –, aber vielleicht bin ich jetzt mit den Missgeschicken durch. Vielleicht schaffe ich das Inselhüpfen durch die Bahamas und die Karibik. Allerdings führt die Route von den Turks und Caicos nach Puerto Rico vierhundert Meilen übers offene Meer, wo starke Passatwinde vorherrschen. Es gibt keine Abkürzung. Ich werde es auf keinen Fall allein schaffen. Ich muss mir Hilfe suchen.

Im Hafengebäude gibt es ein Schwarzes Brett mit Flyern von Tauchboot-Verleihen und ausgebleichten Ankündigungen diverser Fischerwettbewerbe. Ich pinne einen Zettel daneben:

GESUCHT
ERFAHRENE CREW
ZUR UNTERSTÜTZUNG FÜR DIE ÜBERFAHRT
VON DEN TURKS & CAICOS NACH PUERTO RICO
LOHN NACH VEREINBARUNG
INKL. VERPFLEGUNG
FÜR WEITERE INFOS BITTE NACHRICHT
AN 555-625-6470

Erfüllt von einer nervösen Energie, verlasse ich den Hafen und wende mich Richtung Süden. Die Insel ist inzwischen aufgewacht, Touristen kurven in Golfcarts herum, und Einheimische begrüßen einander im Vorbeigehen. Ich biege von der Hauptstraße auf eine kürzere Straße ab, die die schmale Insel der Breite nach durchquert, und lande vor einer kleinen Ansammlung Strandrestaurants. Ein paar junge Männer lungern vor einer der Türen herum, unterhalten sich lautstark, trinken Bier und hören Dance-Musik, die aus den Boxen vor dem Haus dröhnt. Hinter den Restaurants befindet sich der Strand, wo die Leute es sich auf Decken bequem gemacht haben. Ein Hund wälzt sich im Sand, und Kinder spielen im Meer, das so klar, türkis und kobaltblau ist, dass es beinahe unwirklich aussieht.

Ich betrete ein Restaurant namens CJ's, bestelle ein Eiersandwich zum Mittagessen und schnappe mir ein Bier aus dem Kühlschrank.

»Du kannst draußen warten«, erklärt die Frau hinter dem Tresen. »Wir rufen dich, wenn dein Essen fertig ist.«

Ich gehe auf die Holzterrasse mit den Picknicktischen und dem herrlichen Blick aufs Meer. Ein paar Männer trinken Heineken und unterhalten sich, doch ihr Akzent ist zu stark, und sie reden zu schnell, um etwas zu verstehen. Ich mache mit dem Handy ein Foto vom Strand und setze mich auf eine Bank im Schatten einer Pinie, um auf mein Essen zu warten. Zufrieden ist zwar nicht exakt das Wort, das ich für meinen Gemütszustand verwenden würde, aber ich fühle mich hier auf Bimini ein klein wenig leichter und hoffnungsvoller. Im Moment sind ein Eiersandwich und ein Bier alles, was ich brauche.

Nach dem Essen hole ich mir ein zweites Bier und steige von der Terrasse in den Sand. Überall verbringen Leute Zeit miteinander. Familien. Pärchen. Collegestudenten, die vermutlich mit der Express-Fähre übergesetzt haben. Ich wate ins Wasser und tue so, als wäre es vollkommen in Ordnung, dass ich mich allein auf einer tropischen Insel inmitten des glitzernden Ozeans befinde.

Die Wellen umspielen meine Unterschenkel, als ein braun gebrannter Junge von vielleicht acht oder neun Jahren auf mich zukommt. Er trägt triefnasse braune Shorts, die tief auf seinen schmalen Hüften hängen, und hält mehrere Tauchstäbe aus Plastik in der Hand. »Können Sie die für uns werfen?«

Die anderen Kinder hinter ihm sehen mich erwartungsvoll an. Ein kleines Mädchen in einem leuchtend pinkfarbenen Badeanzug hüpft auf einem Bein und versucht, auf dem unruhigen Untergrund nicht das Gleichgewicht zu verlieren. Ein zweiter Junge nickt aufmunternd.

»Klar.« Ich nehme die Stäbe, gehe etwas weiter hinein und werfe sie, so weit ich kann. Die Kinder hetzen kreischend hinterher und tauchen strampelnd unter. Ein Junge kehrt mit zwei Stäben zurück, das Mädchen mit einem. Der erste Junge hält die restlichen drei Stäbe wie eine Trophäe über dem Kopf. Es erinnert mich daran, wie meine Schwester und ich im Urlaub im Motel-Pool nach Münzen getaucht haben. Gewinner war, wer am meisten sammelte, und Rachel gewann fast immer.

»Ellis!«, ruft eine Frau von einer Decke ganz in der Nähe. »Lass die Frau in Ruhe! Sie muss dich nicht bespaßen.«

»Ist schon gut«, erwidere ich und nehme die Stäbe von Ellis entgegen. Ich werfe sie erneut, und während die Kinder ihnen hinterherschwimmen, drehe ich um und gehe zurück zum CJ's, um mir noch ein Bier zu holen.

Am Tresen stehen drei weiße Männer in pastellfarbenen Fischer-Shirts, Badehosen und mit Sonnenschilden auf dem Kopf. Der Kerl mit dem hellblauen Shirt sieht, wie ich ein Bier aus dem Kühlschrank nehme. Von den dreien ist er am ehesten in meinem Alter. Er schenkt mir ein breites Grinsen und meint: »Lass mich das für dich übernehmen.«

Und plötzlich bin ich unglaublich wütend auf Ben. Ich weiß, dass er versucht hat, seine Depressionen in den Griff zu bekommen. Als wir uns kennenlernten, hatte er fast sein ganzes bisheriges Leben damit verbracht, eine Medikamentenkombi zu finden, die ihm half. Warum holte er sich keine Hilfe, als er

Selbstmordgedanken hegte? Warum hat er mir nichts davon erzählt? Wir sollten gemeinsam hier sein, nicht nur ich allein.

Fick dich, Ben Braithwaite!

Ich habe schon lange keinen Kerl mehr abgeschleppt, aber es ist lächerlich einfach. Ich muss ihm bloß das Bier in die Hand drücken, lächeln und sagen: »Danke! Ich bin Anna.«

»Nett, dich kennenzulernen, Anna. Ich bin Chris.« Seine Nase schält sich. Sie ist voller Sommersprossen und verdammt süß. Eigentlich ist er von Kopf bis Fuß voller Sommersprossen. »Das ist Doug.« Er deutet auf den Kerl in dem pinkfarbenen Shirt. Der Älteste. Mitte, Ende dreißig. Ehering. »Und das ist Mike.« Gelbes Shirt. Schütter werdende Haare. Auf unscheinbare, dümmliche Art heiß.

ChrisDougMike. Sie sind so austauschbar wie die meisten Gäste, die in die Piraten-Bar kommen. Aber mir gefällt die sanfte Art, wie Chris meinen Namen sagt, und meine Knie werden ein wenig weich dabei. Außerdem hat er eine Sommersprosse direkt unter der Unterlippe, die aussieht wie eine verbotene Frucht. Und ich bin ein wenig beschwipst. Er merkt, dass ich seinen Mund anstarre, und grinst großspurig.

»Also, was führt dich nach Bimini?«, fragt er, während wir uns auf den Weg zu einem der Picknicktische machen. Er setzt sich neben mich.

»Ein Segelboot.«

Er lacht. »Ganz allein?«

Ich nicke. »Jap. Ich habe am Donnerstag in Fort Lauderdale abgelegt.«

»Moment!« Seine blauen Augen werden schmal, während er mich mustert. »Warst du das auf dem blauen Boot auf dem Fluss?«

»Jap.«

»Ich wusste, dass ich diese blonden Haare schon mal gesehen habe.« Er lässt die Finger über einen meiner Zöpfe gleiten und zieht sanft daran. Es ist eigentlich noch zu früh für eine derart intime Geste, aber wir befinden uns bereits auf Kollisionskurs. »Ich habe dir zugewunken.«

»Ach ja, genau.« Ich lächle. »Dann wart ihr also der Grund, warum ich zehn Minuten an der Third-Avenue-Brücke warten musste, damit der Verkehr durchfahren konnte.«

»Tut mir leid.« Sein verschlagenes Grinsen sagt mir, dass es ihm absolut nicht leidtut. »Ich hoffe, das ändert deine Meinung über mich nicht.«

»Was glaubst du denn, wie die aussieht?«

»Na ja.« Er nimmt einen großen Schluck aus der Flasche, und ich sehe zu, wie sein Adamsapfel auf und ab hüpft, als er schluckt. »Du bist ausreichend interessiert, um dich von mir auf ein Bier einladen zu lassen. Außerdem hast du bereits überlegt, wie es wäre, mich zu küssen.« Mein Gesicht beginnt zu glühen, und das Grinsen ist wieder da. »Du findest, ich habe Potenzial, also will ich meine Chance nicht vertun.«

»Deine Chance worauf?«

»Womit auch immer du mich durchkommen lässt.«

Der Nachmittag zieht vorüber, während wir abwechselnd eine Runde Bier nach der anderen bestellen. ChrisDougMike kommen aus Kanada, arbeiten im Verkauf – Autos, Spirituosen, Versicherungen – und sind auf Bimini, um Wahoos zu angeln. Sie reden über Angelruten und Spulen, erzählen Anglergeschichten, an die ich mich morgen nicht mehr erinnern werde, und Chris rückt immer näher. Ich höre auf, den Gesprächen zu folgen, als sich unsere nackten Knie unter dem Tisch berühren. Danach die Ellbogen. Arme. Schultern. Als würden wir miteinander verschmelzen.

Irgendwann gehen Doug und Mike hinunter an den Strand und lassen uns allein. Chris lehnt sich zu mir, und seine Lippen gleiten über meinen Hals. Mein Ohr. Blitze durchzucken mich.

»Willst du gehen?«, flüstert er. »Ich habe ein Zimmer.«

Zum ersten Mal seit Bens Tod denke ich nicht darüber nach, was er wollen würde. Er hat nichts mit der leisen Stimme in meinem Kopf zu tun, die mich drängt mitzugehen. Und ganz sicher nichts mit dem warmen Schmerz zwischen meinen Beinen. Chris' schwielige Hand gleitet unter den Saum meines Strandkleids und streichelt die Innenseite meines Knies.

»Anna.« Er drückt sanft zu.

»Ja. Gehen wir.«

Der Weg vom Strand zur Hotelanlage gleicht einem biergeschwängerten Kaleidoskop. Durcheinanderwirbelnde Bruchstücke aus Verlangen und Scham. Mein Rücken an der Wand eines geschlossenen Klamottenladens, Chris' Lippen auf meinem Hals, seine Finger in meinem Bikinihöschen, die mich nach Luft schnappen lassen. Wir laufen los. Ich verliere einen Flip-Flop. Wir fallen rücklings aufs Bett. Sein Mund und seine Zunge an Stellen, die außer mir seit Monaten niemand mehr berührt hat. Heißes, schwüles, blindwütiges Verlangen.

Meine Beine zittern immer noch, als Chris nackt aus dem Bett steigt, um ein Kondom aus seinem Kulturbeutel zu holen. Während er die Packung aufreißt, vibriert sein Telefon auf dem Nachttisch. Auf dem Display erscheint ein Foto, auf dem er eine hübsche Blondine in einem Hochzeitskleid küsst. Mist.

»Anna, warte.«

Mein Name aus seinem Mund klingt nicht mehr wunderschön, und – *mein Gott!* – ich war so naiv. Ben hat nie gelogen oder Spiele mit mir gespielt. Deshalb ist mir gar nicht in den Sinn gekommen, dass Chris verheiratet sein könnte, und ich habe überhaupt nicht daran gedacht, ihn zu fragen. Hätte er die Wahrheit gesagt, wenn ich es getan hätte?

Ich greife hektisch nach meinem Kleid auf dem Hotelzimmerboden und streife es mir über, während Chris in der Tür zum Badezimmer steht und zwischen dem Telefon und mir hin und her sieht, als hätte er noch eine Chance. Als könnte er noch irgendetwas sagen, um mich zum Bleiben zu bewegen. Mein Bikini liegt irgendwo zwischen den Laken, also lasse ich ihn zusammen mit meinem verwaisten Flip-Flop und einem riesigen Stück meiner Würde zurück.

Ich werfe einen letzten Blick auf Chris, bevor ich zur Tür hinausstürze. »Fick dich!«

Ich stolpere über das Hotelareal bis zu meinem Beiboot. Ich klettere die Leiter hinunter und sinke nieder. Ich habe keine Ahnung, wie lange ich einfach so dasitze und betrübt den

Geräuschen einer Insel lausche, die noch nicht gewillt ist, den Tag enden zu lassen. Ich bin aus Fort Lauderdale fortgelaufen, weil ich nicht bereit war, mein Leben fortzuführen, und doch habe ich mich dem erstbesten Mann in die Arme geworfen, der Interesse zeigte. Ich fühle mich schmutzig. Treulos.

Es tut mir so, so leid, Ben. Bitte verzeih mir.

Ich möchte zur Alberg rudern, den Anker lichten und fortsegeln, aber ich habe zu viel getrunken. Und Bimini ist nicht wirklich das Problem. Also rolle ich mich auf dem Boden des Beiboots zusammen und beginne zu weinen.

Fragezeichen

Als ich aufwache, liege ich in der Koje der Alberg, als wäre die vergangene Nacht nichts weiter als ein schlechter Traum gewesen. Abgesehen davon, dass ein stechender Schmerz meinen Schädel durchfährt und ich keine Ahnung habe, wie ich hierhergekommen bin. Ich schlage die Decke zurück und sehe, dass ich immer noch dasselbe Strandkleid trage. Meine Fußsohlen sind schwarz, mein Mund schmeckt, als hätte ich mich übergeben, und mein Bikini ist verschwunden. Ich erinnere mich noch an meinen schmachvollen Rückzug und daran, dass ich weinend im Beiboot lag, doch der Rest der Nacht ist ein großes Fragezeichen.

Ich schwelge einen Moment lang in dem erleichternden Gefühl, in Sicherheit zu sein, doch dann knarrt der Kabinenboden, und es riecht nach … Kaffee? Ich rolle mich auf die Seite, und mein Blick fällt auf einen dunkelhaarigen Mann, der an der Spüle in der Pantry lehnt und an Bens Lieblings-Captain-America-Becher nippt. Ein Teil von mir will aufspringen und ihm den Becher aus der Hand reißen, der schließlich *Ben* gehört, doch der weitaus größere Teil bleibt vernünftig und fragt sich, was dieser Fremde auf meinem Boot verloren hat. Immerhin durchwühlt er nicht die Schränke, als wäre er ein Dieb auf der Suche nach Wertgegenständen. Er wirkt entspannt und ungezwungen, als hätte ihn jemand hergebeten.

Habe ich ihn hergebeten?

Es kommt noch seltsamer, denn als ich den Blick über ihn schweifen lasse, erkenne ich, dass der untere Teil seines rechten Beines – von unterhalb des Knies bis zu dem schwarzen Adidas-Sneaker – nicht aus Knochen und Muskeln besteht. Der Mann trägt eine Beinprothese.

Was ist hier eigentlich los?

»Ähm … hallo?«

Er dreht sich zu mir um, und unter anderen Umständen wäre sein Anblick nach dem Aufwachen wohl einer religiösen Erfahrung gleichgekommen. Er sieht aus, als würde er abends mit seiner Gitarre in einem Pub singen, hat zerzauste Haare und einen Dreitagebart. »Oh, gut«, meint er. »Du bist wach.«

»Wer bist du?«

»Du erinnerst dich nicht?« Er legt sich eine Hand auf die Brust und verdeckt damit die abgeblätterte goldfarbene Aufschrift *CIARRAÍ* auf seinem ausgeblichenen grünen T-Shirt. Ich schätze ihn auf ein paar Jahre älter als mich, aber sein Grinsen erinnert an einen zehnjährigen Jungen, der einen Frosch hinter dem Rücken versteckt. Sein Akzent klingt irisch. »Jetzt hast du mir aber das Herz gebrochen.«

Ich setze mich auf und schwinge die Beine aus der Koje. Nachdem ich beinahe mit einem verheirateten Mann geschlafen hätte, kann ich doch unmöglich Sex mit einem anderen Fremden gehabt haben. Glaube ich zumindest. »Haben wir …?«

»Mein Gott, nein.« Er schenkt Kaffee in einen zweiten Becher ein. Mit Blumen und einem pinkfarbenen A für Anna. »Du warst sturzbetrunken. Aber ich fand das Angebot trotzdem nett.«

»Oh mein Gott.«

»War nur ein Witz.« Er tritt auf mich zu und hält mir den Becher entgegen. Einen Drink von einem Fremden anzunehmen – auch wenn er keinen Alkohol, sondern bloß Koffein enthält – ist ein Fehler, der einem eigentlich nicht zwei Mal hintereinander passieren sollte, aber der Kaffee riecht herrlich, und ich brauche ihn unbedingt, also greife ich nach der Tasse.

»Hier ist die Kurzfassung: Ich habe dich ohnmächtig in deinem Boot gefunden, und es kam mir nicht richtig vor, dich dort liegenzulassen, wo ganz Bimini deinen nackten Hintern sehen konnte.« Sein Akzent wird stärker, je schneller er redet. »Also habe ich dich hierhergebracht und dir in die Koje geholfen, doch dann wurde mir klar, dass ich nicht mehr zurückkonnte, es sei denn, ich hätte das Schlauchboot genommen. Aber in dem Fall hättest du nicht mehr von hier weggekonnt. Deshalb habe ich an Deck geschlafen. Ich hoffe, es ist okay, dass ich mir den Schlafsack geliehen habe.«

Als wäre der letzte Abend nicht schon beschämend genug gewesen, hat dieser Mann auch noch meinen nackten Hintern gesehen. Er hat mich gerettet, bevor … Na ja, wer weiß, was alles hätte passieren können, während ich ohnmächtig und halb nackt im Schlauchboot lag. Wenn ein anderer, weniger ehrenhafter Mensch mich zuerst entdeckt hätte. Er hat mich vor dieser Möglichkeit bewahrt – und vor meiner eigenen Dummheit.

»Wow, äh … danke, das war unglaublich nett.«

Er fährt sich mit der Hand durch die zerzausten Haare und senkt den Blick, bevor er mich ansieht. »Ich wollte einfach nicht, dass dir etwas zustößt.«

»Es ist nicht so, dass ich dir nicht unglaublich dankbar wäre. Das bin ich wirklich. Aber … *wer bist du?*«

»Oh, genau! Keane Sullivan.«

»Anna.« Ich habe nicht vor, ihm zu viel zu verraten. Wer weiß, was ich ihm gestern Abend erzählt habe, als ich betrunken war. »Woher wusstest du, welches Boot mir gehört?«

»Es gab nur eines ohne Beiboot«, erklärt Keane und zuckt mit den Schultern. »Die Chancen standen gut.«

»Also … danke. Für alles.« Ich nippe am Kaffee und werfe einen schnellen Blick auf mein Handy, ob jemand auf meine Annonce am Schwarzen Brett reagiert hat, während ich unterwegs war und einen Fehler nach dem anderen beging. Ich habe eine Nachricht von einer Nummer, die gar nicht wie eine Telefonnummer aussieht.

Ich bin professioneller Skipper und überstelle Segelboote. Wenn der Job nicht schon vergeben ist, hätte ich Interesse.

»Entschuldige mich bitte kurz«, sage ich und tippe eine schnelle Antwort.

Nein, der Job ist noch nicht vergeben.

»Hast du Hunger?«, fragt Keane, bevor er in seine hintere Hosentasche greift, um sein Handy herauszuziehen. »Tut mir leid, ich muss hier nur schnell zurückschreiben.« Er tippt eilig, während er weiterredet. »Wenn ich einen Kater habe, bringen mich ein Spiegelei und Toast mit Butter wieder auf Kurs.«

Beim Gedanken an ein Frühstück zieht sich mein Magen zusammen, und dieser Mann hat schon mehr als genug für mich getan. »Ich weiß nicht, ob ...« Mein Telefon piept mit einer neuen Nachricht.

Treffen wir uns in einer Stunde im Big-Game-Restaurant? Ich trage ein grünes Shirt. Mein Name ist übrigens Keane.

Ich unterdrücke ein Lachen, und meine Schultern beben, während ich antworte.

Du erkennst mich vermutlich an meinem Hintern.

Keane wirft einen Blick auf sein Telefon und anschließend auf mich und bricht in lautes Gelächter aus. Wir lachen, bis ich Tränen in den Augen habe und meine Rippen schmerzen. Seit Bens Tod habe ich nicht mehr so gelacht. Doch dann bleibt mir das Lachen im Hals stecken, weil ich … *Verdammt* … Ich bin noch nicht bereit für das hier. Ich habe nicht nachgedacht, was es bedeuten würde, das Boot mit jemandem zu teilen, selbst wenn es nur für ein paar Tage wäre. Keane ist groß und breit und nimmt eine Menge Platz ein.

Vielleicht sollte ich es mir doch anders überlegen.

Keane bemerkt es. »Alles okay, Anna?«

»Ich, ähm …«

Er streckt mir ein abgegriffenes, zusammengefaltetes Blatt Papier entgegen. Seine Referenzen umfassen eine zweiseitige Auflistung der Boote, auf denen er gearbeitet, und der Yachten, die er überstellt hat. Ben hat die Alberg gekauft, bevor er wusste, wie man segelt, aber Keane … er hat die ganze Welt bereist und sogar das Südmeer durchkreuzt.

»Hör mal, wenn es das Bein ist, dann kann ich dir garantieren, dass ich mit einem Bein sehr viel fähiger bin als die meisten anderen Leute, die noch alle zwei haben«, erklärt er ohne eine Spur von Angeberei. »Ich bringe dich nach Puerto Rico.«

»Es ist nicht das Bein, wirklich«, erkläre ich und gebe ihm die Referenzen wieder. Keane Sullivan macht einen korrekten Eindruck, und das ist ein beruhigendes Gefühl. Er wirkt wie jemand, dem ich vertrauen kann. »Das, was du gestern Abend für mich getan hast, beweist, dass du der perfekte Mann für den Job bist. Aber ich habe das alles nicht richtig durchdacht. Seit ich aus Florida fort bin, habe ich eine ganze Menge Fehler gemacht, und ich frage mich, ob eine Weiterfahrt nicht auch dazugehört.«

Er nickt, faltet die Liste wieder zusammen und steckt sie in die Hosentasche. »Verstehe. Wenn du deine Meinung änderst, hast du ja meine Nummer.«

»Danke noch mal«, sage ich.

»Keine Ursache, Anna«, erwidert Keane. »Würde es dir etwas ausmachen, mich zurück an Land zu bringen?«

Carla meinte einmal, dass man am besten eine Münze wirft, wenn man vor einer wichtigen Entscheidung steht. Denn in der Sekunde, in der die Münze in der Luft ist, spürt man, was man wirklich will. Ich habe keine Münze, aber als Keane sich abwendet und die Niedergangsleiter hochsteigt, wird mir klar, dass ich keinen Besseren finden werde, wenn ich ihn jetzt gehen lasse. Und ich will eigentlich noch nicht nach Hause.

»Warte. Ich habe meine Meinung geändert. Wie war das mit den Spiegeleiern?«

Keane stürzt sich auf sein Frühstück, als liefe eine Stoppuhr mit. Er erzählt mit vollem Mund, wie er mit gerade einmal siebzehn Jahren das County Kerry in Irland verließ.

»Meine älteren Brüder spielten Fußball oder machten Leichtathletik, aber mich hat das Meer schon immer magisch angezogen, und ich lungerte liebend gern auf Booten herum«, erklärt er und streicht Johannisbeerkonfitüre auf seinen Toast. »Sobald ich schwimmen konnte, zahlte meine Mom mir die ersten Segelstunden im örtlichen Segelclub, und seitdem mache ich nichts anderes mehr.«

»Dann ... bist du die ganze Zeit nur gesegelt?«

»Mehr oder weniger. Ich habe zuerst zum Spaß als Crew-Mitglied auf einigen irischen Segelbooten gearbeitet, dann habe ich für das *College of Charleston* in South Carolina an einer Regatta teilgenommen und mich mit der Zeit auf Yachten hochgearbeitet, die tatsächlich Chancen auf einen Sieg hatten. So habe ich einen Ruf als Weltklassesegler erworben und wurde immer gebucht, wenn jemand unbedingt gewinnen wollte.«

»Oh ... ähm ... wir sollten vielleicht mal über die Bezahlung reden.«

»Das sollte keine Andeutung sein«, erwidert Keane und deutet mit der Gabel auf mich, bevor er ein weiteres Stück Ei aufspießt. »Ich muss sowieso nach Puerto Rico, das heißt, wenn du mich mitnimmst, mache ich den Job umsonst.«

»Bist du dir sicher?«

Er nickt. »Klar. Ehrlich gesagt würde ich liebend gerne mit diesem herrlichen Boot segeln. Wie bist du dazu gekommen?«

»Mein Freund hat es in einer Werft in Fort Lauderdale entdeckt.«

»Der auf dem Foto?« Keane deutet in Richtung Koje.

»Ja.«

»Warum ist er nicht hier, wenn ich fragen darf?«

Ich habe Angst davor, ihm die Wahrheit zu sagen, denn ich

will nicht, dass er mir plötzlich gegenübertritt, als wäre ich aus Glas. Trotz meines fehlerhaften Verhaltens gestern Abend hat er mich bis jetzt wie einen vollwertigen Menschen behandelt. Aber ich muss ehrlich sein, denn wenn ich zwischendurch die Fassung verliere, sollte er den Grund dafür kennen.

»Er ist … ähm … er hat vor zehn Monaten Selbstmord begangen.«

Keane hebt den Blick und sieht mich mit großen braunen Augen an. »Mann, das ist echt beschissen.«

Ich stoße unwillkürlich ein kurzes Lachen aus, dann presse ich mir entsetzt die Hand auf den Mund. Bens Tod ist alles andere als witzig, aber Keanes Reaktion hat mich vollkommen unvorbereitet getroffen. Tränen brennen in meinen Augen, und ich sehe alles nur noch verschwommen.

»Als ich mein Bein verloren habe«, fährt er fort, »haben sich ständig alle entschuldigt. Klar tat es ihnen leid, dass ich so etwas Schreckliches erleben musste, aber ich hatte es so verdammt satt, es andauernd zu hören. Ich hoffte immer, dass irgendwann jemand sagen würde: *Mann, das ist echt beschissen!*«

»Es ist ja auch echt beschissen.« Ich reibe mir mit den Handballen die Augen. Dieses Mal lache ich, weil ich mich schäme. Er hat mich bisher nur von meiner schlechtesten Seite kennengelernt. »Also, danke.«

»Gerne geschehen.« Ich sehe Verständnis in seinen Augen, und zum ersten Mal seit Monaten fühle ich mich nicht wie ein verschimmelter, undefinierbarer Klumpen in der hintersten Ecke des Kühlschranks. Ich fühle mich *gesehen*.

»Wann möchtest du losfahren?«

»So bald wie möglich.«

Nach einer Dusche fühle ich mich wie ein neuer Mensch, und während Keane mit dem Beiboot zu der Yacht rudert, die er gestern aus Key West überstellt hat, und seine Sachen holt, checke ich die Nachrichten auf meinem Handy, die ich bisher ignoriert habe.

Moms Sprachnachrichten schwanken zwischen wütend und weinerlich. Sie verlangt, dass ich zurückrufe. Sie fleht mich an, nach Hause zu kommen. Es tut weh, sie so zu hören. Ihr Leben war nicht einfach. Dad zerrte sie als Soldatenfrau in die Vereinigten Staaten und verließ sie, als meine Schwester und ich noch klein waren. Ich habe immer versucht, ihr keine Sorgen zu bereiten, aber ich verfüge nicht über ihren deutschen Gleichmut. Ich kann nicht so tun, als würde meine Trauer nicht existieren.

Ich habe eine Nachricht von meinem Boss, der mich darüber in Kenntnis setzt, dass ich offiziell gefeuert bin. Und eine zweite, in der er mich daran erinnert, dass ich meine Arbeitsklamotten bezahlen muss, wenn ich sie nicht zurückbringe.

Und dann ist da noch eine Sprachnachricht von Bens Mutter. Sie hat kaum mit mir geredet, als ihr Sohn noch am Leben war, und nach seinem Tod erhielt ich einen Brief, in dem sie mir eine Woche Zeit gab, um aus seiner Wohnung auszuziehen. Sie hat mich wie Abfall entsorgt. In den letzten Wochen hat sie mir mehrmals Nachrichten hinterlassen, doch ich habe sie alle gelöscht. Genau wie diese hier.

Anstatt Mom anzurufen, schreibe ich ihr eine E-Mail und berichte, dass ich einen professionellen Skipper engagiert habe, der mich nach Puerto Rico bringen wird. *Versuch, dir nicht allzu viele Sorgen zu machen*, schreibe ich. *Ich rufe aus San Juan an. Ich hab dich lieb.*

Das Geschirr ist sauber und verstaut, und mein Bett ist gemacht, als ich meinen Namen höre. Ich klettere an Deck und sehe Keane, der im Schlauchboot neben der Alberg treibt. Er greift nach seinem riesigen gelben Seesack und hebt ihn mit einer Hand zu mir hoch. Er ist so schwer, dass ich nach hinten stolpere.

»Du meine Güte«, stöhne ich. »Hast du Steine eingepackt?«

Er lacht. »Nein, das sind nur meine gesamten weltlichen Besitztümer.«

»Echt?«

»Aye.« Er reicht mir die Ruder und klettert aufs Boot, wobei er das Schlauchboot hinter sich hochzieht. Ich habe Leute mit Beinprothesen gesehen, die einen Stock oder Krücken brauchten, doch Keane bewegt sich geschmeidig, und man sieht, dass er auf Booten wie diesem zu Hause ist, Prothese hin oder her. »Seit Kurzem denke ich, dass es Zeit wird, sie noch weiter zu reduzieren.«

Ich ziehe den Stöpsel, um die Luft aus dem Schlauchboot zu lassen, und beschließe, ihm nicht zu erzählen, dass all meine Klamotten hier auf diesem Boot sind. Darunter auch ein paar

Riemchensandalen im Hängeschrank und ein paillettenbesetzter bronzefarbener Rock in der Schublade. Er muss nicht wissen, dass ich ein Wrack bin, das aus einer Laune heraus alles hingeworfen hat. Das wird er noch früh genug herausfinden.

Verflucht unfair

Mit jemandem zu segeln, der einen ablöst, wenn man müde ist oder auf die Toilette muss, ist etwas vollkommen anderes, als allein unterwegs zu sein. Keane und ich einigen uns auf Vier-Stunden-Schichten, sodass jeder von uns Zeit hat, etwas zu essen, ein Nickerchen zu machen oder ein wenig zu lesen. Zu Beginn seiner ersten Schicht wirft Keane eine Angelschnur vom Heck aus ins Wasser. Bimini verschwindet langsam am Horizont.

Ich bin unten in der Kabine und überlege, was ich zum Abendessen kochen soll, als die Kurbel sich zu drehen beginnt und Keanes Angel sich biegt.

»Anna«, ruft er. »Hilfst du mir mal, bitte?«

Ich übernehme das Ruder, während er nach der Angel greift und den Kampf mit dem Fisch am anderen Ende aufnimmt.

»Könnte ein Barrakuda sein. Oder ein kleiner Hai.« Seine Oberarmmuskeln spannen sich, während er kurbelt und den Fisch näher und näher zieht. Kurz darauf sehe ich ihn als silbernen Fleck unter der Wasseroberfläche, der wild hin und her zuckt und gegen sein Schicksal ankämpft. Keane zieht ihn an Deck, wo er sich windet und mit der Flosse schlagend nach Luft schnappt.

»Was ist es?«, frage ich.

»Eine Makrele.« Er greift nach der Winschkurbel, und ich zucke zusammen, als er den Fisch mit einem schnellen Schlag auf den Kopf tötet. Danach tauscht er die Kurbel gegen ein Filetiermesser und schneidet die Makrele vom Kopf bis zur Schwanzflosse auf. Das Herz pocht, als hätte es noch nicht mitbekommen, dass der Fisch tot ist. »Willst du einen Bissen?«

»Was? Jetzt?«

»Ein frischeres Sashimi kriegst du nirgends«, erwidert er und hält mir ein ausgefranstes Stück rohes Fleisch entgegen.

Es ist warm und fühlt sich mineralisch auf der Zunge an, kein Vergleich zu den gekühlten, sorgfältig zubereiteten Röllchen in meiner Lieblings-Sushi-Bar. Hier gibt es keine kleinen Schalen mit Sojasoße oder dekorativem Wasabi. Bloß eine Plicht, in der es aussieht wie nach einem Gewaltverbrechen. Ich esse ein zweites Stück und ein drittes und fühle mich ein wenig wie bei *Herr der Fliegen*. »Ich dachte, es wäre eklig, aber …«

»Unglaublich, oder?« Keane häutet den Fisch und wirft die Innereien über Bord. »Ich filetiere einen Teil fürs Abendessen und lege den Rest in den Gefrierschrank.«

Er trägt den Fisch hinunter in die Pantry, und ich nehme den Eimer, in dem ich das Geschirr wasche, um die Plicht zu putzen. Als Keane seine Schicht wieder aufnimmt, bleibe ich bei ihm.

»Aus welchem Teil Irlands stammst du?«

»Aus einem kleinen Ort an der Südwestküste namens Tralee. Aber das sagt dir wahrscheinlich nichts. Die nächstgelegene bekanntere Stadt ist Killarney.«

»Ich habe auch noch nie etwas von Killarney gehört, also ...«

Er lacht. »Und du kommst aus Florida?«

»Geboren und aufgewachsen in Fort Lauderdale.«

»Was machst du beruflich?«

»Kennst du Hooters?«

Keane wirft mir einen Blick zu, doch seine Augen verstecken sich hinter seiner Fliegersonnenbrille, weshalb ich keine Ahnung habe, was er gerade denkt. »Das Konzept ja, aber ich war noch nie dort.«

»Die Bar, in der ich gearbeitet habe, ist so ähnlich wie Hooters, nur im Piraten-Style«, erkläre ich. »Die Kellnerinnen sind sexy Piratinnen, und die Bardamen tragen schwarze Tanktops mit der Aufschrift *Thekenschlampe* auf dem Rücken.«

»Hat dir die Arbeit Spaß gemacht?«

»Wenn man in so einem Laden arbeitet, glauben die Leute entweder, man ist eingebildet und stellt sich gerne zur Schau, oder sie gehen davon aus, dass man ein geringes Selbstwertgefühl hat und sich unter seinem Wert verkauft«, antworte ich und denke an die Seitenhiebe von Bens Mutter. »Kaum einer denkt daran, dass die meisten Frauen arbeiten, um in einem patriarchalischen System, das sich sobald nicht ändern wird,

Rechnungen zu bezahlen oder ihre Familien zu unterstützen. Ich finde es nicht gerade berauschend, als Objekt dargestellt zu werden, aber ich habe jede Menge Geld damit verdient. Meine Gefühle dazu sind also zweigeteilt.«

»Geht mir auch so. Ich bin mir nicht sicher, ob ich mich als Gast in einem Laden wohlfühlen würde, in dem das Personal mehr oder weniger Teil der Speisekarte ist. Aber *sexy Piratinnen?*« Keane grinst. »Dagegen hätte ich nichts einzuwenden.«

»Das ist nur fair.« Ich stehe auf und mache mich auf den Weg zum Niedergang. »Ich hole mir eine Cola. Willst du auch eine?«

»Gerne, danke … *Thekenschlampe.*«

Ich zeige ihm den Mittelfinger, und sein Lachen folgt mir hinunter in die Kabine. Als ich den Kühlschrank öffne, fällt mein Blick auf das Foto am Schott.

I & LOVE & YOU.

Die Traurigkeit schlägt wie eine Welle über mir zusammen, und ich klettere in die Koje zu Bens Foto.

Als er mich an jenem Morgen geweckt hat, war es draußen noch dunkel. »Komm, Baby, wir sehen uns den Sonnenaufgang an«, flüsterte er.

Ich zog mir etwas über, und er fuhr mit mir zum Hillsboro Inlet. Wir saßen auf der Motorhaube seines alten blauen Land Rovers, während die Sonne langsam aufging, und er küsste mich unter dem goldenen Himmel, der nach und nach blau wurde und von rosafarbenen Streifen durchzogen war.

Das Foto – mit dem Leuchtturm im Hintergrund – sollte eine Erinnerung an das Bild sein, das wir bei unserer ersten Verabredung gemacht hatten. Ich drücke ihm einen Kuss auf die Wange, während er in die Kamera lächelt. Ich hatte keine Ahnung, dass es unser letztes gemeinsames Foto sein würde.

Es ist so verflucht unfair, dass Keane hier ist und Ben nicht. Keane sollte nicht dort oben mit der Hand auf dem Ruder auf Bens Lieblingsplatz sitzen. Heute Nacht wird er auf Bens Boot schlafen, und das ist genauso unfair. Keane Sullivan scheint ein guter Mensch zu sein, aber er ist nicht Ben, und ich frage mich unwillkürlich, ob ich nicht einen weiteren Fehler begangen habe. Ich berühre das Foto mit den Fingerspitzen.

»Er ist hier, um seinen Job zu machen. Er muss nicht mein Freund sein. Er muss *überhaupt nichts* sein.«

Ich hole die Cola-Dosen aus dem Kühlschrank und steige wieder an Deck, doch meine gute Laune ist dahin.

»Würdest du vielleicht kurz übernehmen?«, bittet Keane, und ich bin erleichtert, als er unter Deck verschwindet.

Nach einer Weile höre ich ihn in der Pantry kramen und rieche gebratenen Fisch. Eine halbe Stunde später kommt er mit zwei Tellern mit gebratener Makrele, roten Bohnen und Gewürzreis wieder.

»Du musst nicht kochen«, erkläre ich. »Das steht nicht in deiner Jobbeschreibung.«

»Ich hatte den Eindruck, als bräuchtest du etwas Zeit für dich.«

»Ich … ja, das stimmt. Danke fürs Abendessen.«

»Gern geschehen.«

Es ist Mitternacht, als wir den Ankerplatz vor Chub Cay erreichen. Wir holen zusammen die Segel ein, dann tritt Keane an den Bug und dirigiert mich in eine breite Lücke zwischen zwei größeren Segelbooten.

»Und jetzt rückwärts«, befiehlt er.

Ich lege den Rückwärtsgang ein und sehe zu, wie er den Anker langsam ins Wasser gleiten lässt. Das Boot treibt gemächlich nach hinten, bis die Ankerleine sich spannt und der Anker festsitzt. Es ist eine vollkommen andere Methode als mein Anker-werfen-und-auf-das-Beste-hoffen auf Bimini, wo ich Glück hatte, dass der Anker hielt.

»Wenn es beim nächsten Mal hell ist«, meint Keane, während er ans Cockpit tritt und den Motor ausmacht, »wirfst du den Anker.«

Mir wird klar, wie viele Aufgaben Ben übernahm, wenn wir gemeinsam unterwegs waren, und wie oft ich mich zurückgelehnt habe und ihn einfach machen ließ. Ben war vielleicht kein erfahrener Segler, aber er wusste zumindest, wie man die Route berechnet und den Anker setzt. Die Vorstellung, dass ich den Trip allein schaffen würde, war mehr als naiv. »Okay.«

Meine Gedanken sind immer noch bei Ben, als ich schließlich meinen Schlafanzug, ein Badetuch und meine Haarseife hole. Meine Haut ist klebrig vom Schweiß und glüht förmlich, und mein Körper schmerzt nach einem langen Tag auf dem Meer. Ich senke die Schwimmleiter ab, und nachdem Keane unter Deck verschwunden ist, schlüpfe ich so schnell wie möglich aus meinen Klamotten und springe. Der erste Schock des kalten Wassers raubt mir den Atem, doch er vertreibt das klebrige Gefühl des Tages.

»Anna, bist du absichtlich über Bord gegangen?«, ruft Keane aus der Kabine.

»Ja.«

»Wollte nur sichergehen.«

Er bleibt unten, während ich die ersten beiden Stufen der Leiter hochklettere, um mich zu waschen. Die Nachtluft, das kühle Wasser und die duftende Zitronenseife sind ein lustvoller Genuss, und mein Körper schmerzt plötzlich auf eine andere Art. Ich lasse mich ins Wasser sinken, um mir das Shampoo aus den Haaren zu waschen. Meine Finger gleiten durch meine Haare und weiter nach unten. Ich stelle mir vor, Ben berührt mich. Es ist nicht dasselbe, aber es ist genug, dass mich ein Schauder der Erleichterung durchfährt. Genug, dass ich wieder aufs Boot klettern kann.

»Fühlst du dich besser?«, fragt Keane, als wüsste er Bescheid, und meine Wangen beginnen zu glühen.

Ich nicke. »Ja, ähm … danke.«

»Ich hoffe, es ist okay, dass ich etwas frisches Wasser zum Waschen hochgepumpt habe.« Er deutet auf den Eimer. »Da du jetzt fertig bist, springe ich auch noch schnell rein. Aber die Prothese muss ich mit Süßwasser reinigen.«

»Kein Problem, wir haben einen Wasseraufbereiter.«

Keane trägt eine Badehose, als er an Deck klettert. Er stellt sein Waschzeug ab, bevor er sich setzt und die Prothese abnimmt. Dann löst er eine Schicht Verbandsmaterial nach der anderen, bis die bloße Haut zum Vorschein kommt. Sein Bein endet unterhalb des Knies in einem Stumpf. Das Licht in der Plicht ist hell genug, um die Narben zu erkennen, die ihn wie ein Gitternetz überziehen. Die Haut ist im Vergleich zum Rest seines gebräunten Körpers kalkweiß.

Keane hievt sich backbord über die Reling und dreht den Rücken in Richtung Meer. »*Allons-y*«, ruft er und zwinkert mir zu, bevor er sich abstößt und ins Wasser fallen lässt.

Während er sich wäscht, schlüpfe ich in meinen Schlafanzug und stopfe die schmutzigen Klamotten in den Wäschesack. Kurz darauf ist Keane zurück an Bord. Ich trage den Eimer zur Plicht, wo Keane bereits seine Badehose gegen weite Basketballshorts getauscht hat. Er spült das Salzwasser von seinem Stumpf und wäscht die Einlage, die direkt auf der Haut aufliegt.

»Salzwasser kann aggressive Rückstände hinterlassen«, erklärt er. »Die Prothese drückt den ganzen Tag gegen den Stumpf, deshalb ist es so wichtig, dass nichts scheuert.«

Als er fertig ist, schüttet Keane das Wasser fort und hängt die Badehose und die Einlage zum Trocknen auf die Rettungsleine. Er hangelt sich an der Plichtbank entlang zum Niedergang und klettert flink mit nur einem Bein in die Kabine hinunter. Er hat das wohl schon öfter gemacht.

Ich verstaue die Schwimmleiter und steige ebenfalls nach unten. Keane richtet gerade sein Lager in der schmalen Koje unter dem Cockpit her, mit einem Schlafsack als Unterlage und dem anderen als Kopfkissen. Ich strecke ihm eines meiner vielen Kissen aus der Koje entgegen. »Nimm das.«

»Das kann ich nicht.«

»Ich habe vier davon, bitte nimm es.«

»Danke.« Er legt sich hin und lässt den Kopf auf mein Kissen sinken. Ich lösche das Licht und klettere in meine Koje. Kurz darauf wird Keanes Atem gleichmäßiger. Er schläft, doch ich bin hellwach. Als ich das erste Mal mit Ben in einem Bett schlief, fand ich auch keinen Schlaf. Jede Stelle, an der sich unsere Körper berührten, prickelte, und meine Nervenenden standen derart unter Strom, dass ich die ganze Nacht wach lag.

Dieses Mal ist es anders. Keane Sullivan berührt mich nicht. Ich habe keine Gefühle für ihn. Trotzdem bin ich ihm so nah, dass ich höre, wie der Schlafsack raschelt, wenn er sich zur Seite dreht. Zu nah.

Der Boden knarrt, als ich mit der Decke und dem Kissen in der Hand aus der Koje steige. Ich klettere hinauf und richte mir ein Lager auf einer der Plichtbänke. Es ist nicht so gemütlich wie in der Koje, aber die Luft ist angenehm kühl. Ich spüre die Weite um mich und sehe die Sterne am Himmel. Im nächsten Moment bin ich eingeschlafen.

Aus dem Lot

»Habe ich geschnarcht?« Keane setzt sich mir gegenüber auf die Bank. Er ist bereits angezogen und trägt ein blassblaues T-Shirt und Shorts. Seine Prothese ist wieder an ihrem Platz. Ich richte mich auf, und er reicht mir ein in ein Papiertuch gewickeltes Eier-Käse-Sandwich.

»Danke. Nein«, erwidere ich. »Ich konnte nicht schlafen.«

»Du vermisst ihn.«

»Ben und ich wollten diese Reise zusammen machen, und an dem Tag, an dem wir ursprünglich lossegeln wollten, bin ich einfach … fort. Aber jetzt …« Ich breche ab und suche nach den richtigen Worten.

»Jetzt sitzt du mit einem fremden Mann auf einem Boot, der weder dein Liebhaber noch dein Freund ist, und es fühlt sich nicht richtig an«, schlägt Keane vor.

»Du bist ein guter Beobachter.«

Er nimmt einen riesigen Bissen von seinem Sandwich und hält einen Finger hoch, während er kaut. Im Sonnenlicht sind seine Augen grün und golden gesprenkelt. Er schluckt. »Ich will dir keinen Stress machen, Anna. Falls du dich wohler fühlst, wenn ich an Deck schlafe, mache ich das. Ich halte mich so weit im Hintergrund, wie du das möchtest.«

Meine Augen brennen, als ich daran denke, wie viel er in dieser kurzen Zeit bereits für mich getan hat. »Warum bist du so nett zu mir?«

Er runzelt die Stirn, als wäre die Frage lächerlich. »Warum sollte ich nicht nett sein?«

Ich atme tief ein, um die Tränen zurückzudrängen, und knabbere an einem Stück Ei, das aus dem Sandwich schaut.

»Offensichtlich leidest du mehr als ich«, fährt Keane fort. »Aber ich verstehe, was Verlust bedeutet. Nebenbei bemerkt.« Bevor ich etwas erwidern kann, steht er auf. »Wir können gleich los, nachdem du aufgegessen hast. Es sei denn, du willst an Land und dich ein wenig umsehen.«

»Ich würde lieber weiter.«

Die Sonne geht hinter mir auf, während ich mein Sandwich esse. Keane kocht Kaffee, und ich putze mir die Zähne, ziehe mich an und flechte meine Haare. Danach verstauen wir zusammen unser Bettzeug und machen die Kabine startklar zum Segeln.

»Der Wind kommt heute von vorne, es könnte also etwas unruhig werden«, erklärt Keane. »Wir können mit Motorkraft fahren oder es mit Segeln versuchen.«

»Lass uns segeln.«

»Das ist mein Mädchen.« Er hat die Worte kaum ausgesprochen, da steigt ihm bereits die Röte ins Gesicht. »Das war nur ... ähm ... so dahergesagt.« Er räuspert sich. »Ich lichte mal den Anker, okay?«

Schon nach wenigen Minuten haben wir das türkisfarbene Wasser hinter uns gelassen, das so klar war, dass man bis auf den mit unzähligen Fischen gesprenkelten Grund und zu den tellergroßen Seesternen sehen konnte. Wir segeln entlang der *Tongue of the Ocean*, einer Seerinne mit dunkelblauem Wasser, die teilweise mehr als zweitausend Meter tief ist. Während Chub Cay langsam am Horizont verschwindet, mache ich ein Foto, das der Wirklichkeit allerdings nicht annähernd gerecht wird.

»Wird das hier irgendwann mal langweilig?«, frage ich mich laut. »Ich kann mir nicht vorstellen, dass man sich an diesem Blau oder dem Grün auf den Inseln jemals sattsieht. Es ist so friedlich hier.«

»Ich schätze, jeder Ort wird zur Selbstverständlichkeit, wenn man zu lange dort verweilt«, erwidert Keane. »Aber wenn man weiterzieht, behält die Welt ihre Wunder. Zumindest meiner Erfahrung nach.«

In dieser Hinsicht erinnert er mich an Ben. Ständig in Bewegung. Niemals abwarten, bis die Bäume einem den Blick auf den Wald versperren. Meine Brust zieht sich zusammen, doch ich atme den Schmerz fort. Ich will nicht schon wieder vor Keane zu weinen anfangen. Eigentlich will ich es gar nicht mehr. Stattdessen denke ich daran, was vor uns liegt. Nassau war ursprünglich nicht eingeplant. Es steht nicht auf Bens

Karte. Aber seit Keane an Bord ist, schreibt er an einer Liste mit Dingen, die ich noch brauche. Strecktaue, einen Radarreflektor, ein Schloss für das Beiboot… Deshalb müssen wir einen Zwischenstopp einlegen und einkaufen.

»Warst du schon mal in Nassau?«

»Einmal«, antwortet Keane. »Dort ist viel mehr los als auf Bimini, schon allein wegen der Kreuzfahrtschiffe. Die Stadt ist weniger rustikal. Es gibt viel mehr Touristen. Aber wir sollten alles bekommen, was wir brauchen.«

»Ich will nicht zu lange bleiben.«

»Verstanden«, sagt er. Und dann: »Kommst du aus einer großen Familie, Anna?«

»Ich habe eine Mutter, eine ältere Schwester und eine zweijährige Nichte.« Ich erzähle, dass ich meinen Vater nicht mehr gesehen habe, seit er uns verlassen hat. Er hat jetzt eine neue Familie. »Was ist mit dir?«

»Ich komme aus einer typischen irisch-katholischen Großfamilie. Meine Eltern sind seit fast fünfzig Jahren verheiratet, und ich bin das Letzte von sieben Geschwistern. Meine Mom nennt mich *Tiebreaker*, weil ich drei Schwestern und drei Brüder habe. Irgendeine Seite hat früher immer damit gedroht, mir den Hintern zu versohlen, wenn ich nicht für sie Partei ergreife.«

»Es klingt trotzdem lustig.«

Er schenkt mir ein strahlendes Lächeln. »Aye, das ist es.«

»Seht ihr euch oft?«

»Normalerweise an Weihnachten. Dad hat ein Pub, und die

ganze Familie kommt von nah und fern – Brüder, Schwestern und mittlerweile etwa ein Dutzend Neffen und Nichten. Wir treffen uns zum Feiern in Dads Pub. Es ist die schönste Zeit im Jahr.«

»Du bist wahrscheinlich der coole Onkel, oder?«

Er lacht und breitet die Arme aus, als wäre die Antwort klar. »Die Älteren haben den Jüngeren eingeschärft, dass ich ein Superheld bin. So macht sie das Bein weniger verlegen.«

»Das ist süß.«

Der Wind frischt auf, und die Wellen schlagen über dem Bug zusammen, sodass ein feiner Nebel unser Gesicht benetzt. Meine Haare kräuseln sich, und ich schmecke Salz auf den Lippen. Wir schlüpfen in unsere Jacken.

»Ich würde vorschlagen, wir reffen das Großsegel«, ruft Keane. »Weißt du, wie das geht?«

»Nein.«

»Übernimm du das Ruder. Sobald ich oben bin, steuerst du in den Wind.«

Keane klettert aufs Dach der Kabine, während das Boot durch die Wellen sticht, und ich frage mich, ob ich mir Sorgen machen soll. Er trägt Segelschuhe mit einer ordentlichen Bodenhaftung und stützt sich gegen den Mast, aber ich habe keine Ahnung, wie gut sein Gleichgewicht ist. Doch als er das Großsegel ein wenig einholt, sodass der Wind eine geringere Angriffsfläche hat, schwankt er nicht mehr und auch nicht weniger als jeder andere auf derart unruhigem Untergrund, und er kehrt auch genauso behände zur Plicht zurück.

»Du musst dir keine Sorgen um mich machen.«

»Ehrlich gesagt habe ich bloß überlegt, ob du den Aufwand wert bist«, erwidere ich und entlocke ihm ein kurzes Lachen. Keane lacht oft. Nicht dass Ben nicht gelacht hätte, aber es gab Tage, da kam er nicht aus dem Bett. Er sprach selten und lachte nie. Diese Tage waren hart, denn ich wollte zu ihm ins Bett steigen und ihn festhalten, bis er sich besser fühlte, aber gleichzeitig wollte ich auch weit fort von ihm. Als könnte mich die Dunkelheit, die ihn umgab, verschlingen. Ich hätte mehr Zeit mit ihm im Bett verbringen sollen. Ich hätte mich mehr anstrengen sollen, damit er am Leben geblieben wäre.

»Ich weiß, wie mein Körper auf gewisse Situationen reagiert«, erklärt Keane und reißt mich aus meinen Gedanken. Er übernimmt das Steuer, und ich sitze neben ihm auf der hohen Seite des Bootes. Nassau ist noch zu weit entfernt, um es am Horizont auszumachen, und es fühlt sich an, als würden wir ins Nirgendwo segeln. »Ich habe gelernt, mich anzupassen. Ich muss überlegter handeln als vorher, aber ich bin behindert und nicht unfähig.«

»Also, falls ich mal mit dem Reffen an der Reihe bin, dann hoffe ich doch sehr, dass du dir Sorgen machst. Denn von uns beiden falle ich wohl am ehesten über Bord.«

»Wenn das passiert, rette ich dich.« Er stößt mir mit dem Ellbogen in die Seite. »Trotzdem setzen wir Reffen und Man-über-Bord-Szenarien auf die Liste der Dinge, die du lernen solltest.«

Wir pflügen eine Zeit lang durch die Wellen, bevor Keane beschließt, es gut sein zu lassen.

»Wir verschwenden bloß Tageslicht. Besser, wir nehmen für den Rest der Strecke den Motor.«

Er holt das Großsegel ein, während ich mich um die Fock kümmere. Es bleibt eine unruhige Fahrt, und die Wellen schlagen immer noch über den Bug, aber dank der Motorkraft liegen wir gut in der Zeit. Wir teilen uns eine Tüte Bananenchips, die Keane in einer Jackentasche gefunden hat, und beobachten die Sportfischerboote und Mega-Yachten, die in allen Richtungen an uns vorbeiziehen.

Es ist bereits Nachmittag, als Keane per Funk in einem der Häfen von Nassau einen Liegeplatz reserviert. »Ich habe keine Lust, draußen zu ankern und unsere Einkäufe zum Boot zu rudern«, erklärt er. »Und ein unversperrtes Beiboot an einem Steg zu hinterlassen ist in etwa so, wie wenn du den Autoschlüssel stecken lässt und erwartest, dass das Auto bei deiner Rückkehr noch da ist.«

Obwohl ich mir Gedanken darüber mache, was der Ausflug kosten wird, freue ich mich darauf, das Boot zu verlassen und bald unter einer richtigen Dusche zu stehen. Vielleicht können wir sogar in einem Restaurant essen.

Nach ein paar Meilen meldet Keane sich bei der Nassau Harbor Control und bittet mit Hinweis auf die eintägige Reservierung und unseren Ausgangshafen Bimini um Erlaubnis, in den Hafen einzufahren. Zwischen den Wellen blitzen die pinkfarbenen Türme des Atlantis Resorts auf. Je näher wir kommen, desto sanfter wird der Wind, und die Küste von Paradise Island mit dem weißen Sand und der grünen Vegetation taucht vor uns auf. Wir schlüpfen aus unseren Jacken, als wir von der *Tongue* zurück ins seichtere türkisblaue Wasser wechseln, wo sich silberne Fischschwärme im Sonnenschein tummeln.

Der Nassau Harbor befindet sich zwischen Paradise Island und New Providence. Hier liegen Boote und Schiffe jeder Größe und Art vor Anker, darunter auch fünf Kreuzfahrtschiffe, was bedeutet, dass es in den Straßen der Umgebung von Touristen wimmeln wird. Wir fahren an den Anlegeplätzen der großen Schiffe vorbei und unter den beiden Brücken hindurch, die die Inseln miteinander verbinden, bevor wir den Segelhafen erreichen. Keane übergibt mir das Steuer und bereitet die Leinen vor, während ich das Boot an den Kai manövriere. Ich bin zu weit weg – ich will den Vorfall von Miami nicht wiederholen –, doch er wirft einfach eine Leine um einen Poller und zieht uns näher heran.

Ein brennender Schmerz

Nassau ist eine Enttäuschung, wirkt aber gleichzeitig vertraut. Abgesehen davon, dass die Autos auf der linken Straßenseite fahren, ist es fast wie in Florida. An der Haupteinkaufsstraße reihen sich dieselben Souvenirläden, Restaurantketten und exklusiveren Geschäfte mit teuren Marken aneinander wie in Key West. Für zehn Mäuse bekommt man drei billige T-Shirts, genau wie in den Strandläden in Fort Lauderdale. Starbucks, Burger King, KFC – und so viele blasse Amerikaner auf den Bürgersteigen, dass es sich sogar *anhört* wie zu Hause. Ich verstehe, warum Ben nicht hierherkommen wollte. Es ist nichts verkehrt an Nassau, aber es ist auch nichts Besonderes.

Unser erster Weg am darauffolgenden Morgen führt uns in ein Segelbedarfsgeschäft, um die Dinge von Keanes Liste, einen schwereren Anker und zusätzliches Propangas für den Herd zu besorgen. Außerdem kaufen wir eine Plane aus Segeltuch, die über den Bug gespannt wird, sodass wir mehr

Schatten haben, wenn wir vor Anker liegen. Ben wollte ein Bimini-Verdeck, doch dazu ist es nicht mehr gekommen.

Wir essen in einem einheimischen Restaurant gedünstete Meeresschnecken mit Tomaten und Paprika und fahren anschließend mit dem Taxi zu einer Art Walmart, um unsere Vorräte aufzufüllen. Die Quittungen werden immer mehr, und langsam mache ich mir Sorgen, dass ich nicht genug Geld haben werde, um die Reise zu Ende zu bringen. Ben hat einen beachtlichen Betrag auf unserem gemeinsamen Konto hinterlassen, doch es sind noch etliche Seemeilen und Inseln bis Trinidad. Da ist so viel, was schieflaufen kann. Und wenn es vorbei ist, muss ich ja irgendwie wieder nach Hause kommen.

Nachdem wir alles ausgepackt haben, mache ich mich auf den Weg zu den Duschen im Hafen, und als ich zurückkehre, sitzt Keane vor einem kleinen Laptop. Die Stirn in seinem normalerweise so sonnigen Gesicht ist gerunzelt. Er klappt den Computer zu, ohne mich eines Blickes zu würdigen, schnappt sich seine Waschsachen und verschwindet. Während er duscht, öffne ich meinen eigenen Laptop, logge mich in das Hafen-Wi-Fi ein und entdecke eine E-Mail von Carla in meinem Posteingang.

Anna,

einerseits bin ich echt sauer, dass du die Stadt verlassen hast, ohne mir Bescheid zu sagen. Wir sind aus gutem Grund so lange befreundet. Ich meine, du kannst deine Scheiße ruhig auf mir abladen. Andererseits bin ich wahnsinnig glücklich, dass du

endlich zurück ins Leben findest. Sei mutig, aber vorsichtig. Sei klug, aber ab und zu auch mal waghalsig. Wenn du mit einem Fremden schläfst, nimm ein Kondom. Und sieh zu, dass du das Boot nicht versenkst.
In Liebe,
Carla

Ich schreibe eine kurze Antwort, dass ich zurzeit in Nassau bin und einen professionellen Skipper engagiert habe. Irgendwann werde ich ihr erzählen, wie ich Keane Sullivan begegnet bin, aber im Moment klingt es noch zu seltsam. Ich will gerade meiner Mom schreiben, als ich eine Nachricht von Rachel bekomme.

Hast du das Boot gestohlen?

Was!? Nein!
Ben hat es mir hinterlassen.

Seine Mutter hat versucht, dich zu erreichen. Nachdem sie Bens Testament anfechtet, ist sie der Meinung, dass du das Boot praktisch gestohlen hast. Sie will dir die Chance geben, es zurückzubringen, bevor sie ihren Anwalt einschaltet.

Das ist nicht richtig. Mein Name steht auf der Besitzurkunde.

Hast du Beweise?

Ja.

Scan die Urkunde ein und schicke sie Mom.

Okay. Wie geht es ihr?

Es überrascht mich, dass dich das überhaupt interessiert.

Fang nicht damit an.

Schick mir einfach den Beweis, dass das Boot dir gehört.

Ich runzle die Stirn und warte, ob sie noch etwas schreibt, doch es kommt nichts mehr.

Keane ist noch nicht zurück, also hinterlasse ich ihm eine Nachricht, dass ich etwas erledigen muss, und verstecke den Kabinenschlüssel unter dem Schwamm in einer alten Wachspoliturdose. Sie ist beinahe so alt wie das Boot selbst und ein derart alltäglicher Gegenstand, dass niemand einen Schlüssel darin vermuten würde. Trotzdem bin ich etwas nervös und überlege, ob ich doch auf Keane warten sollte, aber ich muss unbedingt ein Internet-Café finden, bevor es zu spät wird.

Das nächstgelegene Café befindet sich gleich in der Nähe des Hafens. Ich scanne die Urkunde, schicke sie per E-Mail an meine Mutter und bin nach einer halben Stunde wieder an Bord. Keanes rotes Badetuch hängt an der Rettungsleine, aber er ist nirgendwo zu sehen. Ich denke an unseren Nachmittag in Nassau zurück, doch mir fällt nichts ein, was ich falsch gemacht haben könnte. Ich habe alles auf seiner Liste gekauft und mehr Geld ausgegeben als geplant. Etwas – oder jemand – auf seinem Computer muss ihn durcheinandergebracht haben.

Ich sehe mir einen Film auf dem Laptop an, während ich auf ihn warte. Ich mache mir ein Abendessen aus ein paar Blättern Salat, der langsam braun wird, und den Resten der Makrele. Dann bereite ich Keanes und meine Koje vor. Um mich herum ist Nassau immer noch hellwach und pulsiert vor Energie. Überall im Hafen höre ich Menschen lachen und sich unterhalten. Sogar im Dunkeln fahren Boote den Kanal auf und ab. Ich lenke mich mit einem Buch ab, bis mir die Augen zufallen.

Ein dumpfer Schlag, der das ganze Boot schwanken lässt, reißt mich aus dem Schlaf. Mein Herz hämmert, und mein Gehirn vermutet sofort einen Bootsdieb oder Schlimmeres.

»Scheiße!« Die Stimme ist laut und klar und stammt eindeutig von Keane. Ich atme zitternd aus und klettere an Deck. Hoffentlich hat er nicht den ganzen Hafen geweckt. Er sitzt am Boden und reibt sich den zerzausten Kopf.

»Alles okay?«

»Scheiße«, wiederholt er schon deutlich leiser. »Ich wollte dich nicht wecken. Ich habe das Gleichgewicht verloren, mehr nicht. Anna …«

»Bist du betrunken?«

»Aye, aber Anna …«

Die Dämpfe, die er verströmt, riechen so stark nach Alkohol, dass sie wahrscheinlich beim kleinsten Funken Feuer fangen würden. »Wie viel hast du getrunken?«

»Nur vier Gläser Jameson.« Er streckt zwei Finger in die Höhe und betrachtet sie blinzelnd mit einem Auge. Ist er so betrunken, dass er doppelt sieht? Sein irischer Akzent ist viel stärker zu hören als sonst. »Und nach dem achten Bier habe ich aufgehört zu zählen.«

»Acht? Und da lebst du noch?«

»Das frage ich mich morgen früh sicher auch. Aber Anna, hör mir zu«, meint er mit ernster Stimme. »Ich muss dir etwas sagen. Es ist unglaublich wichtig.«

»Was?«

»Es ist eine dumme Idee, mit den Schweinen zu schwimmen.«

Bens nächstes Ziel war Big Major Cay, eine Insel in Exuma, die lediglich von einer Kolonie wilder Schweine bewohnt wird. Ben und ich haben uns oft Videos von Leuten angesehen, die mit den Schweinen im Meer schwimmen und über Nacht am Strand campen. Als ich Keane im Lebensmittelladen erzählt habe, dass ich gerne hinfahren würde, hat er nur genickt und einen Sack Kartoffeln als Futter eingepackt. Ich bin also einigermaßen verwirrt – und ein bisschen verärgert.

»Nein, ist es nicht.«

»Doch, Anna.« Keane legt sich ausgestreckt auf den Boden, als wäre er zu betrunken, um aufrecht zu sitzen. »Sie sehen zwar verdammt süß aus mit ihren kleinen Schnauzen …« Er deutet auf seine Nase. »Aber sie fressen dir bloß die Kartoffeln weg und wollen dann nichts mehr mit dir zu tun haben.«

»Das ist doch egal.« Ich bin inzwischen mehr als ein bisschen verärgert. »Ben wollte hin, also fahren wir hin.«

»Ben war ein Idiot«, erklärt er. »Ein Idiot, weil er Zeit mit diesen verdammten Schweinen verschwenden wollte. Und ein Idiot, weil er dich allein zurückgelassen hat.«

Seine Worte lösen einen brennenden Schmerz in mir aus, so wie die Haut auf der Wange brennt, nachdem man eine Ohrfeige kassiert hat. Ich warte darauf, dass er sich entschuldigt oder noch etwas sagt, aber ich höre nur das leise Schnarchen eines Betrunkenen. Die gute Seele in mir will ihm die Prothese abnehmen, damit sich die Haut nicht entzündet, doch heute Nacht ignoriere ich sie. Keane Sullivan soll zur Hölle fahren.

Ich lasse ihn an Deck liegen und frage mich, ob diese Reise für ihn bloß ein großer Scherz ist. Ob er lediglich die dämliche amerikanische Ausreißerin bei Laune hält, um gratis nach Puerto Rico zu kommen. Doch dann bleibe ich an Keanes letztem Satz hängen – dass Ben ein Idiot ist, weil er mich allein zurückgelassen hat. Und ich frage mich, was genau er damit gemeint hat.

Keane richtet sich gerade stöhnend auf und blinzelt in die Sonne, als ich mit meinem Morgenkaffee und einem Bagel an Deck komme. Er fährt sich mit der Hand über den Hinterkopf. »Du meine Güte.« Er zieht die Finger weg und betrachtet sie, als hätte er erwartet, Blut zu sehen. Dann blickt er zu mir auf. »Wie groß ist die Entschuldigung, die ich dir schulde?«

»Was bringt dich auf die Idee, dass es so sein könnte?«

»Weil du mich ansiehst, als hättest du mich gerade von der Schuhsohle gekratzt, nachdem du mich damit zertreten hast«, erwidert er. »Außerdem hättest du mir vermutlich einen Kaffee mitgebracht, wenn es nicht so wäre.«

»Vielleicht sogar einen Bagel.«

»Autsch. Was habe ich gesagt?«

»Dass es eine dumme Idee ist, mit den Schweinen zu schwimmen.«

Er atmet tief ein und langsam wieder aus. »Okay, also ehrlich gesagt hat es sich tatsächlich ein wenig zu einer Touristenfalle entwickelt, aber ich hätte meine Meinung für mich behalten sollen. Es steht mir nicht zu, deine Entscheidungen zu hinterfragen. Du bist der Boss.«

»Du hast auch gesagt, dass Ben …« Ich breche ab. Keane in Verlegenheit zu bringen ist bestenfalls peinlich. Schlimmstenfalls zwinge ich ihn, etwas zuzugeben, das er nüchtern nie gesagt hätte. Etwas, mit dem ich mich nicht befassen will. »Du hast gesagt, Ben sei ein Idiot gewesen, weil er seine Zeit mit den Schweinen verschwenden wollte.«

»Mann.« Er lässt sich nach hinten sinken, bis er erneut mit dem Rücken auf dem Boden liegt.

»Ich bin ein nutzloser Arsch, und du solltest mich am besten sofort von Bord jagen. Es tut mir so leid, Anna. Ich habe unangemessen auf eine enttäuschende Nachricht reagiert, und es war falsch, es an dir auszulassen. Kannst du mir verzeihen?«

»Wir fahren zu den Schweinen.«

»Ja, das tun wir.«

»Und du solltest dich waschen«, erkläre ich, als er sich langsam hochstemmt. »Du hattest die Prothese die ganze Nacht an.«

Als Keane von den Duschen zurückkehrt, trägt er ein olivgrünes T-Shirt und khakifarbene Shorts. Er riecht nicht mehr nach Whiskey, sondern nach Sonnencreme.

»Ich muss noch eine Sache erledigen, bevor wir loskönnen«, erklärt er und legt seinen Kulturbeutel und eine zweite Beinprothese ab, die von einem weißen Plastiknetz umspannt wird. Die Pfanne für den Stumpf ist blau mit einem Tropfenmuster. Vermutlich ein wasserdichtes Modell. »Es sollte nicht länger als fünfzehn, zwanzig Minuten dauern.«

Keane hält Wort und kommt pünktlich mit einem kleinen Außenbordmotor auf der Schulter zurück. Er hat genau die richtige Größe für das Beiboot.

»Ich muss erst noch eine Halterung dafür bauen.« Er hält eine Einkaufstüte aus Plastik in die Höhe. »Aber dann müssen wir nicht mehr rudern.«

Ein Außenbordmotor für das Beiboot war eine weitere Anschaffung, zu der sich Ben nie durchringen konnte. Er hätte sich einen nagelneuen Motor leisten können, aber er liebte es, online nach Schnäppchen zu suchen, also weiß ich in etwa, was die Dinger kosten.

»Das geht nicht … ich habe nicht genug Geld dafür.«

»Ich kenne da jemanden«, erwidert Keane. »Es war ein günstiges Angebot, weil er nicht funktioniert. Noch nicht.«

Ich versuche, nicht zu lächeln, aber es gelingt mir nicht. Es ist eine sehr aufmerksame Geste, und auch wenn ich ihn kaum kenne, erscheint es mir durchaus möglich, dass Keane Sullivan ein Mann ist, der einer Frau als Entschuldigung einen kaputten Motor schenkt. »Bist du dir sicher, dass du ihn zum Laufen bringen kannst?«

Er zuckt mit den Schultern. »Zu zweiundachtzig Prozent.«

Ich lache unwillkürlich auf. Vermutlich werde ich ihm verzeihen. »Danke.«

»Nein, Anna. Ich danke dir.«

»Halt die Klappe«, erwidere ich. »Und lass uns von hier verschwinden.«

Ein kleines Feuer

Mit Nassau im Rücken segelt die Alberg mit sechs Knoten in Richtung Exuma. Wir kehren in tiefere dunkelblaue, wogende Gewässer zurück, und das Rauschen der Wellen am Rumpf klingt wie Musik. Wind und Wasser singen mir ein Lied. Vergnügen und Schuldgefühle weben ein Netz um mein Herz, als ich versuche, Ben heraufzubeschwören, aber es gibt kein vergleichbares Erlebnis in unserer Vergangenheit. Und ich werde nie wieder eine neue Erinnerung mit ihm erschaffen.

Ich flüchte nach unten, damit Keane nicht sieht, wie ich weine. Ich wische mir die Augen mit dem T-Shirt trocken, als ich höre, wie er meinen Namen ruft.

»Bring bitte den Eimer mit, wenn du wieder nach oben kommst, okay?«

Er klingt ruhig, wir sinken also nicht. Es gibt wahrscheinlich keinen Grund zur Panik, aber ich greife trotzdem eilig nach dem Eimer und klettere nach oben. Etwas schießt an meinem Kopf vorbei und fällt platschend zurück ins Meer. Auf dem Deck liegt ein halbes Dutzend Fische in verschiedenen Stadien des Todeskampfes. Einige der kleinen silbernen Körper bewegen sich nicht mehr – sie sind wohl schon beim Aufprall gestorben –, während andere ihre hauchdünnen Flossen von sich strecken und flattern, als wollten sie losfliegen.

»Sammle sie auf«, fordert Keane mich auf, gerade als ein weiterer Fisch in der Plicht landet. »Dann haben wir gleich ein Abendessen.«

Fliegende Fische sind für mich nichts Unbekanntes. Ben und ich haben das Phänomen einmal erlebt, aber es war reiner Zufall, dass wir tatsächlich einen davon gefangen haben. Er flog an uns vorbei durch die offene Luke nach unten, und wir fanden ihn erst, als wir angelegt hatten. Nachdem ich keinerlei sentimentale Gefühle für die kleinen Kamikazeflieger hege, hebe ich sie auf und sammle sie im Eimer.

»Das Filetiermesser ist in meinem Seesack«, ruft Keane. »Du solltest sie ausnehmen, bevor du sie auf Eis legst.«

»Ich?«

»Warum nicht? Das ist die perfekte Gelegenheit, um es zu lernen. Ich erkläre es dir Schritt für Schritt.«

Der Eimer wackelt, während die Fische im Inneren hin und her zucken. Sie sind sehr viel kleiner als die Makrele, und ich sehe schon vor mir, wie ich mir in den Finger schneide. »Nein, auf keinen Fall. Ich brate sie gerne, aber wenn du diese Fische zum Abendessen willst, musst du sie selbst ausnehmen.«

Keane sieht mich an. Seine Augen sind hinter der Sonnenbrille nicht zu erkennen, aber seine Mundwinkel zucken, als würde er sich ein Lachen verkneifen. Schließlich grinst er und greift nach dem Eimer. »Na gut.«

Ich übernehme das Steuer.

»Also, Anna«, beginnt er, während er den Bauch eines Fisches aufschlitzt, der kaum größer ist als seine Hand. Er wirkt schrecklich effizient, aber irgendwie auch sanft. »Ist es okay, wenn ich dich frage, wie alt du bist?«

»Fünfundzwanzig. Und du?«

»Ich werde Ende des Monats dreißig. Am Dreißigsten, um genau zu sein.«

»Meine Mom nennt so etwas einen magischen Geburtstag. Wenn das Alter genau dem Datum entspricht«, erkläre ich. »Bei mir war es mit fünf so weit.«

»Und, war er magisch?«

»Ich habe alles bekommen, was ich mir gewünscht habe«, erwidere ich. »Meine Großmutter hat eine Torte mit lila Rosen gebacken, ich habe eine Prinzessinnenpuppe mit einer leuchtenden Tiara bekommen, und mein Dad hat die Stützräder von meinem Fahrrad abmontiert. Damals erschien es mir magisch, aber im Nachhinein waren meine Erwartungen wohl ziemlich typisch für eine Fünfjährige.«

»Andererseits hattest du zwanzig Jahre, in denen du daran glauben konntest, dass gewisse Geburtstage magisch sind«, gibt er zu bedenken. Und dann: »Ich wünschte, ich wäre noch einmal fünfundzwanzig.«

Etwas an seinem Tonfall hält mich davon ab, ihn nach dem Grund zu fragen. Er gibt sich nicht die Mühe, die unangenehme Stille zu füllen, während er die Fische fertig ausnimmt. Kurz verschwindet er, um sie auf Eis zu legen, und als er zurückkommt, setzt er sich wortlos neben mich und starrt aufs Meer hinaus. Wir segeln einige Meilen lang schweigend weiter, die Inselgruppe der Exumas entlang, bis die Sonne im Meer versinkt. Wenn der rote Himmel auf Bimini das Werk eines zornigen Künstlers war, dann hat hier jemand seine mit violetter Farbe bekleckerten Finger langsam durch pures Gold gezogen.

»Himmel«, murmelt Keane schließlich. »Wir sind vielleicht ein missmutiges Pärchen. Du vermisst deinen Ben, und ich werde jedes Mal rührselig, wenn ich daran denke, wie übel mir das Schicksal mitgespielt hat. Aber dann ist da plötzlich dieser Sonnenuntergang, und ich überlege, ob Gott mich wohl damit fragen will, wie ich es wagen kann, in Selbstmitleid zu versinken, obwohl er mir ein solches Geschenk macht.«

»Du glaubst noch an Gott?«

Er zuckt mit den Schultern. »Klar, du nicht?«

»Er meinte es in letzter Zeit nicht gerade gut mit mir.«

»Ich verstehe, was du meinst«, sagt Keane. »Aber Momente wie diese erinnern mich daran, wie viel schlimmer mein Leben hätte aussehen können.«

»Schlimmer, als dass du ein Bein verloren hast?«

»Aye. Ich könnte der Kerl sein, der mir das angetan hat.«

Ich würde gerne wissen, was passiert ist, aber ich will nicht neugierig sein, und Keane redet nicht weiter. Stattdessen steht er auf. »Dann werde ich mal den Fisch frittieren. Hast du Hunger?«

»Ich habe doch gesagt, dass ich koche.«

»Ich komme heute irgendwie nicht zur Ruhe.«

Er lässt mich an Deck sitzen, während die Nacht hereinbricht und die ersten Sterne aufgehen. Pfannen klappern, und Keane pfeift eine unbekannte Melodie, während er kocht. Ben und ich haben uns nie wohl dabei gefühlt, während der Fahrt zu kochen. Das Stampfen und Gieren des Bootes machen die Sache extrem unberechenbar. Wir hatten mehr oder weniger immer einen kalten Imbiss dabei, um den Herd nicht benutzen zu müssen. Keane scheinen der Wind und die Wellen nichts auszumachen. Etwa eine Stunde später kommt er mit einer Zitronenkerze und der restlichen Flasche Wein zurück, die ich auf Bimini geöffnet habe. Dann verschwindet er erneut, um zwei Teller mit den Fliegenden Fischen, gekochten Kartoffeln und Kohl zu holen. Er übernimmt das Steuer, und ich probiere einen Bissen Fisch. Er ist außen knusprig und innen weich und schmeckt absolut nicht fischig.

»So gut hätte ich das niemals hinbekommen«, gestehe ich. »Du verwöhnst mich zu sehr.«

»Behalte es in gut Erinnerung«, erwidert er. »Denn wenn wir erst einmal von den Turks und Caicos nach San Juan segeln, kein Land in Sicht ist und die Möglichkeit auf zwei bis drei Meter hohe Wellen besteht, wirst du dir wünschen, es gäbe etwas anderes als Fertigsuppe und Nudeln.«

»Echt?«

»Es kann hässlich werden.«

»Mein Gott, das hätte ich allein nie überlebt«, stöhne ich. »Ich habe es ja kaum von Miami nach Bimini geschafft.«

»Aber du *hast* es geschafft.« Keane nimmt einen Schluck aus der Weinflasche und reicht sie an mich weiter. Meine Lippen auf das Glas zu legen, das seine gerade erst berührt haben, scheint mir zu intim, aber ich schiebe den Gedanken beiseite. Es ist nur Wein. »Allerdings würde nicht einmal *ich* gerne allein nach San Juan segeln.«

»Glaubst du, ich schaffe es allein durch die Karibik?«

»Auf alle Fälle«, erwidert er. »Du fährst von einer Insel zur nächsten, und die Zeit wird kein Problem sein, es sei denn, das Wetter schlägt um. Und nachdem es bald Winter wird, besteht diese Möglichkeit immer.«

»Was macht man, wenn das Wetter umschlägt?«

»Wenn du gerade unterwegs bist, musst du weitersegeln«, erklärt er. »Aber wenn du es aussitzen kannst, dann bleib, wo du bist, trink noch etwas Rum und warte, bis es wieder besser wird. Denn das wird es immer.«

Wir verdrücken den ganzen Fisch, und gerade als ich mit dem Geschirr fertig bin, ruft Keane nach unten, dass es Zeit für eine Wende ist, um Kurs auf den Pig Beach zu nehmen. Es ist dunkel, und ich kann erst am nächsten Morgen an den Strand, trotzdem packt mich die Aufregung, als ich daran denke, dass ich bald einen von Bens Träumen erfüllen und die Schweine mit eigenen Augen sehen werde. Ich gehe an Deck, und wir vollführen die Wende.

Nachdem das Boot auf Kurs ist, lassen wir die Weinflasche zwischen uns hin und her wandern, bis sie leer ist. Als wir uns der Insel nähern, hat der Alkohol ein kleines Feuer in mir entfacht, das mir ein warmes, zufriedenes Gefühl schenkt. Auf Bimini war ich betrunken und außer Kontrolle, doch heute Abend genieße ich den Frieden.

Wir sind nicht das einzige Boot, das hier ankert. Mehr als ein Dutzend anderer Yachten sprenkeln den halbmondförmigen Strand, als ich auf den Bug klettere, um den Anker ins Wasser zu werfen. Es ist spät, und die meisten von ihnen liegen im Dunkeln, die Ankerlichter leuchten wie zusätzliche Sterne.

»Willst du schwimmen gehen?« Ich ziehe mich bis auf den Bikini aus und steige über die Reling.

»Von eins bis Bimini, wie betrunken bist du?«, fragt Keane.

Ich lache. »Etwa drei.«

»Dann bin ich dabei.«

Ich springe ins Wasser, tauche unter und lasse mich dann auf dem Rücken treiben. Sternschnuppen zischen über den Nachthimmel, und ich versuche, mir nicht zu wünschen, dass Ben hier wäre. Aus dem Augenwinkel sehe ich, dass Keane neben mir treibt. Wir liegen lange Zeit einfach bloß da und sagen kein Wort. Nicht einmal, als eine Träne über meine Wange ins Wasser rollt.

Meine Finger sind verschrumpelt, als wir zurück aufs Boot klettern. Ich gehe nach unten, fülle den Eimer mit Wasser, damit Keane seine Prothese reinigen kann, und schlüpfe anschließend in meinen Schlafanzug. Ich liege bereits im Bett, als er nach unten kommt.

»Danke, dass du mich hierhergebracht hast«, sage ich. »Vor allem, weil du selbst nicht gerade begeistert von dem Plan warst.«

»Der Plan ist schon okay«, meint er. »Ich hoffe nur, deine Erwartungen werden erfüllt.«

Ben war hin und weg von den Schweinen. Manche sagen, sie wären von Seeleuten zurückgelassen worden, die später wiederkommen und sie essen wollten. Andere behaupten, sie wären von einem sinkenden Schiff geflohen. Auf jeden Fall sind sie der Domestizierung entkommen, und ich glaube, das gefiel Ben am allermeisten. Er hat in Princeton Wirtschaft studiert und anschließend auf Wunsch seiner Eltern in deren Logistikfirma gearbeitet. Ich passte nicht in das vorgegebene Konzept. Seine Mutter *hasste* die Vorstellung, dass er sich in einer Titten-Bar in eine Kellnerin verliebt hatte. Ich war zu blond, zu hübsch, zu gewöhnlich für einen reichen jungen Mann mit glänzender Zukunft. Manchmal frage ich mich, ob unsere Beziehung die Erwartungen seiner Familie überlebt hätte. Manchmal frage ich mich, ob er sich umgebracht hat, um endlich frei zu sein.

Als ich mit meinem Zwei-Kilo-Sack Kartoffeln zur Insel rudere, sind bereits zahlreiche Leute am Strand. Einige sind am Morgen mit dem Schnellboot angekommen und ankern im seichten Wasser, und vor fünfzehn Minuten ist ein kleines Ausflugsschiff mit Gästen aus einem nahe gelegenen Urlaubsresort eingetroffen. Die Leute scheinen Spaß zu haben, machen Selfies und drehen Videos von den Schweinen. Vielleicht irrt sich Keane ja.

Ich rudere ins seichtere Wasser, wo eine große, braun gefleckte Sau auf mich zukommt und grunzend versucht, ins Boot zu klettern. Überwältigt und ein wenig verängstigt werfe ich ihr eine Kartoffel zu, und sie zieht sich zurück, um die Knolle zu fressen. Ihre Zähne durchschlagen die Haut und das rohe helle Innere. Weitere Schweine haben die neue Futterquelle ebenfalls entdeckt, paddeln zu mir und umringen das Boot. Kurz darauf ist mein Sack leer.

Sobald es nichts mehr zu fressen gibt, verlieren die Schweine ihr Interesse an mir und schwimmen davon, um sich einen neuen Futtergeber zu suchen. Genau, wie Keane es vorhergesagt hat. Ich würde am liebsten weinen. Nicht, weil er recht hatte. Nicht, weil die Schweine nicht bezaubernd wären. Sondern weil Ben sich getäuscht hat. Hier gibt es keine echte Freiheit. Es ist bloß eine Illusion aus matschigem Obst, Brotstücken und Kartoffelsäcken.

Keane ist auf dem Boot geblieben, wo er fluchend versucht, den Außenbordmotor flottzubekommen, und Teile aus- und wieder einbaut. Ich bin noch nicht bereit zurückzurudern. Ich habe keine Lust darauf, mir von ihm unter die Nase reiben zu lassen, dass er es mir ja gleich gesagt hat. Also ziehe ich das Beiboot an Land, spaziere am Ufer entlang und sammle gestrandete Seesterne. Werfe die lebenden zurück ins Wasser und behalte die toten. Auf der Beerdigung meinte jemand, dass Ben in meiner Erinnerung für immer weiterleben wird, aber es ist verdammt noch mal nicht dasselbe.

Die Sonne ist bereits auf gutem Weg zum höchsten Punkt am Himmel, und eine Eidechse unbekannter Art huscht an meinen Füßen vorbei, als ich zum Beiboot zurückkehre. Die Schweine nehmen keine Notiz von mir, während ich zur Alberg zurückrudere.

»Alles okay, Anna?«, fragt Keane, als ich die Leiter hochklettere. Der Außenbordmotor ist nirgendwo zu sehen, und ich überlege, ob er ihn repariert hat oder ob das Gefluche umsonst war.

»Keine Ahnung.«

Er breitet die Arme aus. »Umarmung gefällig?«

Ich trete lachend und weinend zugleich auf ihn zu. Sinke in Arme, die genau wissen, wie fest sie mich drücken sollen. An ein warmes T-Shirt, das nach Salz, Motoröl und Geborgenheit riecht.

»An einem anderen Tag hätten mir die Schweine vielleicht gefallen«, sage ich, an seine Schulter gerichtet. »Aber heute … hattest du recht.«

»Das wollte ich nicht.«

»Können wir von hier verschwinden?«

»Auf jeden Fall.« Keane lässt mich los, und ein Teil von mir wünscht sich, ich könnte noch etwas länger in dem Schutz seiner Umarmung verweilen. »Alles, was du willst.«

Verstärkt

Port Howe am südlichen Ende von Cat Island gönnt uns eine willkommene Atempause nach beinahe sechzig unruhigen Seemeilen, die wir seit dem Pig Beach mit Motorkraft zurückgelegt haben. Es ist kurz nach Sonnenuntergang, das Wasser ist spiegelglatt, und es liegt nur ein weiteres Boot vor Anker, eine große Ketsch namens Chemineau. Klassischer Rock 'n' Roll und Gelächter treiben über das Meer, es riecht kaum merklich nach Zigaretten, und eine weibliche Stimme summt laut zu Van Morrison.

»Hallo!«, donnert eine tiefe Stimme aus der Ferne, und drei Arme schießen hoch und winken uns zu. In einer Hand sehe ich glühende Asche. Es ist das erste Mal, dass wir auf einem Ankerplatz von anderen Seglern willkommen geheißen werden.

Keane bildet mit den Händen einen Trichter vor dem Mund und brüllt zurück, während ich winke. Wir ankern nahe genug, um nicht abweisend zu wirken, aber weit genug weg, um nicht aneinanderzukrachen.

»Kommt doch rüber!«, ruft die tiefe Stimme, sobald wir den Anker gesetzt haben.

Nachdem ich die letzten Tage über ziemlich mies gelaunt war, bin ich meiner selbst ein wenig überdrüssig, und auch wenn ich noch nie sonderlich erpicht darauf war, neue Leute kennenzulernen, bin ich an diesem Abend mehr als bereit, unser Boot zu verlassen. Keane klettert in die Kabine hinunter und wühlt in seinem Seesack.

»Kommst du mit?«, fragt er, riecht an einem grauen T-Shirt und wirft es in den Seesack zurück.

»Ja.«

Wir sind beide zerzaust und durchtränkt von Sonnencreme, aber ich wasche mir bloß eilig das Gesicht und ersetze Bens altes weißes Button-down-Hemd – meine inoffizielle Segeluniform – durch ein rotes Neckholder-Shirt im Blumenmuster. Ich bleibe barfuß und nehme etwas Parfum, um den Schweißgeruch zu überdecken. Keane schlüpft in eine lange Jeans, und ich frage mich, ob er versucht, seine Prothese zu verstecken.

»So ist es weniger unangenehm, wenn ich neue Leute treffe«, erklärt er, als hätte er meine Gedanken gelesen.

»Ich bin nur ein bisschen überrascht. Du wirkst nicht gerade gehemmt, wenn es um dein Bein geht.«

»Bin ich auch nicht, aber manchmal habe ich keine Lust drauf, dass es immer gleich das Erste ist, das den Leuten an mir auffällt.« Er holt eine Flasche Guinness aus seinem Seesack. »Mir ist es lieber, wenn sie meinen Charme und mein teuflisch gutes Aussehen würdigen.«

»Welchen Charme?«

»Dann gibst du also zu, dass ich teuflisch gut aussehe?«

Ich betrachte ihn blinzelnd. »Nein. Tut mir leid.«

Keane legt sich eine Hand auf die Brust. »Jetzt hast du mich tief getroffen, Anna.«

Ich lache. »Komm, Schatz, lass uns die neuen Nachbarn kennenlernen.«

Wir steigen gemeinsam ins Beiboot, und ich halte die Flasche Guinness, während Keane rudert.

Der Groß- und der Besanbaum des Schiffes sind mit chinesischen Papierlampions geschmückt, und Crosby, Stills & Nash schallen aus den Boxen. Die Musik erinnert mich an Bens Schallplattensammlung, die sich in Fort Lauderdale in einem abgesperrten Lagerraum befindet. Zusammen mit den anderen Dingen, die seine Mutter mir abgenommen hat. Es hätte ihm gefallen, zu dem hell erleuchteten Boot zu rudern, um neue Leute kennenzulernen. Er hätte mir erklärt, dass der Sinn dieser Reise sei, die Vielfalt und Weite dieser Welt zu erfassen. Ich vermisse meine kleine, private Welt, die ich um ihn herum errichtet habe, doch heute Abend werde ich nicht zulassen, dass die Traurigkeit einen Fuß in die Tür stellt.

Keane wirft dem Mann auf dem Boot die Leine zu. Er ist groß, hat einen breiten Nacken, und seine Haare sind so hell wie das Mondlicht. Seine Haut ist gebräunt, sein Gesicht wirkt offen. Alles an ihm ist groß, und wenn er lächelt, kommt eine Lücke zwischen den Schneidezähnen zum Vorschein. Er wirkt sehr viel älter als ich und auch älter als Keane und heißt uns mit einem energischen, knochenbrechenden Handschlag auf der Chemineau willkommen. Seinen kaum hörbaren Akzent kann ich nicht zuordnen, als er spricht und und sich uns als Rohan vorstellt.

»Das sind meine Freunde«, erklärt er und führt uns zur Plicht, wo eine Frau den Arm wie eine Katze über die Schulter des neben ihr sitzenden zweiten Mannes gelegt hat. Rauch steigt von der Zigarette zwischen seinen Fingern auf. Die beiden haben dunkle Haare, doch seine Haut ist hell und ihre dunkel. »James.« Rohan deutet auf den Mann. »Und Sara.«

Keane präsentiert das Guinness, als wäre es eine teure Flasche Wein.

»Ein bescheidenes Gastgeschenk, ich weiß. Aber ich habe es bei meinem letzten Besuch in meiner Heimat Irland mitgenommen, es ist also definitiv echt.«

Rohan bittet uns, Platz zu nehmen, und verschwindet in der Kabine. Keane lässt sich gegenüber von James und Sara nieder, und ich will mich neben ihn setzen, doch Sara klopft auf den leeren Platz neben sich.

»Anna.« Sie trägt eine schulterfreie Bluse, ihre Lippen sind rot geschminkt, und ihr schwarzer Eyeliner sitzt perfekt. Sie wirkt cool und elegant, während ich mich wie ein verschwitztes Milchmädchen fühle. Ich vergewissere mich nicht, ob Keane sie anstarrt, aber es würde mich wundern, wenn nicht. Sie ist so schön, dass ich selbst kaum den Blick von ihr abwenden kann. »Tauchst du?«

Ben hat vergangene Weihnachten Tauchstunden für uns organisiert, aber wir konnten den Gutschein vor seinem Tod nicht mehr einlösen.

»Bisher habe ich nur geschnorchelt.«

»Das müssen wir ändern«, sagt sie, als wären wir alte Freunde und hätten uns nicht gerade erst kennengelernt. Sie spricht mit britischem Akzent, was ihren Glamour-Faktor noch einmal multipliziert. »Das machen wir hier nämlich. Wir tauchen.«

James – mit den großen braunen Augen und dem ernsten Mund – erklärt, dass sie seit sechs Monaten die Buchten und Riffe der Bahamas erkunden. Höhlentauchen, mit Walen schwimmen, Hummer angeln. Er hat ebenfalls einen britischen Akzent. »Auf dem Papier bietet Rohan von Nassau aus Tauchtouren an, und wir sind seine Crew«, fährt James fort. »Er übernimmt gerade mal so viele Aufträge, dass wir genügend Bier und Nitrox kaufen können.«

Rohan kehrt mit eisgekühlten Flaschen Heineken zurück, während ich erzähle, dass Keane und ich von Florida nach Puerto Rico segeln und ich danach alleine durch die Karibik weiterfahren werde. Ich klinge sehr viel erfahrener, als ich tatsächlich bin, und lasse Ben aus der Geschichte heraus. Genauso wie Keane seine Prothese. Ich will nicht, dass diese Leute zuallererst Mitleid für mich empfinden.

Wir reden – während James eine Zigarette nach der anderen raucht –, und ich erfahre, dass Rohan aus Südafrika stammt und seine Muttersprache Afrikaans ist. James ist ein ehemaliger Profi-Surfer aus Cornwall. Und Sara eine britisch-französisch-algerische Influencerin auf Instagram, die dafür bezahlt wird, dass sie Fotos von sich selbst macht. Sie sind alle genauso weit gereist wie Keane, und je mehr sie von ihren Abenteuern erzählen, desto provinzieller komme ich mir vor.

Sara erinnert sich an einen Tauchurlaub mit Freunden auf Pulau Perhentian Kecil, einer Insel, die ich niemals auf der Landkarte finden würde. James erzählt von dem Jahr, das er als Englischlehrer in Japan verbracht hat, und Keane, wie er die Segelregatta von Sydney nach Hobart auf einer Zwanzig-Meter-Yacht bestritten hat. Eine Geschichte führt zur nächsten, und sie finden immer mehr Gemeinsamkeiten, während ich mich schäme, dass ich bloß von meinem Ausflug zum Grand Canyon berichten kann.

»Da wollte ich schon immer mal hin«, meint Sara, und ich bin dankbar für ihre Freundlichkeit. »Aber das ist das Problem an den USA, nicht wahr? Das Land ist so groß, dass die Amerikaner unmöglich alles sehen können. Ganz zu schweigen davon, anderswohin zu reisen.«

Ben hätte so viel besser hierhergepasst als ich. Seine Familie hatte genug Geld, um die Welt zu bereisen, und er war als Rucksacktourist in Zentral- und Südamerika unterwegs, als er noch auf dem College war. Er hätte von seinen Abenteuern erzählt, während ich mich bloß an die Kabbeleien mit meiner Schwester auf dem Rücksitz unseres Autos erinnern kann.

Nach ein paar Flaschen Bier entschuldige ich mich auf die Toilette. Im Vergleich zur Alberg ist die Chemineau riesig und abgesehen von der Taucherausrüstung und den Klamotten, die überall herumliegen, sehr gut ausgestattet. Die Schlafkojen sind groß genug für einen Mann von Rohans Größe, und die Kombüse ist eine richtige Küche mit einem Mikrowellenherd und einer Waschmaschine samt Trockner. Als ich aus dem Badezimmer trete, wartet Sara neben der Tür.

»Also … Keane«, sagt sie. »Gehört er dir?«

»Was?« Die Frage trifft mich vollkommen unvorbereitet.

»Ich habe überlegt, ob ihr beide eine Beziehung habt.«

»Oh. Nein. Wir segeln nur zusammen.«

Sara lächelt. »Ich hätte jedenfalls nichts gegen ihn einzuwenden.«

Bis jetzt war Keane für mich nur der Mann, der mir im wortwörtlichen Sinn den Arsch gerettet hat, doch als ich ihn jetzt durch Saras Augen sehe, wird das Bild klarer. Mein Gott, wie konnte ich ihn derart *übersehen?* »Ja, ich schätze … Das kann ich mir vorstellen.«

Ihr Lachen ist tief und rauchig. »Ist dir das erst jetzt aufgefallen?«

»Nein. Ich meine … vielleicht?«

Ihre Augenbrauen formen einen perfekten Bogen. »Ändert das etwas an deiner Antwort?«

Ich möchte keinen Anspruch auf Keane Sullivan erheben, aber dann denke ich an sein Bein, und ein gewaltiger Beschützerinstinkt erwacht in mir. Wird Sara dasselbe fühlen, wenn sie es herausfindet? Oder wird sie ihn als beschädigte Ware betrachten?

»Nein, er gehört nicht zu mir.«

Zurück an Deck ist meine Wahrnehmung, was Keane angeht, verstärkt, und mir springt jedes Detail ins Auge. Wie er lächelt, wenn er kurz davor ist, in Gelächter auszubrechen. Seine ausladenden Gesten, wenn er redet, als wäre die ganze Welt zu seiner persönlichen Party eingeladen. Und seine Schultern sind … perfekt. Es ist, als würde ich direkt in eine nackte Glühbirne schauen, und wenn ich die Augen schließe, sehe ich seine Umrisse immer noch.

Sara setzt sich nicht wieder neben James, sondern rückt näher an Keane heran, was eine Welle des Unwohlseins in mir auslöst. Es ist nicht direkt Eifersucht, sondern eher die Frage, ob sie gut genug für ihn ist. Das ist lächerlich, denn im Grunde geht mich eine mögliche Affäre der beiden nichts an.

Es ist nach Mitternacht, als James seine letzte Zigarette ausmacht, sich aus seinem Sitz schält und uns zuwinkt. »Ich lasse es für heute gut sein. Hat mich gefreut, euch beide kennenzulernen.«

»Wohin wollt ihr als Nächstes?«, fragt Rohan an mich gewandt. Sara berührt Keanes Arm und lacht. Er erzählt gerade von einer weiteren Segelregatta, und ihr Lächeln und ihre ungeteilte Aufmerksamkeit führen dazu, dass er sich ihr mit dem ganzen Körper zuwendet.

»Wir hüpfen von Insel zu Insel bis zu den Turks und Caicos«, antworte ich. »Morgen Rum Cay, dann Samana und Mayaguana.«

Rohan nimmt einen großen Schluck Bier. »Wir gehen morgen früh in Port Howe an Land«, erklärt er. »Vielleicht wollt ihr ja mitkommen, dann könnten wir tags darauf zusammen weiter nach Rum Cay.«

»Das klingt super«, meint Sara und unterbricht Keane in seinen Erzählungen. »Anna, du und ich könnten auf deinem Boot segeln. Wir hängen die Jungs sicher ab.«

»Was hältst du davon?«, frage ich und versuche, Keane per Gedankenübertragung meine Bedenken zu vermitteln, weil Cat Island nicht zu Bens Zielen gehört hat. Doch Keane merkt nichts davon. »Klingt gut.«

»Dann haben wir also eine Verabredung«, verkündet Rohan in offiziellem Ton. Er steht auf und sammelt die leeren grünen Flaschen auf dem Tisch ein. Als er beide Arme voll hat, wünscht er uns eine gute Nacht und verschwindet in der Kabine. Wir sind nur noch zu dritt – und das ist einer zu viel.

»Ich glaube, ich rudere zurück zum Boot. Falls du … ähm …« Ich breche ab. Ich will nicht so klingen, als erwartete ich, dass sie zusammen ins Bett fallen, sobald ich weg bin. Auch wenn das ziemlich sicher der Fall sein wird. »Ich kann ja morgen früh wieder …«

»Das ist nicht nötig«, erklärt Keane. »Ich komme mit.«

Falls Sara enttäuscht ist, versteckt sie es hinter guten Manieren, drückt uns einen Kuss auf beide Wangen und erklärt noch einmal, wie schön es ist, uns kennengelernt zu haben. »Anna, das war vorhin ernst gemeint. Dass wir zusammen segeln. Denk darüber nach. Und ruft einfach morgen früh herüber, wenn ihr mit uns an Land gehen wollt.«

»Machen wir.«

Keane lehnt sich zu ihr und flüstert ihr etwas ins Ohr, sodass sich ihre Lippen zu einem verschmitzten, aufreizenden Lächeln verziehen. Dann gehen wir.

»Nette Leute«, meint Keane auf dem Rückweg zu unserem Boot. Er sieht zur Chemineau zurück, und ich frage mich, ob Sara noch immer an Deck steht.

»Jap.«

»Alles okay?«

Ich nicke, aber in Wahrheit bin ich mir nicht sicher. Jetzt, wo ich Keane in einem anderen Licht gesehen habe, kann ich nicht mehr zurück. Er ist ein Mann – ein außerordentlich attraktiver Mann –, und wir segeln zusammen auf einem kleinen Boot. Der Gedanke macht mich auf bisher unbekannte Art nervös.

»Es war ein langer Tag. Und etwas zu viel Bier. Aber es hat Spaß gemacht.«

»Willst du noch einen Tag länger bleiben?«

»Ich weiß nicht.«

»Ich will, was immer du willst, Anna«, erklärt er. »Aber wenn du mich fragst, gibt es auf der Insel Dinge, die du vielleicht gerne sehen würdest. Eine verfallene Plantage zum Beispiel. Und ein wunderschönes verlassenes Kloster.«

Die Insel ist zwar kein Teil von Bens Route, aber ich möchte sie trotzdem sehen.

»Okay, bleiben wir.«

Geister

Keane trägt erneut Jeans, als wir die Leiter hinunter und in Rohans Beiboot klettern. Sara rückt beiseite, um Platz für ihn zu machen. Sie lächeln einander zu, als wären wir anderen gar nicht da.

»Guten Morgen!«, donnert Rohan viel zu laut für die frühe Stunde. »Gut geschlafen?«

Ich habe von Ben geträumt, der Sara etwas ins Ohr flüstert, mit ihr davonsegelt und mich verzweifelt winkend und brüllend auf einer Insel voller Schweine zurücklässt. Ich bin weinend und mit brennendem Hals aufgewacht, als hätte ich tatsächlich geschrien. Doch Keane hat tief und fest geschlafen. Danach bin ich an Deck gestiegen, wo ich die restliche Nacht eingewickelt in meine Decke verbracht und darauf gewartet habe, dass mein rasendes Herz und meine zitternden Glieder erkennen würden, dass es nur ein Traum war.

»Ja«, lüge ich. »Danke.«

Es ist nur eine kurze Strecke bis an die Küste, und wir ziehen das Beiboot an den Strand vor der Deveaux-Plantage. Keane erzählt, dass Andrew Deveaux die Baumwollplantage in den 1780ern als Belohnung für seine Rolle im Widerstand gegen die Spanier in Nassau bekam. Der Großteil des Haupthauses einschließlich der Dachstreben steht noch, doch das Innere ist bloß eine leere Hülle voll bröckelndem Putz und altem Holz. James kickt Schutt und Steine beiseite, während er durch das Haus schlendert, und Rohan schießt mit einer teuren Kamera Fotos von einem Baum, der durch die Wand wächst. Durch die Fenster an der Vorderseite hat man eine herrliche Aussicht aufs Meer, und ich lehne mich in den leeren Türrahmen und betrachte das blaugrüne Wasser und das hübsche blaue Boot, das mich hierhergebracht hat.

»Die Inselbewohner glauben, dass die Geister derjenigen, die einst in einem Haus gelebt haben, in den Ruinen weiterexistieren.« Keane tritt neben mich. »Also bauen sie neue Häuser innerhalb der alten Mauern, um die Geister nicht zu vergrämen. Ich finde, das ist eine schöne Art zu leben, du nicht auch? Zuzulassen, dass die Gegenwart friedlich und Hand in Hand mit der Vergangenheit existiert.«

Er tritt durch die Tür und geht an den Strand, wo Sara auf einem Badetuch in der Sonne liegt. Er setzt sich neben sie und lässt etwas Sand auf ihren nackten Bauch rieseln, bis sie den Kopf hebt und ihn ansieht. Ich wende mich ab und gehe in das ehemalige Küchenhaus. Die Ziegel der alten Feuerstelle liegen frei, einige schwarz vom Feuer, andere grün vom Moos. Falls hier wirklich Geister wohnen, bezweifle ich, dass sie glücklicher sind als zu Lebzeiten, als auf ihrem Rücken ein Vermögen gemacht wurde und ihre Fingerspitzen vom Bauwollpflücken blutig waren. Ich fühle mich heimgesucht, aber ich bin mir nicht sicher, ob ich nicht meine eigenen Geister mitgebracht habe.

Rohan folgt mir und macht Fotos von den Überresten der Küche.

»Ich könnte einen Drink vertragen.« Er wischt sich mit der Hand den Schweiß von der Stirn. »Ein Stück die Straße hoch ist ein Resort samt Bar.«

»He!«, ruft James in Richtung Strand, wo Keane gerade auf seine Prothese unter der Jeans deutet. Vermutlich erzählt er Sara von seinem Bein. »Drinks!«

Keane hilft Sara hoch, und sie kommen gemeinsam auf uns zu. Seine Hände deuten in alle Richtungen, während er redet, und ihr Lächeln ist nicht verblasst. Vielleicht ist sie ihn doch wert.

»Sie steht total auf ihn«, erklärt James, und ich will gerade sagen, dass das wohl auf Gegenseitigkeit beruht, als er weiterredet: »Zumindest heute. Morgen früh hat sie das Interesse verloren.«

Rohan nickt. »Das ist immer so.«

Keane und Sara treten zu uns, und Rohan – dem an Land schnell langweilig wird – weiht sie in seinen Plan ein, den Rest des Tages mit einer Flasche Rum zu verbringen. James und Sara sind sofort dabei, aber Keane wirkt nicht sehr begeistert, und auch ich habe nicht vor, mich schon um halb elf Uhr vormittags zu betrinken.

»Ich möchte zu dem verlassenen Kloster hinauf.« Keane sieht mich an. »Du kommst doch mit, Anna, oder?«

»Klar.«

Wir gehen eine Straße aus zerbrochenen Muschelschalen entlang, bei der es sich in Wahrheit nur um einen einspurigen Weg ohne nennenswerten Verkehr handelt, bis wir zu einem kleinen Ferienresort gelangen. Es ist nicht gerade nobel und besteht bloß aus einigen kleinen Häuschen mit Blick auf den Strand, sandigen Wegen und herrlich blühenden Bäumen. Die drei Taucher machen sich sofort auf den Weg an die Bar, während Keane an der Rezeption ein Taxi bestellt.

Sara, James und Rohan haben sich über die Hausbar hergemacht und mixen ihre eigenen Cocktails. Wir versprechen, in drei bis vier Stunden wieder da zu sein. Sie scheinen froh, so lange Zeit zu haben, um sich zu betrinken.

»Ich frage mich, wie die es schaffen, so viel hinunterzukriegen«, sage ich zu Keane, während wir die Straße zurückschlendern und auf unser Taxi warten. »Du hast ja gesehen, was passiert, wenn ich zu viel Bier trinke.«

»Du hast mir gar nicht erzählt, wie es so weit kommen konnte.«

»Ich war alleine auf Bimini und so wütend auf Ben, dass ich zu trinken begonnen habe«, erkläre ich. »Und da war dieser Kerl im CJ's. Er wollte mich abschleppen, und ich habe es geschehen lassen. Wir sind in sein Hotelzimmer und wollten gerade, ähm …« Ich sehe Chris vor mir, der nackt neben dem Bett steht, und Schamesröte steigt mir ins Gesicht. »Aber dann hat plötzlich seine Frau angerufen – ich wusste gar nicht, dass er verheiratet war –, und da bin ich auf und davon. Wobei ich einiges zurückgelassen habe, wie du ja gesehen hast.«

Ich erwarte, dass Keane lacht, aber er wirkt angewidert, und ich hoffe, dass er jetzt nicht schlecht über mich denkt. »Mein Gott, Anna! Gut, dass ich das zu dem Zeitpunkt nicht wusste. Ich hätte ihm den verdammten Schädel eingeschlagen.«

»Hey.« Ich boxe ihm sanft in die Seite. »Du hast mich zurück aufs Boot gebracht. Das war bei Weitem mehr, als du hättest tun müssen.«

Er fährt sich mit den Fingern durch die Haare, sodass sie in alle Richtungen stehen. »Anständig zu sein sollte nie mehr sein, als man tun muss.«

»Dann hat dich deine Mutter besser erzogen als die meisten Mütter ihre Söhne.«

Als ich seine Mom erwähne, wird sein Blick weich, und er grinst. »Vorsicht, Anna. Ich vergucke mich gern in Frauen, die meiner Mutter Komplimente machen.«

»Oh, wirklich? Und wie viele Frauen waren das bis jetzt?«

Er zwinkert mir zu. »Bloß eine.«

Einen kurzen Moment lang überlege ich, ob er es ernst meint, doch Flirten scheint zu Keane Sullivans Werkseinstellungen zu gehören, also lache ich. »Glaubst du, das dort ist unser Taxi?«

Ein silberfarbener Minivan, der seine Glanzzeiten schon lange hinter sich hat, holpert die Straße entlang.

»Die Chancen stehen gut.«

Unsere Fahrerin – eine ältere dunkelhäutige Frau namens Eulalia – fragt, wo wir hinwollen. Keane erklärt, dass wir zum Kloster wandern möchten, und bittet sie um einen Tipp, wo wir zu Mittag essen können. »Ach ja, und findet morgen irgendwo eine katholische Messe statt?«

»Die Erlöserkirche hält um elf einen Gottesdienst ab«, antwortet sie. »Aber ohne Priester, nur mit einem Dekan.«

»Das ist etwas spät«, erklärt Keane. »Was ist mit Baptisten oder Anglikanern? Wann treffen die sich?«

»Darfst du überhaupt andere Messen besuchen?«, frage ich. »Einfach so für einen Tag das Team wechseln?«

»Technisch gesehen nein, aber ich schätze, der Herr ist glücklich über jeden Gläubigen und kümmert sich nicht so sehr darum, in welcher Kirche er sitzt.«

Eulalia lacht, bis ihr Tränen in den Augen stehen. Gut, dass keine anderen Fahrzeuge unterwegs sind, denn sie achtet nicht wirklich auf die Straße.

»Eulalia ist ein schöner Name«, meint Keane und lässt seinen Charme spielen. Sie sieht in den Rückspiegel und schenkt ihm ein strahlendes Lächeln.

»Meine Mutter sagt, mein Name ist Programm«, erklärt sie. »Eulalia bedeutet *wortgewandt*, und ich bin schon plappernd auf die Welt gekommen.«

Keane lacht. »Bei mir ist es auch so. Meine Mutter hat mich nach dem heiligen Christopherus benannt, dem Schutzheiligen der Reisenden. Ich bin mit siebzehn von zu Hause fort und seitdem ständig unterwegs.«

»Du heißt *Christopher?*«, frage ich und denke unwillkürlich an den anderen Chris, den ich lieber vergessen würde.

»Aye. Aber nur meine Großmutter und der Pfarrer, der mich getauft hat, nennen mich so«, erwidert Keane. »Ich trage den Namen eines Heiligen, aber Keane ist der Mädchenname meiner Mutter. Sie beschloss, mich Keane zu nennen, denn nach sieben Kindern war sie nicht gerade *keen* – also scharf – darauf, noch ein achtes zu bekommen.«

Auf der Höhe von New Bight sind Eulalia und Keane bereits beste Freunde, und sie hat uns zu sich nach Hause zum Essen eingeladen. »Eine Stunde im Kloster sollte reichen, danach komme ich euch holen«, erklärt sie. »Und nach dem Essen bringe ich euch zurück nach Port Howe.«

Keane lehnt sich nach vorne und drückt einen Kuss auf ihre runde braune Wange. »Eulalia, Sie sind ein Schatz. Danke.«

Auf dem Weg zum Mount Alvernia erzählt unsere Fahrerin von Pater Jerome, einem Architekten, Missionar und katholischen Priester, der als junger Mann auf die Insel kam, um Kirchen zu bauen. Er errichtete das Kloster, wo er für den Rest seines Lebens als Einsiedler lebte und nur nach unten kam, um den Bedürftigen Essen und Kleidung zu bringen.

Der Weg nach oben ist kurz, aber steil, und die Bäume zu beiden Seiten spenden kühlenden Schatten. Versteckt unter den Zweigen entdecke ich kleine Gedenksteine, in die Bilder von Jesus graviert sind, der sein Kreuz auf dem Rücken trägt.

»Das nennt man Kreuzweg«, erklärt Keane. »Während der Fastenzeit feiern wir Katholiken die einzelnen Stationen mit

Gebeten, Gesang und der Erinnerung an die Leiden unseres Herrn.«

Er verstummt und fällt immer weiter zurück. Zuerst betrachte ich besorgt sein Gesicht, denn womöglich tut der steile Weg seinem Bein nicht gut, doch dann wird mir klar, dass er an jeder Station kurz innehält. Als er merkt, dass ich ihn beobachte, zuckt er mit den Schultern und grinst verlegen. »Man kann einen Jungen aus Irland herausholen, aber …«

»Ist schon okay«, erwidere ich. »Schön, dass du etwas hast, woran du glaubst.«

Ich gehe voraus und überlasse ihn seinem Gebet. Als ich oben ankomme, bin ich ziemlich außer Atem. Vom höchsten Punkt des Mount Alvernia sehe ich die ganze Insel – das immerwährende Grün der Pflanzen, die keinen Winter kennen, und den strahlend weißen Sand. Das Wasser im Westen ist türkisfarben, und die Schnellboote ziehen weiße Schaumkronen hinter sich her. Im Osten erstreckt sich der tiefblaue Ozean bis nach Afrika. Im Süden wird die Alberg mittlerweile von mehreren Segelbooten umringt. In unserer kleinen Bucht ist einiges los.

Hier oben ist es dagegen unglaublich friedlich. Kein Verkehr. Keine Musik. Keine Geräusche, außer dem Rauschen der Bäume und dem Zwitschern der Vögel, die in ihnen wohnen. Ich will Keane gerade sagen, dass Ben diesen Ort geliebt hätte, als mir klar wird, dass das nicht stimmt.

Ben hätte Eulalias melodiösen Akzent und das Trinken mit den Tauchern geliebt. Er hätte sich angeregt mit Rohan unterhalten. Ben war ständig in Bewegung und verbrachte nicht gerne Zeit in stiller Reflexion. Er hätte die Stille mit Worten gefüllt. So gesprächig Keane Sullivan auch ist, er weiß, wann er still sein soll.

»Ich liebe diesen Ort«, erkläre ich. »Danke, dass du mich hierhergeführt hast.«

»Der Großteil meiner besten Entdeckungen ist zufällig passiert«, erklärt Keane. »Manchmal muss man die Karten einfach beiseitelegen und dem Schicksal folgen.«

Wir schlendern durch die Gebäude, zwängen uns durch enge Türen und testen das harte Holzbrett, das Pater Jerome als Bett diente.

»Ich könnte nie asketisch leben.« Keane liegt auf dem Rücken und hat die Hände auf der Brust gefaltet. Er muss die Knie anwinkeln, um auf die Pritsche zu passen. »Für mich gehören ein Pint Guinness, eine weiche Decke und ab und zu ein warmer Körper neben mir zu den menschlichen Grundbedürfnissen. Ehrlich gesagt, Anna, beneide ich dich um deine Kuscheldecke.«

»Verbietet deine Religion es dir denn nicht, deinen Nächsten um dessen Kuscheldecke zu beneiden?«

Er richtet sich lachend auf. »Es wäre keine Sünde, wenn du sie mit mir teilst.«

»Okay. Du kannst sie haben, wenn ich sie gerade nicht brauche.«

»Abgemacht.«

Eulalias silberfarbenes Taxi wartet unten auf uns, und sie

fährt uns zu einem kleinen, himmelblau gestrichenen Holzhaus. Der aus Gras und Sand bestehende Vorgarten wird von einem Lattenzaun gesäumt, dessen weiße Farbe abblättert, und ein hellbrauner Hund liegt im Schatten neben der Treppe zur Eingangstür. Wir werden von dem Duft nach frittiertem Fisch und Eulalias Mann Robert erwartet, einem Hünen mit grau melierten Haaren. Sie stellt uns einander vor und schiebt uns zum Küchentisch, wo Schüsseln voll frittiertem Schnapper mit Tomaten, Zwiebeln und Kartoffelstücken auf uns warten.

Das Auf und Ab von Eulalias Stimme ist wie Musik in unseren Ohren, während sie von ihrer Insel, ihrer Schwester, der Bäckerin und der besten Freundin ihrer Mutter erzählt, die als Pater Jeromes Haushälterin jeden Tag den Berg hochstieg. In Eulalias Küche fühle ich mich wie in einer herrlich warmen Umarmung, und ich empfinde Heimweh nach etwas, das mir meine Familie nie wirklich geben konnte. Etwas, von dem ich gehofft habe, dass Ben und ich es zusammen erschaffen würden.

»Ich will gar nicht fort«, erkläre ich Eulalia, als wir einige Zeit später in ihr Auto steigen. »Können Sie mich nicht adoptieren und für immer bei Ihnen wohnen lassen?«

Sie lacht. »Ich habe gerade meinen jüngsten Sohn aufs College nach Toronto geschickt. Ich brauche keine weiteren Kinder, aber ihr könnt mich besuchen, wann immer ihr wollt. Ich werde da sein.«

Wir rumpeln die Straße zurück in Richtung Port Howe, und die Insel zieht an meinem Fenster vorbei. Eulalia verabschiedet uns mit Umarmungen und Küssen, als hätten wir sie nicht erst am Vormittag kennengelernt. Keane versucht, ihr das Geld für die Taxifahrt zuzustecken, doch sie winkt ab. »Es ist bald Weihnachten«, sagt sie und meint damit, dass die ganzen Familien auf Weihnachtsurlaub für unsere Fahrt aufkommen werden. Wir umarmen sie ein letztes Mal, als wäre das Bezahlung genug.

Beichte

Wir finden die Taucher betrunken und kichernd am Strand, wo sie gelandet sind, nachdem sie aus der Hotelbar geworfen wurden. Sie befinden sich in ihrer eigenen kleinen Welt, doch sie ziehen uns in Windeseile wieder in ihre Umlaufbahn, und Rohan bringt uns mit dem Beiboot auf die Chemineau. Sara und Keane schmachten sich an wie zwei Teenager, und ich bin nach der Wanderung und Eulalias Fischeintopf einfach nur müde. Ich will zurück auf die Alberg, aber es kommt mir unhöflich vor, darum zu bitten.

»Ich mache ein Nickerchen«, erklärt Rohan. »Fühlt euch bitte wie zu Hause. Satellitentelefon. Wi-Fi. Waschmaschine. Es ist alles da.«

»Ehrlich gesagt muss ich tatsächlich mal meine E-Mails checken.«

James führt mich hinunter zur GPS-Station, wo ich den bootseigenen Laptop benutzen darf. Ich habe drei E-Mails von meiner Mutter – ungewöhnlich, wenn man bedenkt, wie selten sie vor dem Computer sitzt –, und in jeder fragt sie mich, warum ich die Besitzurkunde für das Boot noch nicht geschickt habe. In der dritten Mail ist sie beinahe außer sich vor Sorge, dass Bens Mutter mich wegen Diebstahls verhaften lassen könnte. Ich schicke ihr noch einmal meine E-Mail mit dem eingescannten Dokument und schreibe anschließend eine kurze Nachricht an Carla.

Ich habe den Vormittag auf Cat Island in einem verfallenen Einsiedlerkloster verbracht und danach bei Einheimischen zu Mittag gegessen. Wir kommen auf unserem Weg zu den Turks und Caicos in den nächsten Tagen an ein paar ziemlich entlegenen Inseln vorbei, aber ich hoffe, dass ich auf Providenciales die Gelegenheit haben werde, dir mehr zu erzählen. Ich wünschte, ich hätte gute Nachrichten, aber in Wahrheit denke ich immer noch ständig an Ben und versuche – wirklich und nach Leibeskräften – herauszufinden, wie das Leben ohne ihn aussehen könnte.

James raucht und liest einen Henning-Mankell-Krimi, als ich zurück an Deck komme, und Sara erzählt Keane von einer wilden Nacht auf Teneriffa, das ich wahrscheinlich ebenfalls nicht auf einer Landkarte finden würde. Er sieht sie an, als würde er sie sich nackt vorstellen. Ich fühle mich schrecklich fehl am Platz. Hätte ich Rohan vorhin bloß gebeten, mich auf der Alberg abzusetzen. Ich schlüpfe aus meinen Sneakers, ziehe mich bis auf den Bikini aus und rücke mein Höschen zurecht. »Ich gehe eine Runde schwimmen. Bring einfach meine Klamotten mit, wenn du nachkommst.«

Bevor Keane etwas erwidern kann, tauche ich bereits ins Wasser. Die Chemineau ankert nahe genug, sodass ich zur Alberg schwimmen kann. Das Wasser ist kalt auf meiner Haut, und als ich schließlich die Schwimmleiter erreiche, fühle ich mich um einiges besser. Nachdem Keane nicht da ist, nehme ich eine richtige Dusche. Meine Haare waren seit Nassau nicht mehr so sauber, und meine Beine sind wieder glatt. Ich hänge die feuchten Badetücher auf die Rettungsleine. Mache ein Nickerchen. Esse einen Salat aus Gurken und Tomaten, die morgen vermutlich faul geworden wären. Ich schüttle den Sand aus meinem Bettzeug. Genieße den Sonnenuntergang. Schlage die Stunden tot, die immer einsamer werden, je länger Keane fort ist. Wir segeln erst seit sechs Tagen zusammen, aber seine Abwesenheit fühlt sich jetzt schon irgendwie … seltsam an.

Das Boot schwankt, als Keane schließlich an Bord klettert. Dieses Mal kracht er nicht wie ein Sack aufs Deck. Er schleicht sich leise herein und versucht, mich nicht zu wecken. Ich hebe den Kopf, um ihn zu begrüßen, als ich Alkohol, Zigaretten und Saras würziges Parfum rieche und es mir anders überlege. Stattdessen tue ich so, als würde ich schlafen. Ich bin nicht eifersüchtig – Keane kann tun und lassen, was er will –, ich wurde nur gerade auf drastische Weise daran erinnert, dass ich nicht mit dem Mann unterwegs bin, den ich liebe. Ich reise mit einem Fremden.

Als ich an unserem siebten Tag auf See frühmorgens an Deck trete, ist die Chemineau fort. Ich blicke nach Süden, in Richtung Rum Cay, wo das große Boot gerade in der Ferne verschwindet. Die Sonne ist erst vor Kurzem aufgegangen. Die Taucher haben wohl schon sehr früh die Flucht ergriffen, aber ich bin trotzdem irgendwie froh, dass sie fort sind. Ich koche Kaffee, und gerade als das Wasser durch den Filter sickert, kommt Keane langsam wieder zu sich. Er schlurft stöhnend an mir vorbei, verkatert und humpelnd nach einer ganzen Nacht mit der Prothese am Bein. Oben angekommen, nimmt er sie ab und springt ins Meer. Ich stelle einen Eimer mit kaltem Wasser bereit.

»Wann ist die Chemineau denn fort?«

»Das muss vor der Dämmerung gewesen sein«, antworte ich. »Es ist ja noch nicht einmal acht.«

Keane seufzt und klingt beinahe erleichtert. »Ich bin nicht gerade traurig, dass sie weg sind.«

»Ach ja?«

»Eine seltsame Truppe«, meint er, während er sein Bein mit dem Wasser aus dem Eimer wäscht. »Ich glaube zwar nicht, dass Rohan betrunken taucht, aber den Rest des Tages verbringt er offenbar völlig benebelt. James tut nichts anderes, als zu rauchen, zu lesen und übers Surfen zu reden. Und Sara … reden wir am besten nicht von Sara.«

»Bagel?«

»Das wäre toll, danke.«

Er legt seine Prothese nicht an, während er isst, und reibt sich immer wieder das linke, intakte Knie.

»Alles okay?«

»Ich bin bloß etwas durch den Wind, mehr nicht«, erwidert er. »Ich habe überlegt, mir noch einmal den Außenbordmotor anzusehen, damit ich nachher mit dem Beiboot an den Strand tuckern kann. Ich habe gestern mit Eulalia telefoniert, sie schickt Robert vorbei, damit er mich zur Messe bringt. Oder uns, falls du mitkommen willst.«

»Ja, gerne.«

Er hätte in Shorts in die Kirche gehen können, und niemand auf der kleinen Insel hätte sich daran gestört, aber als Keane uns zwei Stunden später mithilfe des reparierten Außenbordmotors an den Strand fährt, trägt er seinen besten Sonntagsanzug. Die engen schwarzen Anzughosen sind ein wenig zerknittert, doch in Kombination mit dem blassgrünen Button-down-Hemd, welches das Grün in seinen Augen zur Geltung bringt, wird überdeutlich, wie attraktiv er ist. Ich kann ihn nicht einmal ansehen, so groß ist die Angst, dass er mir durch meine Sonnenbrille hindurch in die Augen schaut und meine Gedanken liest.

Ich will ihn nicht. Wirklich nicht. Aber mein Gott – er ist atemberaubend.

»Hübsches Kleid«, sagt er über das Brummen des Motors hinweg, die Augen hinter seiner Fliegerbrille verborgen.

Ich trage ein goldgelbes Wickelkleid und Leder-Flip-Flops, aber neben ihm fühle ich mich wie eine Strandpennerin. »Danke.«

Robert wartet vor der Deveaux-Plantage auf uns. Er ist weniger gesprächig als seine Frau, dafür umfährt er Schlaglöcher vorsichtiger. Er lädt uns vor der Kirche des heiligen Erlösers ab, ein kalkgetünchtes Steinhaus, das mich an das verlassene Kloster erinnert.

»Die Kirche wurde auch von Pater Jerome erbaut«, erklärt Robert, als ich ihn darauf anspreche. Die Wände im Inneren sind ebenfalls weiß gestrichen, es gibt harte Holzbänke und Fenster, die das Sonnenlicht einfangen und es über den Gläubigen verteilen. Die Kirchengemeinde ist klein und besteht aus schwarzen und weißen Familien. Keane entscheidet sich für eine Bank in der Mitte.

Ich versuche zu tun, was die anderen tun. Ich setze mich, wenn sie sich setzen, und stehe auf, wenn sie aufstehen. Ich knie mich sogar hin, wenn sie es tun, aber ich bin immer einen Sekundenbruchteil zu spät dran und fühle mich wie ein Eindringling. Meine Familie geht nur an Weihnachten und Ostern zur Messe, und ich bin im Moment auch nicht wirklich gut auf Gott zu sprechen. Keane sitzt mit ernstem Gesicht neben mir. Er kennt die richtigen Antworten und schummelt sich nicht leise murmelnd durch die Lieder. Seine Stimme ist laut und klar.

Meine Gedanken schweifen ab, während der Dekan seine Predigt hält. Ich beobachte die Wolken vor den Fenstern und denke an Ben. Seine Familie ist presbyterianisch, doch er selbst hat sich als Atheist bezeichnet und weder an den Himmel noch an die Hölle geglaubt. Hier, an diesem wunderbaren Ort, neben einem Mann, dessen Glaube groß genug ist, um mit dem Beiboot an den Strand und über eine holprige Straße bis zur Kirche zu fahren, frage ich mich mit einem Mal, ob Ben vielleicht unrecht hatte. Hätte er an Gott geglaubt, hätte der ihn errettet?

Bens Abwesenheit trifft mich mit solcher Wucht, dass eine Träne über meine Wange kullert. Ich wische sie mit dem Ärmel meines Kleides ab und atme tief durch. Keane greift nach meiner Hand und verschränkt seine Finger mit meinen. Seine Hand ist groß, und ich fühle mich sicher und geborgen. Er lässt mich erst los, als er den Mittelgang entlanggehen muss, um die Kommunion zu empfangen.

Nach der Messe steht der Dekan an der Tür, verabschiedet seine Gemeindemitglieder und begrüßt Besucher. Keane wartet, bis wir die einzigen verbliebenen Gläubigen sind, und nachdem wir uns vorgestellt haben, bittet er den Dekan um ein paar Worte unter vier Augen. Sie gehen ein Stück, bis ich sie nicht mehr hören kann, und ich sehe zu, wie Keane mit dem Mann spricht. Seine Augen wirken besorgt, seine Hände unruhig. Der Dekan nickt, während er zuhört, sagt einige Worte und zeichnet ein Kreuz auf Keanes Stirn. Ein Segen.

»Hast du deine Sünden gebeichtet?«, necke ich Keane, als er wieder neben mich tritt.

Er grinst. »Ich bezweifle, dass der gute Dekan so viel Zeit hätte. Abgesehen davon ist er kein Priester, also wäre es keine offizielle Beichte.«

Trotz seiner flapsigen Antwort vermute ich, dass er tatsächlich die Beichte abgelegt hat, inoffiziell hin oder her, doch ich bohre nicht nach. Es geht mich nichts an.

»Danke für …« Ich hebe die Hand, die er während der Messe gehalten hat. »Ich musste an Ben denken.«

»Das dachte ich mir«, erwidert er, während wir von der Kirche zum Taxi gehen.

»Manchmal frage ich mich, ob ich jemals aufhören werde, an ihn zu denken.«

»Warum solltest du das tun?«, will Keane wissen. »Irgendwann – und das sage ich jetzt aus Erfahrung – wirst du damit beginnen, ein neues Haus in den Ruinen des alten zu errichten. Du wirst es merken, wenn du so weit bist.«

Zurück auf dem Boot schlüpfen wir wieder in unsere Segelklamotten. Keane zieht das Beiboot aus dem Wasser und bindet es für die Weiterfahrt fest, während ich die Luken schließe und Musik anstelle. Wir fühlen uns unbeschwert und leicht. Vielleicht, weil Eulalia mir einen Geschmack von Heimat mitgegeben hat und Keane flachgelegt worden ist. Jedenfalls sehen wir einander an und lächeln, als wir schließlich aus der Bucht ins tiefe Wasser tuckern.

Mehr, als du denkst

Rum Cay war Bens Idee. Er hat auf YouTube Videos von Typen beim Kitesurfen und Klippenspringen gesehen und wollte das auch. Und obwohl er es nie zugegeben hätte, gefiel ihm die Vorstellung, dass die Insel nach einem mit Rum beladenen westindischen Schiff benannt wurde, das vor der Küste gesunken ist. Rum Cay war einer der wenigen Stopps, an dem wir ein Häuschen mieten und eine romantische Nacht an Land verbringen wollten.

Das Meer ist um einiges rauer geworden, seit sich die Chemineau in den frühen Morgenstunden aus der Bucht gestohlen hat. Während die Taucher vermutlich einen gemütlichen Tag verbringen, ist es für uns ein einziger Kampf. Die Nachmittagssonne brennt auf uns herab, doch wir werden vom Wind hin und her geworfen, und ich halte das Ruder so fest umklammert, dass meine Hände wund sind, obwohl ich Keanes alte Segelhandschuhe trage.

»Ist es wirklich unbedingt notwendig, dass wir Rum Cay

anfahren?« Keane isst kaltes Chili direkt aus der Dose. »Willst du etwas davon?«

Ich nehme einen Bissen von dem angebotenen Fleisch und den Bohnen und frage mich, ob er es seltsam findet, dass wir uns eine Gabel teilen. Und ob er versucht, Sara aus dem Weg zu gehen. Rum Cay ist nicht sehr groß. »Ben wollte unbedingt hinfahren.«

»Okay. Hast du irgendwelche besonderen Pläne dort?«

Ich bin zu feige, um von einer Klippe zu springen, und ich habe kein Geld, um mir ein Kiteboard auszuleihen. Ich bin mir also nicht sicher, was genau ich auf der Insel tun werde. »Nicht wirklich.«

»Du könntest am Strand zelten, wie du es am Pig Beach vorhattest«, schlägt er vor. »Flamingo Bay ist sehr abgeschieden. Keine Schweine. Keine Menschen. Herrliche Korallenbänke. Ich bleibe auf dem Boot, falls du lieber allein bist.«

Es ist zwar nicht genau das, was Ben vorhatte, aber es ist eine gute Idee. Ich liebe campen. »Das würde mir gefallen. Danke.«

Nachdem Keane den letzten Rest Chili aus der Dose gekratzt hat, übernimmt er das Ruder, und ich gehe nach unten. Ich werfe eine Flasche Wasser zu ihm hoch und krabble in meine Koje. Das Schaukeln des Bootes wiegt mich in den Schlaf.

Die Sonne ist bereits untergegangen, als ich aufwache, und ein Blick auf die Uhr sagt mir, dass Keanes Schicht schon lange vorbei ist.

»Warum hast du nichts gesagt?«, frage ich, als ich zurück an Deck klettere.

»Weil es Spaß macht, dieses Boot zu segeln.«

»Die Alberg war die perfekte Komplizin bei allen meinen Fehlentscheidungen.« Ich lege den Kopf in den Nacken und betrachte das weiße Segel, das in den dunklen Himmel sticht. »Ich habe im Grunde keine Ahnung, was ich hier eigentlich tue.«

»Wenn du nicht hier wärst, was würdest du dann tun?«

»Mich tagelang nicht duschen, Bier servieren. Existieren«, antworte ich. »Gerade mal so.«

»Stattdessen hast du innerhalb weniger Tage allein den Golfstrom überquert, einen verheirateten Mann während eines One-Night-Stands zum Teufel gejagt, Fliegende Fische gegessen und einen Berg bestiegen. Klar war es nur ein kleines Hügelchen, aber auf wie vielen Bergen wärst du sonst gewesen?«

»Auf keinem.«

»Dann hast du vielleicht mehr Ahnung, als du denkst.«

»Mein Gott, du bist wie eine irische Mary Poppins mit Bartwuchs«, seufze ich. »Verlierst du nie den Mut?«

Keane zuckt lachend mit den Schultern. »Selten. Aber wenn doch, neige ich dazu, mich bis zur Besinnungslosigkeit zu betrinken. Wie in Nassau.«

»Was ist an dem Abend passiert?«

»Vor dem Unfall gehörte ich buchstäblich zu den besten Seglern der Welt. Jetzt bin ich eine tragische Gestalt, eine Belastung für Bootsbesitzer, die sich früher förmlich überschlugen, um mich zu engagieren.« Die Verbitterung in seiner Stimme ist kaum zu überhören. »Sie haben Angst, dass ich über Bord gehe oder mich verletze. Was ihnen natürlich nie in den Sinn gekommen wäre, als ich noch zwei funktionierende Beine hatte. Ihre Wahrnehmung meiner Behinderung drängt meine Fähigkeiten in den Hintergrund. In Nassau habe ich eine weitere Abfuhr bekommen.«

»Warum probierst du es immer wieder?«

»Ich will nicht, dass sie recht behalten«, antwortet er. »Und … ich weiß nicht, was ich sonst tun soll.«

»Willst du deshalb nach Puerto Rico?«

»Ja. Ich habe von einem Kerl gehört, der einen Kerl kennt, der wiederum einen Kerl kennt, der vielleicht auf der Suche nach einer Crew ist.«

Ich will ihm schon sagen, dass es mir leidtut, da fällt mir ein, dass er das hasst. »Mann, das ist echt beschissen.«

Keane lächelt. »Danke.«

»Gern geschehen.« Ich nehme Bens Kartenbuch und öffne es, um mir im Licht der Taschenlampe die Route nach Rum Cay anzusehen. Er wollte nach Port Nelson, der einzigen verbliebenen Siedlung auf der Insel, doch Keane ist unterwegs nach Flamingo Bay.

»Ich habe nachgedacht«, sagt er. »Ich weiß, dass du unbedingt Rum Cay sehen willst, aber wir kommen im Dunkeln nicht so nah heran. Die Korallenbänke machen es zu riskant. Wir können den Kurs ändern und durchs offene Meer kreuzen, bis die Sonne aufgeht, oder wir segeln nach Samana. Ich schätze, wir würden am Nachmittag dort sein und einen Tag auf der Strecke zu den Turks und Caicos gewinnen.«

Es stört mich, dass wir so weit von Bens Route abweichen, aber ich will nicht riskieren, dass wir das Boot und die Korallenbänke im Dunkeln beschädigen. Keanes Vorschlag klingt vernünftig.

»Samana ist unbewohnt«, erklärt er. »Du kannst durch ein unberührtes Riff schnorcheln und unter den Sternen auf deinem eigenen Strand zelten – alles, was du auf Rum Cay machen wolltest. Und wir sind dann schon ein wenig näher an den Turks und Caicos dran.«

Keane wechselt den Kurs, und ich habe einen Kloß im Hals, weil ich einen der Orte auf Bens Karte nun doch nicht sehen werde, aber ich schlucke ihn hinunter. Keane übergibt das Ruder an mich und kommt kurz darauf mit kalten Sandwiches und einer Packung Doritos zurück.

»Ich kann zwar auf derart unruhiger See kochen, aber es gehört nicht gerade zu meinen Lieblingsbeschäftigungen«, erklärt er. »Vielleicht können wir auf Samana ein paar Hummer fangen, dann haben wir mal wieder etwas Anständiges im Magen.«

Den Rest der Nacht behalten wir unseren Vier-Stunden-Rhythmus bei, und ich lege mich jedes Mal gleich am Ende der Schicht schlafen, damit ich nicht zu müde bin, wenn wir schließlich am Ziel angekommen sind. Im Morgengrauen lässt der Wind nach, und das Boot gleitet ruhig durchs Wasser. Keane kommt gähnend an Deck und kratzt sich am Hinterkopf. Rum Cay verschwindet hinter uns am Horizont, während Samana sich vor uns aus den Wellen erhebt.

»Alles okay?«, frage ich. »Du hast dein Bein schon lange nicht mehr abgenommen.«

»Doch, während ich geschlafen habe«, erwidert er. »Es ist also kein Problem. Trotzdem freue ich mich auf einen Sprung ins Wasser.«

Der Ankerplatz vor Samana befindet sich auf der Südseite der Insel in einem beeindruckenden Riff. Wir müssen uns von Westen her nähern und durch eine knapp zehn Meter breite, korallengesäumte Rille ins klare Wasser fahren.

»Wir kommen mit der Flut«, erklärt Keane und wirft einen Blick auf die Karte. »Wenn wir uns in der Mitte der Rille halten, sollten wir genug Wasser unterm Kiel haben.«

»Es sieht beängstigend aus.«

»Stimmt. Bist du bereit?«

»Ich? Nein! Das kann ich nicht.«

Er fährt sich mit der Hand durch die Haare. »Hör mal, Anna. Du bist eine gute Schönwetterseglerin, und du warst ziemlich mutig, es allein zu versuchen. Aber ich werde nicht immer bei dir sein, und Segeln lernt man nur durch Übung.«

»Was passiert, wenn ich das Riff ramme?«

»Dasselbe, wie wenn ich das Riff ramme«, antwortet Keane. »Es ist sinnlos, sich über Dinge Gedanken zu machen, die vielleicht passieren werden. Wichtiger ist, dass die Angst nicht die Kontrolle übernimmt. Deshalb gehe ich jetzt auf das Vordeck, um nach Korallen Ausschau zu halten und dich in die Bucht zu lotsen.«

Ein Universum, das nicht zuhört

Das Wasser in der Rille ist trüb und wellig, und ich drossle die Geschwindigkeit auf ein Minimum, während wir mit Motorkraft durch das Minenfeld aus Korallen steuern. Ich will das hier nicht. Ich umklammere das Ruder wie einen Schraubstock, damit meine Hand nicht zittert. Mein Herz gleicht einem verängstigten Vogel, der in seiner Panik immer wieder gegen den Käfig aus Rippenbögen kracht. Meine Augen sind überall gleichzeitig. Beim Tiefenmesser, der dreieinhalb Meter anzeigt. Bei Keane, der am Bug steht und mir den Rücken zugewandt hat. Bei dem dunklen Korallenwald zu beiden Seiten des Bootes.

»Wir sind fast durch«, ruft er. »Gleich haben wir's geschafft.«

Die Stille wird von einem dumpfen Geräusch zerrissen, das aus dem Wasser hochsteigt. Korallen, die über Hartlack kratzen wie Äste über eine Fensterscheibe. Ein Ruck geht durch die Alberg, und die Vibration wandert von meinen Füßen durch meinen ganzen Körper.

»Fahr weiter.« Keanes Stimme ist ruhig, aber ich bin außer

mir vor Wut und Angst. Mein Instinkt brüllt mir zu, das Boot anzuhalten, damit ich nicht noch einmal etwas ramme. Damit ich es nicht noch schlimmer mache.

»Ich hab dir ja gesagt, dass das passieren wird!«, presse ich durch zusammengebissene Zähne hervor. »Ich hab's dir ja gesagt.«

»Ruhig, Anna«, erwidert Keane. »Alles wird gut. Fahr einfach weiter.«

Ich sehe kaum etwas durch die Tränen in meinen Augen, während wir die letzten Meter in die breite, sandige Bucht zurücklegen, und ich weiß nur, dass wir es geschafft haben, weil Keane es mir sagt. Er setzt den Anker, und als er mir zuruft, dass ich den Rückwärtsgang einlegen soll, mache ich es. Der Anker verfängt sich im Sand, und Keane gibt mir mit einer Handbewegung zu verstehen, dass ich den Motor ausmachen soll. Ich bereite mich innerlich darauf vor, ihn anzubrüllen, doch bevor ich die Möglichkeit dazu bekomme, springt er – mitsamt der Prothese und seinen Klamotten – steuerbord ins Wasser, um sich den Schaden anzusehen.

»Der Riss liegt direkt unter der Wasserlinie«, ruft er zu mir hoch, während ich bebend vor Zorn in der Plicht stehe. »Er ist etwas tiefer, aber im Grunde nur ein Kratzer. Das bekommen wir leicht wieder hin.«

»Du *Arschloch!*«

»Anna …«

»Ben hat lange und hart gearbeitet, damit dieses Boot wunderschön wird«, zische ich. »Und jetzt ist es hinüber.«

»Es ist nicht hinüber.«

»Du hättest uns in die Bucht bringen können. Das war *unnötig*.«

»Ja, das hätte ich. Aber es ist nicht Bens Boot, Anna. Es gehört dir, und du solltest wissen, wie man damit umgeht.«

»Ich war doch vernünftig und habe dich als Skipper angeheuert!«, brülle ich. »*Du* wärst nicht in das verdammte Riff gekracht!«

Ich habe mich so auf diesen Zwischenstopp gefreut. Ich wollte mich aus meinen Kleidern schälen und den Schmutz der unzähligen Meilen zwischen Cat Island und Samana von meinem Körper waschen. Ich wollte schnorcheln und Hummer fürs Abendessen fangen. Stattdessen sickert die Wut aus jeder meiner Poren, und ich würde Keane Sullivan am liebsten so weit hinter mir lassen, wie es in dieser beschränkten Welt möglich ist. Allerdings gibt es da ein Boot, das ich reparieren muss.

»Es tut mir leid wegen des Kratzers.« Keane klettert die Schwimmleiter herauf. Es ist ein seltsamer Anblick, dass er beim Schwimmen sein Bein nicht abgenommen hat, und auch wenn ich mich dagegen wehre, mache ich mir Sorgen. Wasser – und vor allem Salzwasser – ist schlecht für die Prothese. »Aber es ist wirklich nur ein Kratzer. Und es ist nun mal eine Tatsache, dass du allein zurechtkommen musst. Allerdings war es vielleicht nicht ganz richtig, dich zu etwas zu drängen, worauf du nicht vorbereitet warst.«

Mir entfährt ein leises Schnauben. »*Vielleicht nicht ganz richtig?*«

»Wenn du es nicht lernen willst, was machen wir dann überhaupt hier?«, fragt er. »Warum packen wir nicht zusammen und fahren nach Hause?«

»Ich will nicht nach Hause.«

Keane richtet den Blick über meine Schulter und reibt sich die Lippen, als müsste er überlegen, wie er den nächsten Satz formulieren soll. »Dann übernimm Verantwortung, Anna! Du musst dich entscheiden, ob du wirklich segeln lernen willst, damit du bereit für den Trip durch die Karibik bist, wenn ich in Puerto Rico von Bord gehe.«

Er steigt in die Kabine hinunter, um seine Werkzeugtasche zu holen, und kommt anschließend zurück an Deck. »Ich brauche deine Hilfe bei der Reparatur. Allein schaffe ich es nicht.«

Ich nehme ihm die Tasche aus der Hand. »Ich will den Kratzer selbst reparieren«, erkläre ich trotzig.

Wir werfen das Beiboot ohne den Motor ins Wasser, und während ich auf die Steuerbordseite rudere, schiebt Keane den Baum über die Backbordseite und setzt sich darauf. Das Boot lehnt sich zur Seite, und der gezackte Riss erscheint über der Wasseroberfläche. Er ist fast dreißig Zentimeter lang und etwa zwei Zentimeter breit. An manchen Stellen geht er tiefer als an anderen, doch die Fiberglasmatte ist noch nicht zu sehen. Es ist nicht so schlimm, wie ich erwartet habe, aber bei dem Anblick tut mir trotzdem das Herz weh.

Ich folge Keanes Anweisungen und reibe mit Schleifpapier über den Kratzer, bis der Lack ab ist. Die Reparaturpaste sieht aus wie Knetmasse, und ich knete sie, bis sie weich ist. Danach stopfe ich sie in den Riss und streiche sie mit einem Spachtel glatt.

Während die Paste trocknet, beobachte ich einen Schwarm Doktorfische, der unter dem Boot hin und her schwimmt und meine Wut verpufft.

Zehn Minuten später ist in dem marineblauen Lack nur noch ein langer grauer Streifen zu sehen. Er ist nicht hübsch, aber das Boot ist repariert.

»Glaubst du, es hält?«, frage ich Keane, als wir beide wieder in der Plicht sitzen.

»Normalerweise ja«, erwidert er. »Und falls nicht, besteht trotzdem keine Gefahr, dass wir sinken.«

Meine Wut ist fort, doch die Spannung zwischen uns ist deutlich spürbar. Hätten Ben und ich uns oft gestritten, wenn wir die Reise zusammen gemacht hätten? Wäre er meiner überdrüssig geworden?

Was Keane angeht, so bin ich seiner nicht überdrüssig. Ich bin verärgert. Vor allem, weil er – wie so oft – recht hatte. In jeder Hinsicht.

»Ich gehe schnorcheln.«

»Ich komme … ähm …« Keane hält sich gerade noch zurück, was klug ist. Ich will allein sein. »Viel Spaß.«

Das Riff in der Nähe des Bootes liegt in relativ seichtem Wasser, und ich komme der Unterwasserwelt so nah wie noch nie zuvor. Ich bin bloß eine Armlänge von den Elchgeweihkorallen entfernt, und die Fische sind so nah, dass ich sie beinahe mit bloßen Händen fangen könnte. In den Spalten verstecken sich größere Zackenbarsche, und überall auf dem sandigen Grund liegen Fechterschnecken verstreut.

Keane schießt mehrere Meter neben mir wie eine Kanonenkugel ins Wasser. Zuerst sehe ich nur eine Explosion aus Luftblasen, dann einen Mann, der durchs Wasser gleitet. Er trägt Flossen an seinem gesunden Fuß und an der wasserdichten Prothese und schwimmt auf eine Mulde am Grund des Riffs zu, wo sich ein Hummer versteckt. Keane hat einen Stab dabei, um ihn anzustoßen und ins Freie zu treiben, und ein Netz, um ihn einzufangen. Er taucht auf und macht sich anschließend erneut auf den Weg, um den nächsten Hummer zu fangen. Es gibt so viele, dass er nicht einmal danach suchen muss. Ich schwimme in die andere Richtung davon und verliere jegliches Zeitgefühl, während ich den Papageienfischen zusehe, wie sie mit ihren beinahe menschlich wirkenden Zähnen Algen von den Korallen knabbern. Immer wieder flüchten ganze Schwärme kleiner Fische vor meinem Schatten ins schützende Seegras, wo sie sich verstecken, bis ich vorbeigeschwommen bin.

Keane wartet frisch gewaschen mit einem Buch im Schatten der über den Bug gespannten Plane, als ich aus dem Wasser komme. Die Hummer befinden sich im Geschirrspüleimer, den er in der Plicht abgestellt hat. Sie versuchen, am Plastik und aneinander hochzuklettern, doch ihre Fluchtversuche bleiben erfolglos. Keane legt sein Buch beiseite.

»Hey, ähm … Ich würde mich gerne entschuldigen. Ich habe

dich zu etwas gezwungen, vor dem du offensichtlich Angst hattest«, beginnt er. »Ich habe meine Grenzen überschritten und vergessen, dass ich – technisch gesehen – dein Angestellter bin.«

Ich schüttle den Kopf. »Du hattest recht. Ich muss es lernen. Ich habe dich ein paar Minuten dafür gehasst, aber jetzt bin ich drüber hinweg.«

Keane grinst. »Dann brauche ich die Hummer als Friedensangebot also gar nicht.«

»Oh doch, die brauchst du trotzdem.«

Wir laden alles ins Beiboot – Zelt, Schlafsäcke, zwei in Alufolie verpackte Hummer, eine Schüssel mit geschnittenen Äpfeln und Weintrauben, die als Fruchtsalat herhalten müssen, und eine Flasche Rosé-Wein –, dann fahren wir an den Strand, graben ein Feuerloch und füllen es mit Treibholz. Wir legen die Hummer zwischen die brennenden Äste und warten, bis sie in ihren Schalen fertiggegart sind, während wir zusehen, wie der Himmel sich orange färbt, als stünde er ebenfalls in Flammen. Samana ist eine der östlichsten Inseln der Bahamas und liegt abseits der viel befahrenen Routen, weshalb wir mutterseelenallein sind.

»Ich habe zum ersten Mal bei Ben zu Hause Hummer gegessen.« Ich löse winzige Folienstücke ab, damit ich mir nicht die Finger verbrenne. »Seine Mutter veranstaltet jedes Jahr am vierten Juli eine riesige Party. Dann stehen überall gigantische Töpfe mit Hummer, Muscheln und Garnelen. Für mich waren diese Speisen immer etwas unglaublich Teures, das meine Mutter nur zu ganz besonderen Anlässen kaufte – und die Leute auf der Party taten, als wären sie alltäglich.«

Ich stecke mir ein Stück Hummer in den Mund. Es ist samtig weich vom Olivenöl, würzig dank der frischen Zitronenstückchen und besser als jeder Hummer, den ich bis jetzt gegessen habe.

»Bei mir war es genau andersherum«, erwidert Keane. »Mein Onkel Colm war Hummerfischer, und im Sommer brachte er uns eimerweise Tiere, die zu klein waren, um sie zu verkaufen. Ich war vier oder fünf, und einmal, als es zum dritten Mal in einer Woche Hummer zum Abendessen gab, brach mein Dad einen Schwanz auf und meinte: ›Was die armen Schweine jetzt wohl essen?‹ Und ich, der vor Lebenserfahrung nur so strotzte und dementsprechend abgebrüht war, murmelte: ›Sie fressen verdammte Hummerschwänze, was sonst?‹ Der ganze Tisch brüllte vor Lachen, denn im Grunde waren alle derselben Meinung.«

Ich muss lachen.

»Mein Dad hielt mir eine deftige Strafpredigt, weil ich geflucht hatte, aber es ist heute noch ein Running Gag, wenn jemand fragt, was die armen Schweine jetzt wohl essen. *Sie fressen verdammte Hummerschwänze, was sonst?*«

»Du hattest ein echt interessantes Leben«, sage ich. »Meines war so … gewöhnlich.«

»Also ich weiß nicht.« Er steckt sich den Daumen in den Mund, um das Öl abzulutschen. »Immerhin sitzt du gerade auf deinem eigenen Privatstrand und isst ein Krustentier, das noch vor wenigen Stunden unbeschwert im Riff unterwegs war. Womöglich beginnt dein interessantes Leben bloß später als meines.«

»Meine Schwester hält mich für egoistisch, weil ich fort bin.«

»Das erinnert mich an meine älteste Schwester Claire. Sie ist ziemlich kurzsichtig und blickt kaum über den Rand ihres beschaulichen Daseins auf der Dingle-Halbinsel hinaus. Sie liebt mich, klar, aber sie ist der Meinung, dass Segeln kein richtiger Beruf ist und sich im Leben Freude und Leid die Waage halten sollten, was ich nicht genug honoriere. Sie sieht meine Entscheidungen vor dem Hintergrund ihrer eigenen Vorstellungen und schließt daraus, dass ich mein Leben nicht richtig lebe, anstatt in Erwägung zu ziehen, dass ich eigene Vorstellungen habe.«

Ich bekomme mit einem Mal keine Luft mehr, als mir plötzlich klar wird, dass Keane Sullivan der Mensch ist, der Ben immer sein wollte.

Ben plante ein Abenteuer, das er nie wirklich erleben wollte. Und er hatte nie vor, das Leben zu führen, das er sich mit mir erträumte. Stattdessen ist er auf einer Welle aus Pillen und Tequila davongesegelt, und ich mache die Reise mit dem Mann, der Ben hätte sein können.

Der Ben hätte sein sollen.

Es ist alles so schrecklich falsch.

Ein erstickter Laut steigt in mir hoch und droht mir zu entkommen, und ich richte mich schwankend auf. »Ich, ähm … ich muss … Ich bin gleich wieder da.«

»Anna?«

Ich lasse das Feuer so schnell hinter mir, wie es der weiche Sand erlaubt, und reagiere nicht auf Keanes Rufe. Blicke nicht zurück. Näher beim Wasser ist der Sand härter, und ich beginne zu laufen. Die Insel ist klein und der Strand nicht unendlich lang, doch ich laufe, bis meine Lunge brennt und das Feuer nur noch in der Ferne leuchtet.

Dann breche ich im Sand zusammen und beginne zu brüllen.

Vor Wut.

Vor Schmerz.

Wegen des Mannes, den ich verloren habe.

Wegen des Mannes, der er niemals sein wird.

Ich brülle, bis meine Kehle brennt und ich nur noch ein Krächzen zustande bringe.

»Ich hasse dich.« Ich habe diese Worte in Gedanken schon einige Male zu Ben gesagt, doch dieses Mal lasse ich nicht zu, dass das schlechte Gewissen sie mir verbietet. »Ich hasse dich, weil du mich verlassen hast. Weil du einfach gestorben bist.«

Die Stufen der Trauer verlaufen nicht linear. Sie sind willkürlich und unvorhersehbar. Die Trauer zieht sich zurück, nur um dann wieder von Neuem zu beginnen. Ich habe einen Handel mit einem Universum abgeschlossen, das nicht zuhört. Ich habe geweint, bis nichts mehr von mir übrig war. Ich habe mich an den Glauben geklammert, dass ich ohne Ben Braithwaite nicht weiterleben kann. Hier aber, rund vierhundert Seemeilen von zu Hause entfernt, kniend im weichen Sand, habe ich plötzlich das Gefühl, dass ich es vielleicht doch kann – und es macht mir Angst.

Ein Ort zum Ankommen

Keane schläft, als ich zum Zelt zurückkehre. Vom Feuer ist nur noch knackende Glut übrig, und die Überreste des Hummer-Festessens sind verschwunden. Ich war wohl länger weg als gedacht. Ich krabble ins Zelt, das eigentlich groß genug für zwei Erwachsene ist, sich aber trotzdem zu eng anfühlt.

»Hey«, begrüßt Keane mich gähnend. Er streckt den Arm aus, damit ich mich neben ihn legen kann. Die Wut, die beinahe verglüht ist, flammt wieder auf, und ich spüre das Verlangen, mich auf ihn zu stürzen. Ihn zu küssen. Zu ficken. Zu benutzen. Nicht, um das Gefühl der Einsamkeit zu stillen, sondern um die Gedanken an Ben zu vertreiben. Aber das hat schon auf Bimini nicht funktioniert. Und es wird nicht Ben sein, der mit den Folgen zu kämpfen hat. Keane und ich wären diejenigen, die mit den Narben leben müssten.

»Ich bin ein verdammtes Wrack.«

»Ich wollte keine Andeutung machen«, erwidert Keane. »Ich dachte nur, du brauchst einen Ort zum Ankommen.«

Und das tue ich. Ich strecke mich neben ihm aus und lege den Kopf auf seine Schulter, während er mich festhält. Etwas an Keane Sullivan weckt in mir den Wunsch, mich an seiner Brust zu vergraben und die Wärme und Sicherheit zu genießen, doch ich habe Angst, mich zu bewegen. Womöglich denkt er dann, dass ich mehr von ihm will. Ich schließe die Augen und überlege stattdessen, wie weit Schallwellen sich fortsetzen. Wie viel hat Keane gehört?

»Es tut mir leid, dass ich fort bin. Ich …«

»Du schuldest mir keine Erklärung.«

»Erzählst du mir etwas?«

»Was denn?«

»Irgendetwas. Rede einfach immer weiter, bis ich eingeschlafen bin.«

Seine Brust vibriert unter meiner Wange, als er leise lacht. Sein T-Shirt ist weich, und seine warmen Fingerspitzen berühren meinen Arm. »Das sollte nicht allzu lange dauern.«

Ich schließe die Augen, und er erzählt, wie seine Mutter den Firmnamen für ihn aussuchte, weil sie ihm die Entscheidung nicht zutraute.

»Ich muss allerdings fairerweise zugeben, dass ich damals ziemlich unter dem Einfluss amerikanischer Rapmusik stand. Mein Vorschlag ›Tupac‹ kam nicht gerade gut an.«

Ich bin zu müde, um zu lachen, aber ich lächle. »Welchen Namen hat sie dir gegeben?«

»Aloysius.«

»Das ist ja schrecklich.«

»Ja, total«, stimmt er mir zu. »Es hat meine Karriere als Rapper zunichtegemacht, bevor sie …«

»Keane?«

»Ja?«

»Danke.«

Er drückt mir einen Kuss auf den Scheitel. »Schlaf jetzt, Anna.«

Mein Herzschlag wird langsamer, und ich konzentriere mich auf das beständige Pochen seines Herzens, während ich nach und nach zur Ruhe komme.

Als ich nach einiger Zeit aufwache, liege ich immer noch eng an ihn geschmiegt, den Arm um seinen Oberkörper geschlungen. Ich sollte ihn loslassen, aber ich tue es nicht.

»Bist du wach?«, flüstere ich.

»Nein.«

Ich setze mich lachend auf. Der Horizont färbt sich bereits golden, und der Himmel leuchtet in einem frühmorgendlichen Blassblau, als ich den Reißverschluss des Zeltes öffne, um den Sonnenaufgang zu genießen. »Hast du überhaupt geschlafen?«

Keane richtet sich ebenfalls auf, schüttelt den Arm aus und bewegt die Finger, um ihnen wieder Leben einzuhauchen. Sonnenstrahlen tanzen durch die Luft. »Ein bisschen.«

»Sag bitte nicht, dass ich geschnarcht habe.«

»Nein. Ich wollte mich nur nicht rühren, weil ich Angst hatte, dich zu wecken.«

»Du warst die ganze Nacht wach, weil …« Ich fahre mir mit

der Hand übers Gesicht und blinzle die Tränen zurück. »Geht es noch netter?«

Er sagt nichts, und als ich einen vorsichtigen Blick aus dem Augenwinkel riskiere, scheint er mit sich selbst zu ringen. Ich wende mich ab. Er räuspert sich. »Also eigentlich … schon.«

Das Zelt wirkt mit einem Mal noch kleiner. Drei Jahre an Bens Seite haben mich nicht unsichtbar gemacht. Ich erkenne, wenn sich jemand von mir angezogen fühlt, und ich verstehe, was Keane meint. Ich weiß nur nicht, was ich damit anfangen soll. Es ist zehn Monate her, und … mein Herz befindet sich im freien Fall, als mir klar wird, dass ich den Durchblick verloren habe.

»Ich weiß nicht, wie es dir geht«, sage ich, während ich aus dem Zelt stolpere. »Aber ich könnte einen Kaffee vertragen. Und Frühstück.«

»Frühstück«, wiederholt Keane. »Genau.«

Wir legen das Zelt zusammen, und als wir die Insel schließlich schweigend mit dem Beiboot verlassen, ist unser Gleichgewicht aus den Fugen geraten.

Als es Zeit für die Weiterfahrt wird, lichtet Keane den Anker und dirigiert mich aus der Bucht. Ich habe immer noch Angst, aber ich konzentriere mich auf die Rille vor mir, vertraue dem Klang seiner Stimme und korrigiere die Richtung nur dann, wenn er mich dazu auffordert. Wir schaffen es ohne Zwischenfall ins offene Meer, und der gestrige rote Abendhimmel hält sein Versprechen – es ist ein herrlicher Segeltag, und der Wind trägt uns immer weiter in Richtung der Turks und Caicos.

»Also, wie sieht der weitere Plan aus?«, fragt Keane, der die erste Schicht am Steuer übernommen hat.

Es ist noch früh, also nehme ich neben ihm Platz und schlage Bens Kartenbuch auf meinen Knien auf. San Salvador ist dafür bekannt, dass Christopher Columbus dort das erste Mal einen Fuß auf amerikanischen Boden gesetzt hat, doch laut Bens handschriftlichen Notizen am Rand der Karte könnte er auch zuerst auf Mayaguana an Land gegangen sein. »Ich schätze, Ben wollte deshalb dorthin.«

Keane schweigt.

»Die Insel ist offenbar ziemlich verlassen«, fahre ich fort. »Ähnlich wie Samana.«

Keane hat die Lippen zu einer schmalen Linie zusammengepresst und nickt bloß.

»Offensichtlich brennt dir etwas auf der Zunge, also raus damit.«

»Mayaguana ist ziemlich unerschlossen«, beginnt er. »Und Christopher Columbus? Er hat die Ureinwohner misshandelt und missbraucht, jede Menge tödliche Krankheiten eingeschleppt und den Weg für den transatlantischen Sklavenhandel geebnet.«

Diese Fahrt entwickelt sich nicht so, wie ich es erwartet hatte. Alles ist anders. »Willst du damit sagen, dass wir direkt auf Providenciales zusteuern sollen?«

»Ich will damit gar nichts sagen, aber wenn ich es wollen würde, wäre es genau das, was ich sagen würde.«

Ich lege lachend die Karte beiseite. »Okay. Scheiß auf Christopher Columbus. Auf zu den Turks und Caicos.«

»Ans Steuer mit dir.«

Ich übernehme, und er verschwindet nach unten, um kurz darauf mit dem Spinnaker wiederzukommen, den Ben und ich noch nie verwendet haben. Er steigt aufs Vordeck und sichert die Tasche mit dem Beisegel an der Reling. An seinen Bewegungen ist deutlich zu erkennen, dass er die Handgriffe schon Hunderte – vielleicht sogar Tausende – Male ausgeführt hat, und es macht mich traurig, dass Leute, die ihn einst geschätzt haben, seine Prothese als Hindernis sehen. Der Spinnaker raschelt wie Seidenpapier, als Keane ihn hochzieht, und flattert kurz darauf im Wind. Leuchtendes Rot, Blau, Gelb und Grün auf weißem Untergrund.

»Und jetzt dreh das Boot direkt in den Wind«, ruft Keane, holt die Fock ein und trimmt den Spinnaker. Das Segel bläht sich, und das Boot schießt vorwärts. Wir werden immer schneller, bald fühlt es sich an, als flögen wir.

»Ich werde dich nicht auffordern, es auch einmal zu versuchen.« Er übernimmt das Steuer, und ich rutsche zur Seite, damit er sich setzen kann. »Es sei denn, du willst es lernen.«

»Ich weiß nicht.« Das große bunte Segel wölbt sich im Wind, die Ränder kräuseln sich nach innen und blähen sich nach außen. »Vielleicht.«

Die Stunden dehnen sich wie während der anderen Überfahrten, die wir bereits hinter uns haben. Die Zeit verstreicht langsam, obwohl das Boot mit sieben Knoten übers Wasser schießt, und wir vertreiben sie uns so gut es geht. Segeln ist romantisch. Es ist aufregend. Aber es kann auch todlangweilig sein. Ich mische einen Satz Karten, und wir spielen ein paar Runden »Leben und Tod«. Als wir genug davon haben, hole ich ein Reise-Scrabble an Deck, und wir diskutieren, ob es das Wort *banjax* tatsächlich gibt.

»In Irland auf jeden Fall«, erklärt Keane. »Es bedeutet, dass jemand etwas beschädigt oder zerstört hat. Meistens aufgrund seiner Inkompetenz.«

»Wir sind aber nicht in Irland.«

»Okay, aber wir sind auch nicht in den USA, und ich schätze, wenn du gerade zweiundzwanzig Punkte eingeheimst hättest, die auch noch verdreifacht werden, würdest du nicht mit mir streiten.«

»Nein, ich würde gewinnen.«

Er lacht so heftig, dass seine Schultern beben und ich ebenfalls lachen muss. Als ich endlich wieder Luft bekomme, sage ich: »Ich hätte da eine Frage.«

»Schieß los.«

»Hast du ein Zuhause? Ich meine, eine Wohnung zum Beispiel, wo du deine Sachen aufbewahrst?«

»Es war kein Scherz, als ich sagte, ich hätte meinen ganzen Besitz bei mir«, antwortet er. »Ich bin noch immer zu Hause bei meinen Eltern in Tralee gemeldet, aber ich bin ein Vagabund. Ein *chemineau*, wenn du so willst.«

»Das bedeutet der Name also?«

Er nickt. »Ich habe nachgeschlagen.«

»Fühlst du dich nie einsam?«

Keane schweigt einen Augenblick. »Manchmal, vor allem, wenn ich zu Hause in Irland bin und meine Geschwister mit ihren Familien sehe. Dann frage ich mich, ob ich nicht etwas verpasse.« Er trimmt den Spinnaker. »Aber ein gut aussehender Mistkerl wie ich findet schnell Gesellschaft.« Er wirft einen Blick auf die Uhr. »Du hast noch eine Stunde, bis meine Schicht zu Ende ist.«

Ich habe nichts vor, aber es fühlt sich so an, als wäre ich gerade entlassen worden, also steige ich unter Deck, nehme meine Decke von Keanes Bett und klettere in die Koje. Kurz darauf haben mich der Wind und die Wellen in den Schlaf gewiegt.

»Anna.« Keanes Stimme dringt in mein verschlafenes Gehirn. Es ist Zeit zum Aufstehen, aber ich bin noch nicht bereit. Wir sind die ganze Nacht gesegelt, und es kommt mir vor, als hätte ich nur ein paar Minuten geschlafen. »Anna.« Seine Stimme ist leise, doch da ist ein dringlicher Unterton, der mich aufweckt. »Komm. Das musst du dir ansehen.«

Ich klettere nach oben und rechne mit Delfinen oder Meeresschildkröten, doch wir werden von einer kleinen Gruppe Buckelwale verfolgt. Keane dreht das Boot in den Wind, sodass wir anhalten, und die Wale tauchen einige Meter von uns entfernt auf. Ein großer, mit Seepocken überzogener Kopf hebt sich aus dem Meer und sprüht Luft und Wasser aus seinem Blasloch, die sich wie salziger Nebel auf uns herabsenken.

»Oh mein Gott.«

Der Wal beobachtet uns eine Weile, bevor er wieder untertaucht. Wir klettern eilig auf das Vordeck und setzen uns backbord auf die Reling, während das Boot im Meer treibt. Die dunklen, höckerigen Körper gleiten durchs Wasser, und die kleinen, stämmigen Rückenfinnen tauchen auf und wieder unter. Der große Wal kommt näher heran und rollt sich auf den Rücken, um seine weiße Unterseite und die große Brustflosse zu präsentieren.

»Ich glaube, der zieht eine Show ab.« Ich habe keine Ahnung, warum ich flüstere, aber es ist nur das Platschen der riesigen Körper zu hören, und ich will diesen ehrfürchtigen Moment nicht zerstören.

»Da hast du vermutlich recht.«

»Das ist…« Ich wische mir mit dem Handballen eine Träne aus dem Auge. »Das ist das Unglaublichste, was ich je gesehen habe.«

»Ich habe einen Kumpel, der eine Zeit lang auf Martinique gelebt hat.« Ich weiß es zu schätzen, dass Keane seine Stimme ebenfalls gesenkt hat. »Vor ein paar Jahren hingen wir nach dem Surfen am Strand ab, als vier Buckelwale vorbeizogen. Sie sind immer wieder an die Oberfläche gekommen und haben die Schwanzflossen aufs Wasser klatschen lassen. Es war ein spektakulärer Anblick, aber nichts im Vergleich dazu, ihnen so nahe zu sein.«

Die zwei kleineren Wale spielen, wer näher an das Boot heranschwimmen kann, und befinden sich direkt unter unseren baumelnden Füßen, doch der große Wal ist nirgendwo zu sehen. Da explodiert plötzlich ein Stück weit entfernt die Wasseroberfläche, und sein mächtiger Körper schießt aus dem Meer. Einen Sekundenbruchteil später lässt er sich zurück ins Wasser krachen, und eine gewaltige Fontäne spritzt in alle Richtungen. Das Boot tanzt auf den Wellen, doch keiner gibt einen Laut von sich. Ich weiß nicht einmal, was ich sagen soll. Wir sitzen ehrfürchtig schweigend auf der Reling, und als die Wale schließlich abziehen, lassen wir das Boot weitertreiben.

»Ich wünschte …« Ich breche ab, bevor mir Bens Name über die Lippen kommt, und fühle mich hin- und hergerissen. Ich wünsche mir immer noch, dass er da wäre, aber dieses Erlebnis ist auch ohne ihn perfekt. Es gehört uns – Keane und mir –, und ich kann es mir wünschen, so viel ich will, Ben wird nie ein Teil davon sein. »Ich wünschte, sie wären noch ein bisschen länger geblieben.«

»Wir könnten noch ein wenig dableiben«, erwidert Keane. »Vielleicht kommen sie zurück.«

Ich schüttle den Kopf. »Schöner kann es nicht mehr werden.«

Er lässt den zusammengefallenen Spinnaker laufen und rollt die Fock aus, während ich das Boot wieder auf Kurs in Richtung Providenciales bringe. Es sind noch immer vier Stunden, aber wir befinden uns bereits auf der Zielgeraden.

»Ich lege mich noch mal kurz hin«, meint Keane. »Und danach mache ich uns Frühstück, okay?«

»Das wäre super. Und danke, dass du mir die Wale gezeigt hast.«

»Ohne dich wäre es nicht annähernd so schön gewesen.«

Eine neue Anna

Auf Providenciales warten ein Ankerplatz und eine richtige Dusche auf uns. Eine Pause vom Segeln und festes Land unter den Füßen, die das Gehen verlernt haben. Ich mache mich auf den Weg zur Hafenbehörde, um neuerlich einen Berg Formulare auszufüllen, und mein Bankkonto schrumpft weiter, als ich die Gebühren und den Liegeplatz bezahle. Nachdem ich zurück bin, hisst Keane die Gastlandflagge, und wir brechen erschöpft zusammen. Auch wenn wir auf der Überfahrt von Samana bis hierher abwechselnd geschlafen haben, sind wir nach zwei Tagen auf See hundemüde. Keane schläft in der Plicht ein, und am Abend gibt es Schinkensandwiches.

Am nächsten Morgen fegt Keane so viel Sand aus der Kabine, dass wir einen kleinen Privatstrand damit anlegen könnten, und ich sammle unsere Schmutzwäsche zusammen. Seine Klamotten fühlen sich anders an und riechen anders als meine, aber ich versuche, nicht zu viel darüber nachzudenken, während ich alles zusammen in die Maschine stopfe.

»Sind Sie gerade erst auf Provo angekommen?« Die einzige andere Person im Waschsalon ist eine ältere weiße Frau mit krausen roten Haaren, die langsam grau werden. Sie trägt Sportsandalen und lächelt mir freundlich zu.

»Gestern. Woher wissen Sie das?«

»Der Wäscheberg hat Sie verraten«, erklärt sie. »Wäschewaschen ist auch immer das Erste, was wir tun, wenn wir einen neuen Hafen anlaufen. Ich bin Corrine.«

»Anna.«

»Mein Mann Gordon und ich sind auf der Island Packet unterwegs, die etwas weiter den Kai hinunter liegt«, fährt sie fort. »Das Boot heißt Patience.«

Ich bin immer wieder überrascht, wie schnell Segler andere Leute an ihrem Leben teilhaben lassen. Es ist, als machte einen der Besitz eines Segelboots zum Teil einer geheimen Bruderschaft. Vielleicht sind sie aber nach Tagen auf See auch einfach ausgehungert nach menschlichem Kontakt. Wie auch immer, ich könnte mir durchaus vorstellen, dass Corrine mir bald ihr E-Mail-Passwort verraten wird. »Wir kommen aus Ontario, Kanada.«

»Mir gehört die Alberg«, erkläre ich, woraufhin sie mir erzählt, dass das erste Boot ihres Mannes ebenfalls eine Alberg war, was wiederum in die Geschichte mündet, dass sie schon auf der Highschool verliebt waren, später aber andere Partner geheiratet und erst nach deren Tod wieder zueinandergefunden haben.

»Wir haben geheiratet, sind in Rente gegangen, haben ein

Boot gekauft und verbringen nun das ganze Jahr am Wasser«, meint sie gerade, als Keane den Waschraum betritt. Seine feuchten Haare stehen in alle Richtungen, und von dem in zwei Tagen auf See etwas länger gewordenen Bart sind nur noch Stoppeln übrig.

Er bietet an, bei der Wäsche zu bleiben, während ich dusche. Ich stelle ihm Corrine vor, die gleich sämtliche Geschichten noch einmal von vorne erzählt. Keane beherrscht dieses Spiel um einiges besser als ich. Er hat nicht nur hervorragende Manieren, er ist wirklich an anderen Menschen interessiert und baut sofort eine Verbindung zu ihnen auf. Das nächste Mal, wenn Corrine jemanden kennenlernt, erzählt sie ihm vermutlich von dem netten jungen Iren, den sie auf Provo getroffen hat.

Ich mache mich also aus dem Staub und gehe auf direktem Weg unter die Dusche, wo ich mir das Salz vom Körper schrubbe. Samana hat mich verwandelt. Die junge Frau, die ich einmal war, ist am Strand zurückgeblieben, und als ich jetzt den beschlagenen Spiegel frei wische, blickt mir eine neue Anna entgegen. Die Haut gebräunt, die Haare von der Sonne ausgebleicht. Sie sieht gesünder aus. Und vielleicht auch glücklicher.

Ich schlüpfe in einen altrosa Rock mit weißen Tupfen und ein marineblaues Tanktop. Lege Make-up auf. Schminke die Hälfte wieder ab.

Als ich schließlich in den Waschraum zurückkomme, faltet Keane unsere Wäsche, und Corrine ist verschwunden.

»Na, ein weiteres Mitglied für den Keane-Sullivan-Fanclub

rekrutiert?« Ich klaube meine Unterwäsche aus dem Wäscheberg heraus. Ich kann ihn unmöglich die Höschen mit den Löchern, ausgewaschenen Blutflecken und heraushängenden Fäden falten lassen.

Er lacht. »Wir sind morgen Abend zum Essen eingeladen.«

»War ja klar.«

»Du siehst sehr hübsch aus.« Sein Blick ist weiterhin auf das Shirt gerichtet, das er gerade faltet, und er wirkt unbeeindruckt, doch sein Nacken hat eine pinke Färbung angenommen. Mein Gesicht beginnt zu glühen. Es fühlt sich an wie bei einer Tanzveranstaltung an der Highschool. Seine Ehrlichkeit ist um einiges entwaffnender als sein lässiger Charme.

»Danke.«

Er räuspert sich. »Wir brauchen ein Taxi, wenn wir in die Stadt fahren wollen. Ich bestelle eines.«

Unser Hafen befindet sich an der felsigen Südküste der Insel, die sich deutlich von den im Norden gelegenen goldenen und unendlich langen Sandstränden unterscheidet. Die Resorts und Villen dort sind elegant und hochpreisig. Orte, an denen Promis beim Knutschen am Strand abgelichtet werden.

Unser Ziel hingegen ist nicht annähernd so glamourös. Für Keane und mich gibt es keine Infinitypools und Privatbalkone. Stattdessen sind wir auf dem Weg in den Großmarkt, um Lebensmittel zu kaufen, die auf einer langen Überfahrt auch bei Schlechtwetter einfach zubereitet werden können. Dosennudeln und Fertigpasta. Wurstaufschnitt und Thunfisch in der Dose. Käse und Cracker.

Auf dem Rückweg zum Hafen gerät das Taxi in einen Stau, und wir fahren im Schneckentempo an einem winzigen Laden vorbei, der eine Handvoll Jeeps vermietet. Keane reißt die Tür auf. »Ich will so einen Wagen.«

Bevor ich etwas erwidern kann, springt er aus dem Taxi. Der Verkehr nimmt wieder Fahrt auf, und er bleibt allein zurück. Ich räume gerade die Einkäufe aus dem Kofferraum, als Keane in einem leuchtend gelben Jeep-Cabrio neben mir hält. Er bezahlt den Taxifahrer und reicht mir den Schlüssel des Mietwagens. »Lust auf eine kleine Spritztour?«

»Klar.«

»Das Teakholz in der Plicht hätte einen neuen Anstrich nötig. Wenn du die Insel also allein erkunden willst ...« Er bricht ab, kratzt sich am Kopf und wirkt irgendwie betreten.

»Ist das eine höfliche Umschreibung dafür, dass du masturbieren willst?«

Keane lacht. »Könnte sein, aber nein. Ich will damit nur sagen, dass du dich nicht verpflichtet fühlen musst, mit mir abzuhängen, wenn es etwas anderes gibt, das du gerne machen würdest. Das Teak der Plichtbänke könnte tatsächlich eine Schicht Lack vertragen, und ich mache das gerne.«

»Dann nehme ich das Angebot dankend an.«

Wir verstauen die Einkäufe, und ich stecke meinen Führerschein und etwas Geld in die Rocktasche, bevor ich meine Haare zu einem Pferdeschwanz zusammenbinde. Keane gibt mir eine Visitenkarte mit seiner Handynummer. »Falls ich dich irgendwo auslösen muss.«

Nachdem ich noch nie auf der linken Straßenseite unterwegs war, fühlen sich die ersten Kilometer an, als wäre ich permanent auf Kollisionskurs. Vor meinem ersten Kreisverkehr sitze ich lange Zeit einfach nur da und habe Angst. Der Autofahrer hinter mir hupt ungeduldig und fährt schließlich an mir vorbei. Irgendwann habe ich genug Mut und nehme die Ausfahrt auf die Hauptstraße der Insel. Ich fahre, bis ich zu einer schmaleren Straße gelange, die an der Atlantikküste entlangführt, und folge ihr zu einem Strandrestaurant namens *Conch Shack*.

Am Strand knacken mehrere Einheimische Seeschnecken, und der Duft von gebratenem Fisch liegt in der Luft. Das Lokal ist randvoll, sowohl drinnen als auch draußen, und neben fast jedem Picknicktisch am Strand steht ein Eimer mit sonnenuntergangspinkem Rumpunsch.

Ich schnappe mir einen freien Platz am Ende der kleinen Bar, bestelle ein Bier bei einem Barkeeper namens Leon und habe ein schlechtes Gewissen, weil es Keane hier auch gut gefallen hätte. Und es wird noch schlimmer, als mir klar wird, dass Ben nicht der Erste war, der mir in den Sinn gekommen ist. Andererseits ist Keane seit fast zwei Wochen ständig an meiner Seite, und es fühlt sich seltsam an, dass er jetzt nicht da ist.

Ich beobachte die anderen Gäste, und mein Blick fällt auf eine Frau neben mir, die eingehend ihren Ehering betrachtet. Sie ist etwa in meinem Alter und vermutlich frisch verheiratet. Mein Daumen gleitet reflexartig über die Unterseite meines Ringfingers, doch da ist kein Ring mehr.

Mein Verlobungsring war ein Familienerbstück, und Ben hat ihn mir an einem gewöhnlichen Dienstagabend beim Fernsehen überreicht.

»Auf Trinidad gibt es einen abgeschiedenen kleinen Strand namens Scotland Bay«, erklärte er vom anderen Ende der Couch aus. Er war beinahe mit den Kursberechnungen durch die Karibik fertig und arbeitete an der letzten Karte. »Und ich dachte mir, wenn wir es durch die gesamte Karibik schaffen, ohne dass du mich umbringen willst, dann könnten wir … vielleicht dort heiraten.«

Ich tat, als hielte er mich vom Fernsehen ab, auch wenn mir bei der Vorstellung, ihn auf einem abgelegenen Strand auf einer tropischen Insel zu heiraten, ganz warm ums Herz wurde. »Ja, mal sehen.«

»Hey!« Er riss mir die Fernbedienung aus der Hand und ersetzte sie durch ein kleines blaues Samtkästchen. Es war alt und an den Ecken etwas abgegriffen. »Ich versuche gerade, dir einen Antrag zu machen.«

Bei unserer ersten Verabredung – am Leuchtturm – hatte er eine Decke im Sand ausgebreitet. Wir hatten es uns darauf gemütlich gemacht und zu den Sternen hochgesehen, als er mich plötzlich gefragt hatte, ob ich ihn heiraten wolle. Ich hatte gelacht, weil ich ihn erst seit drei Tagen gekannt hatte, aber ich hatte Ja gesagt.

»Du hast mir doch schon einen Antrag gemacht«, erinnerte ich ihn. »Und ich habe Ja gesagt.«

»Schon, aber jetzt meine ich es ernst.«

»Willst du damit sagen, dass du es damals nicht ernst gemeint hast?« Ich stieß ihm mit dem Ellbogen in die Seite und öffnete das Kästchen. Mein Blick fiel auf einen Ring. Ein Saphir mit einem Kranz aus kleinen weißen Diamanten und blassblauen Aquamarinen. Ich stieß staunend die Luft aus. Ich hatte mir nie überlegt, wie der perfekte Verlobungsring aussehen würde, doch da war er.

Ben nahm den Ring aus dem Kästchen und schob ihn auf meinen Finger. Bevor er mich küsste, sagte er noch: »Ich habe es damals schon ernst gemeint. Genau wie jetzt. Für immer.«

Ich betrachte meine nackte Hand. Bens Eltern forderten den Ring nach seinem Tod zurück. Laut ihrem Anwalt gehört er der Familie Braithwaite, und in Bens Testament war nichts Gegenteiliges vermerkt. Mir ist lediglich ein dünnes Band weiße Haut geblieben, wo früher der Ring war.

Verdammt noch mal! Ich werde nicht hier sitzen und mich mies fühlen. Ich habe mich zehn Monate lang von gut meinenden Freunden und meiner Familie zurückgezogen, und ich bin es leid, allein zu sein. Ich winke dem Barkeeper.

»Hey, Leon«, rufe ich. »Ich will heute etwas Spannendes erleben. Abseits der Touristenpfade. Ein Abenteuer.«

»Da weiß ich was.« Er schnappt sich eine Papierserviette und beginnt zu zeichnen. »Fahr doch zum Osprey Rock. Er ist allerdings ziemlich abgelegen, das heißt, du musst vorsichtig sein. Hast du ein Auto?«

»Ja, einen Jeep.«

»Gut, die Straße ist nämlich sehr schlecht«, erklärt er. »Es gibt dort draußen eine Bucht, die Piraten als Versteck genutzt haben. Und wenn du ganz mutig bist, kannst du vom Split Rock springen. Aber ich würde nicht empfehlen, dass du das allein machst.«

»Das ist perfekt. Danke.«

Auf dem Weg zum Jeep schreibe ich Keane:

Du brauchst: Badetücher, Badehose, wasserfeste Prothese, Mittagessen, Getränke.

Bin in fünfzehn Minuten da.

Du gehörst schon jetzt zu mir

»Anna, du musst mir sagen, wo wir hinfahren«, fleht Keane. Leons Wegbeschreibung führt uns eine kilometerlange holprige und unbefestigte Straße entlang, vorbei an Salzpfannen und durch buschige Vegetation, die den Anschein erweckt, als hätten wir uns heillos verfahren. »Was, wenn es für einen behinderten Menschen wie mich dort viel zu gefährlich ist? Es ist unverantwortlich, dass du mich im Dunkeln tappen lasst.«

Er versucht seit meiner Rückkehr zum Hafen hinter das Geheimnis zu kommen, und ich vertröste ihn jedes Mal damit, dass es cool werden wird. Ich lache. »Du schaffst das sicher. Vertrau mir.«

Nach weiteren zehn Kilometern fühlt es sich tatsächlich so an, als hätten wir bald das Ende der Welt erreicht, doch dann liegen plötzlich ein kleiner Strand und ein staubiger Parkplatz vor uns. Ich werfe Keane einen schnellen Blick zu, und er grinst breit. »Das ist erstklassig.«

»Es wird noch besser.«

Wir schließen unsere Wertsachen ins Handschuhfach und wandern den Strand entlang zu dem Weg über die Klippen, den Leon auf seiner Serviettenlandkarte verzeichnet hat. Mein Blick fällt auf einen kleinen braun-weißen Hund, der vor uns im Sand sitzt. Es ist niemand am Strand und kilometerweit keine Menschenseele zu sehen. Ich frage mich, ob der Hund abgehauen ist. Er steht auf und wedelt mit dem Schwanz, als wir an ihm vorbeikommen, aber er versucht nicht, uns zu folgen.

Der Pfad über die Klippen wird von Kakteen und anderen stacheligen, windgepeitschten Pflanzen gesäumt, die sich trotzig durch die schmalen Ritzen zwischen den Steinen schieben. Schließlich erreichen wir eine Ansammlung mehrerer großer Löcher im Boden, und in einem steckt eine Leiter, die nach unten zwischen die Felsen führt.

»Der Barkeeper hat erzählt, dass Piraten diese Höhlen als Verstecke benutzt haben«, erkläre ich, gerade als Keane meint: »Anna, sieh dir das an!«

Er deutet auf einen gravierten Stein. IN GEDENKEN AN DIE ST. LOUIS, DIE 1842 AUF HOHER SEE IN FLAMMEN AUFGING. Die Buchstaben sind so alt und verwittert, dass man sie kaum entziffern kann. Wir entdecken weitere Steine mit Namen und Jahreszahlen von Menschen und Schiffen, manche sogar aus dem achtzehnten Jahrhundert.

»Ich frage mich, ob die *Saint Louis* auf dem Weg zu ihrem Zielhafen von Piraten gekapert und hierhergebracht wurde«, überlege ich.

»Wäre möglich«, erwidert Keane. »Vielleicht haben sie die Lagerräume geplündert und das Schiff anschließend abgefackelt. Oder es kam in einem Sturm vom Kurs ab und wurde vom Blitz getroffen. Die Gravuren erinnern mich an Graffiti. Vielleicht stammen sie aber auch von Piraten, die sich ihrer Taten rühmen. Es ist genial.«

Wir klettern die Leiter nach unten in die Höhle. Die Sonne steht hoch am Himmel und taucht den Raum in helles Licht. Der Höhleneingang blickt direkt auf eine kleine geschützte Bucht. Im achtzehnten und neunzehnten Jahrhundert hat sich die Höhle sicher noch besser in die felsige Klippe eingefügt und war kaum zu sehen. Ich breite die Decke auf dem Boden aus, und wir essen Sandwiches und trinken Red Stripe. Ich mache Dutzende Fotos mit dem Handy, bevor ich nach einem Stück Treibholz greife und es wie ein Schwert gegen Keanes Hals drücke.

»Her mit dem Geld, oder ich schlitze dir die Kehle auf.«

Er steckt eine Hand in die Hosentasche und zieht eine Münze mit einer Harfe auf der einen und einem keltischen Vogel auf der anderen Seite heraus. »Ein irischer Penny aus dem Jahr meiner Geburt«, erklärt er und legt ihn in meine Hand. »Er ist mit mir um die Welt gereist.«

»Dann behältst du ihn besser.« Ich gebe ihm die Münze zurück. »Vielleicht bringt er Glück.«

»Du bist eine grauenhafte Piratin«, erklärt Keane, steckt den Penny zurück in seine Hosentasche und lächelt, als wäre er froh, ihn wiederzuhaben. »Dieser Ort ist verdammt cool.«

»Es wird noch besser.«

»Das hast du schon mal gesagt.«

»Ich weiß.« Ich stoße ihm den Stock sanft zwischen die Schulterblätter. »Und jetzt die Leiter rauf mit dir.«

Wir lassen unsere Sachen in der Höhle, klettern die Klippen hinauf und folgen dem Pfad durch das Gestrüpp bis zum höchsten Punkt über dem Meer. Etwas weiter vorne entdecke ich eine Steinsäule mit dem Nest eines Fischadlers auf der Spitze – eines *osprey,* dem der Felsen wohl seinen Namen zu verdanken hat. Wir treten an den Rand der Klippen. Das kristallblaue Meer liegt etwa fünfzehn Meter unter uns. In der Ferne macht sich ein Segelboot auf den Weg nach Puerto Rico oder in die Dominikanische Republik, und Keane grinst. »Das erinnert mich an meinen Freund auf Martinique.«

»Willst du springen?«

Ich hätte nicht gedacht, dass sein Grinsen noch breiter werden kann, aber es geht.

»Bist du dir sicher?«

»Nein, aber … Ja.«

Er lacht. »Auf drei?«

»Eins … zwei … drei.«

Die Luft rauscht an mir vorbei, als ich nach unten sause, den Körper gestreckt wie einen Bleistift. Der Sprung ist nicht besonders gewagt, aber die Strecke zwischen dem Absprung und dem Wasser fühlt sich endlos an. Meine Füße tauchen als Erstes ins Meer, und die Wucht des Aufschlags schiebt mein Bikinihöschen zwischen die Pobacken. Ich schieße durchs

Wasser, bis meine Zehenspitzen den sandigen Boden berühren. Ich spüre den Druck des Wassers auf meinem Kopf und schwimme eilig auf das helle Sonnenlicht zu. Keane tritt neben mir Wasser, als ich auftauche. »Wie war es?«

»Furchteinflößend und unglaublich.«

Er nickt. »Danke, dass du mich hierhergeführt hast, Anna.«

»Danke, dass du mitgekommen bist«, erwidere ich. »Hierher … und auf diese Reise. Vielleicht hätte ich es allein geschafft, aber zu zweit ist es schöner.«

Wir schwimmen zur Piratenbucht, wo wir auf dem Rücken im Sand liegen und den flauschigen weißen Wolken beim Vorbeiziehen zusehen. Die Sonne wärmt meine Haut, und ich kann mich nicht erinnern, wann ich das letzte Mal so zufrieden war.

»Darf ich dich etwas fragen?«

»Alles«, erwidert Keane.

»Was … ähm … was ist mit deinem Bein passiert?«

»Ich war auf St. Barts zur Neujahrsregatta«, beginnt er. »Es ist ein schnelles Einmal-um-die-Insel-Rennen, bloß zum Spaß. Nichts Weltbewegendes. Wir haben gewonnen, und der Besitzer des Bootes hat die Crew zu einer Siegesfeier eingeladen. Vor der Bar wurde mir klar, dass es in Irland bereits nach Mitternacht war, also ließ ich die anderen vorgehen und rief meine Familie an, um ihnen alles Gute zu wünschen. Ich stand auf der Straße zwischen zwei geparkten Autos, als ein Mercedes um die Ecke bog und in das vordere Auto krachte. Ich wurde zwischen den Stoßstangen eingeklemmt. Das linke Bein war gebrochen, das rechte zertrümmert.«

»Oh Gott, das ist grauenvoll.«

»Als ich aufwachte, lag ich in Miami im Krankenhaus, und die Ärzte erklärten mir, dass sie mir das rechte Bein abnehmen mussten«, fährt Keane fort. »Aber ich konnte nur daran denken, dass ich mit meiner Mutter telefoniert hatte, während der Unfall passiert war, und ich machte mir so große Sorgen um sie, dass ich nicht wirklich begriff, was die Ärzte gerade sagten.«

Seine Geschichte erinnert mich daran, wie ich von der Arbeit nach Hause kam und Ben auf dem Küchenboden lag. Er war nicht an dem Tequila und den Pillen gestorben. Er war an seinem eigenen Erbrochenen erstickt. Ich fiel in Ohnmacht, als ich ihn sah, und als ich wieder zu mir kam, war ich überzeugt, dass alles nur ein böser Traum gewesen war. Ich war schrecklich erleichtert, dass Ben nicht wirklich tot war, bis mein Blick ein zweites Mal auf ihn fiel.

»Anna, alles okay?«

Tränen laufen über meine Wangen, und Rotz tropft aus meiner Nase. Ich wische mir mit der Hand übers Gesicht und lache leise.

»Natürlich hast du dir mehr Sorgen um deine Mom als um dein Bein gemacht.«

»Sie hat zugehört, als es passierte.«

»Du musst dich nicht rechtfertigen«, erwidere ich und rolle mich auf die Seite, um ihn anzusehen. »Ich weiß, was für eine Art Mann du bist.«

Er dreht sich ebenfalls zu mir, und wir sind uns so nahe,

dass ich mich nur nach vorne lehnen müsste, um ihn zu küssen. Seine Augen sind dunkel und unergründlich, und er leckt sich über die Unterlippe. Ich beuge mich ein Stück nach vorne und höre das Rauschen des Blutes in meinen Ohren. Das Klopfen meines Herzens.

»Anna.« Keane hebt die Hand und legt sie auf meine Wange, sodass sein Daumen meine Lippen berührt. »Warte.«

Ich blinzle verwirrt. »Du willst nicht …«

»Oh doch, ich will. Mein Gott, du hast ja keine Ahnung, wie sehr. Aber wenn wir diesen Weg einschlagen, musst du dir sicher sein, was du willst. Wenn jeder Mann gut genug ist, dann musst du dir einen anderen suchen.«

Seine Hand liegt immer noch auf meiner Wange, und es ist ein Wunder, dass sie noch nicht Feuer gefangen hat, so sehr glüht mein Gesicht vor Scham. Ich fahre zurück und stehe auf.

»Dein Schmerz brodelt viel zu nah an der Oberfläche«, fährt Keane fort. »Ich meine, noch vor ein paar Tagen hast du auf Samana schrecklich um Ben getrauert. Und selbst jetzt weiß ich nicht, ob du meinetwegen oder um ihn weinst. Du kannst nicht von mir erwarten, dass ich den Lückenbüßer für einen Geist spiele. Das mache ich nicht.«

Ich wende mich ab und fühle mich wie eine Riesenidiotin, als ich über die Felsen zur Höhle hinaufklettere. Ich schlüpfe gerade in meinen Rock, als ich ein scharfes Bellen von oben höre. Und dann gleich noch eines. Ich hebe den Blick und sehe den Hund, der durch das Loch zu mir hinunterschaut. Er bellt erneut, dieses Mal ungeduldiger.

»Willst du runterkommen?« Ich steige die Leiter hoch. Der Hund trägt kein Halsband, und es ist eine Hündin. Ihre braunen Augen sind aufgeweckt, und sie lässt sich von mir nach unten in die Höhle tragen. Ich setze mich im Schneidersitz auf den Boden, und sie klettert auf meinen Schoß und macht es sich bequem, als wäre ich ihr persönliches Kissen.

»Anna …« Keane tritt in die Höhle, hält jedoch abrupt inne, als er die Hündin sieht. »Die ist ja entzückend«, meint er und geht in die Hocke, um sie hinter den braunen Ohren zu kraulen. »Sie sieht aus wie ein Terrier, aber angesichts der Beine könnte sie auch ein Corgi-Mix sein. Ich schätze, sie ist ein sogenannter Topfhund.«

»Ein was?«

»Auf den Inseln gibt es jede Menge Streuner«, erklärt er. »Ein Großteil wird von den Einheimischen gefüttert. Sie bekommen, was in den Kochtöpfen übrig bleibt.«

»›Topfhund‹. Süß.«

»Ja, schon, aber es gibt ein ziemliches Problem mit der Vermehrung.«

»Die Gegend ist eigentlich zu abgelegen für einen Hund auf Wanderschaft. Glaubst du, wir sollen sie mit in die Stadt nehmen? Vielleicht gibt es dort eine Hilfsorganisation oder ein Tierheim.«

»Zumindest hätte sie bessere Chancen, etwas zu fressen zu finden.«

Ich ziehe mir mein Tanktop über den Kopf und trage den Hund aus der Höhle und zurück zum Jeep. Keane folgt uns mit den Überresten des Picknicks. Ich hätte nicht versuchen sollen, ihn zu küssen. Ich war nicht bei Verstand. Doch ich schäme mich noch viel zu sehr, um es zuzugeben, und so bleibt mir nichts anderes übrig, als so zu tun, als wäre es nie passiert.

Die Helfer in der Rettungsstation für Streuner machen ein riesiges Aufhebens um die kleine Hündin, tätscheln ihren Kopf und veranstalten ein heiteres Rasse-Raten, doch als es darum geht, sie aufzunehmen, verpufft die Begeisterung.

»Wir haben schon so viele Hunde hier«, seufzt eine erschöpft wirkende Frau mit einer wilden schwarzen Lockenmähne, die sich als Dr. Suzette Brown vorstellt. »Sind Sie sicher, dass Sie sie nicht behalten wollen? Wir nehmen sie ins System auf, impfen und kastrieren sie, und Sie können sie direkt danach mitnehmen. Wir erlassen Ihnen sogar die Adoptionsgebühr.«

»Wir sind auf einem Boot unterwegs«, erkläre ich.

Sie winkt ab. »Viele Leute halten Hunde auf einem Boot.«

»Aber wir verlassen die Insel in ein oder zwei Tagen in Richtung Antillen«, wendet Keane ein. »Die Überfahrt kann haarig werden.«

»Die Hündin braucht nach der Operation ohnehin Ruhe«, erklärt Suzette. »Wenn sie in der Kabine eingesperrt ist, hat sie genug Zeit, um sich zu erholen.«

»Aber wir sind nicht …« Ich deute abwechselnd auf Keane und mich und überlege, wie ich der Ärztin erklären soll, dass wir kein Paar sind, als mir auffällt, dass Keane gar nicht mehr neben mir steht. Er betrachtet eingehend die verschiedenen

Leinen und quietschenden Hundespielzeuge, die es zu kaufen gibt.

»Was ich gerade nicht gehört habe«, meint Suzette, »ist, dass Sie den Hund *nicht wollen*.«

Der warme kleine Hundekörper presst sich fest an meine Brust, direkt über meinem Herzen. Ich sehe vor mir, wie ich mit dieser Hündin im Arm nach Hause komme. Bis vor einem Moment habe ich mir nicht einmal vorstellen können, dass mein Leben irgendwann *überhaupt* weitergehen würde. Sie leckt mir mit ihrer trockenen Zunge sanft über den Mundwinkel, als wollte sie mir sagen, dass sie schon jetzt zu mir gehört. Ich drücke mein Gesicht an das kurze Fell auf ihrem Kopf. »Ich will sie.«

»Sie werden es nicht bereuen.« Suzette nimmt mir den Hund aus den Armen. »Topfhunde sind die besten Hunde überhaupt.«

Wir vereinbaren, dass ich den Hund – *meinen* Hund – morgen abhole, und Suzanne bietet mir an, dass eine der Freiwilligen die notwendigen Einreiseformulare für die karibischen Inseln für uns downloadet und ausfüllt. »Und ich werde die dazugehörigen medizinischen Befunde gleich selbst ausstellen.«

»Warum machen Sie das alles?«

Suzette zuckt mit den Schultern. »Es kostet Zeit und Geld, sich um diese Hunde zu kümmern, vor allem, wenn sie nicht sofort einen Platz finden. Ein oder zwei Stunden Papierkram sind sehr viel billiger als ein oder zwei Monate Aufenthalt in unserem Tierheim.«

»Wir brauchen ein Sicherheitsnetz, damit sie sich frei an Bord bewegen kann.« Keane kommt mit vollen Armen zurück. Mein Blick fällt auf ein grünes Nylonhalsband, die dazu passende Leine, einen Sack Hundefutter, eine Packung Leckerli und ein Netz mit Tennisbällen. »Und es kann nicht schaden, ihr auch eine Schwimmweste zu besorgen.«

»Vielleicht sollten wir ihr zuerst mal einen Namen geben?«

»Ich bin vielleicht ein wenig übers Ziel hinausgeschossen, weil ich schon immer einen Hund haben wollte«, erklärt er. »Oder besser gesagt, die Nähe zu einem Hund. Ich meine, sie gehört ja dir.«

»Wir haben sie zusammen gefunden, sie kann also auch dein Hund sein.«

»Perfekt.« Er holt sein Portemonnaie heraus, um den Einkauf zu bezahlen. »Ich dachte da an einen richtigen Piratennamen, nachdem wir sie ja in einer Piratenhöhle aufgegabelt haben. Wir könnten sie Gráinne nennen« – er spricht es Gronje aus –, »nach Gráinne O'Malley, der irischen Piratenkönigin aus Connacht, die du vielleicht unter dem Namen Grace O'Malley kennst. Aber das ist ein bisschen sperrig, also sollten wir sie vielleicht Queenie taufen.«

»Du hättest auch einfach Queenie vorschlagen können.«

»Schon klar, aber was hältst du von dem Namen?«, fragt er, während wir uns auf den Weg zum Jeep machen. Es fällt mir schon jetzt schwer, meinen Hund zurückzulassen.

»Ich bin begeistert.«

Auf der Fahrt zurück zum Hafen gibt es kein anderes Gesprächsthema als den Hund. Ohne Queenie als Puffer fühle ich mich lächerlich, weil ich mich so an Keane herangemacht habe. Als wir wieder auf dem Boot sind, ziehe ich mich deshalb sofort in die Kabine zurück und verstecke mich in meiner Koje. Das Boot kippt ein wenig zur Seite, als Keane von Bord geht, um sein Bein und die Prothese zu waschen, während ich allein zurückbleibe und seine Zurückweisung in Gedanken immer wieder durchspiele.

Warum habe ich versucht, ihn zu küssen? Was wäre passiert, wenn er es zugelassen hätte? Ich starre durch die geöffnete Luke nach oben, bis er wiederkommt.

»Es tut mir leid, dass ich dich in Verlegenheit gebracht habe«, sagt er leise und lehnt sich an den schmalen Durchgang zur Koje. Ich tue, als würde ich schlafen. »Die räumliche Nähe und die Tatsache, dass man jede wache Minute mit jemandem verbringt, können alles … irgendwie verstärken.«

Keane redet weiter, und mir wird klar, dass er weiß, ich schlafe nicht wirklich.

»Eines Tages werden sich die Sterne neu ausrichten«, fährt er fort. »Du wirst nicht mehr an Ben denken, und der nächste Mann in deinem Leben wird ein verdammt glücklicher Bastard sein.«

Der Boden knarrt, als er sich abwendet, und ich höre die vertrauten Geräusche, wie er seine Prothese abnimmt und ins Bett steigt. Er atmet leise aus. »Gute Nacht, Anna.«

Meine Gedanken fahren Achterbahn. Hat er recht? Ist wirklich die räumliche Nähe schuld? Leide ich unter einer verdrehten Form des Stockholm-Syndroms? Jede andere Erklärung wäre ein Verrat an Ben und unfair gegenüber Keane. Trotzdem werde ich das nagende Gefühl nicht los, dass der Versuch, ihn zu küssen, kein Fehler war.

Regen setzt ein

Regen setzt ein, gerade als wir auf Corrines und Gordons Boot Patience hausgemachte Shrimps-Pizza essen. Es fängt mit einem leisen Platschen an Deck an und steigert sich zu einem stetigen Getrommel. Wir ziehen von der überdachten Plicht in die Kabine, und Gordons schwarzer Labrador versteckt sich in der Achterkabine vor dem Donner. Queenie – die eine aufblasbare Halskrause trägt, damit sie nicht an ihren Nähten leckt – sieht mich verunsichert an. Gestern streunte sie noch vogelfrei über die Insel, und heute ist sie ein Teil unserer seltsamen kleinen Truppe. Ich frage mich, ob wir das Richtige getan haben, denn immerhin haben wir ihr das einzige Zuhause genommen, das sie bisher kannte. Andererseits beruhigt und tröstet mich ihr warmer Körper, der sich an meinen drückt.

Vier Tage später regnet es immer noch – manchmal ist es nur ein feuchter Nebel, der in der Luft hängt, andere Male schüttet es so heftig, dass man glauben könnte, die Welt ginge unter. Die Vorstellung von einem trockenen Fleckchen Erde ist wie eine weit entfernte Erinnerung. Wir verbringen unsere Zeit damit, trocken zu bleiben und die Langeweile in Grenzen zu halten. Keane liest mehrere Kapitel von *Moby Dick,* bevor er das Buch als »heillose Scheiße« beiseitelegt, und Corrine zeigt uns ein neues Kartenspiel namens Euchre. Ich bringe Queenie bei, sich auf einen kleinen Teppich in der Ecke der Plicht zu erleichtern, und schicke E-Mails an Mom und Carla, in denen ich ihnen versichere, dass es mir gut geht. Ich erzähle ihnen nichts von dem Hund, denn wie soll ich ihnen etwas erklären, das ich nicht einmal selbst verstehe?

Manchmal kommt es mir so vor, als versuchte ich, mein altes Leben zu überschreiben, und ich habe ein schlechtes Gewissen, weil Ben kein Teil des neuen Entwurfs ist. Dann wieder vermisse ich ihn so sehr, dass ich am liebsten zusammenpacken und mit dem ersten Flugzeug nach Hause fliegen möchte, als würde er in Fort Lauderdale auf mich warten. Als wären seine Abwesenheit und meine Flucht davor nicht der Grund, warum ich überhaupt hier bin.

»Wir müssen eine Entscheidung treffen«, erklärt Keane eines Tages. Wir sitzen in der Kabine und essen Rührei mit den Hummerresten, die wir von einem zweiten Abendessen bei Corrine und Gordon mitgebracht haben. Heute endet unsere Aufenthaltserlaubnis auf den Turks und Caicos offiziell. Wenn wir länger bleiben und auf besseres Wetter warten, müssen wir dreihundert Dollar extra bezahlen. Trotz des Regens fühle ich mich wohl hier und bin vielleicht sogar ein wenig träge geworden. Ich habe Angst vor der Überfahrt. Aber ich bin mir nicht sicher, ob ich mir die zusätzlichen Kosten erlauben kann.

»Wahrscheinlich ist das jetzt das letzte Aufbäumen vor dem Ende der Schlechtwetterfront«, meint Keane. »Sobald sich der Regen verzogen hat, sollten die Bedingungen für den Rest der Reise annehmbar sein. Vielleicht sollten wir das aussitzen.«

»Aber du musst nach Puerto Rico«, wende ich ein. »Das hält dich nur auf.«

»Ich bin genau da, wo ich sein möchte, Anna.«

Meine Wangen beginnen zu glühen, aber ich kann es mir nicht leisten, darüber nachzudenken, was das bedeutet. Nicht, wenn wir uns entscheiden müssen, wie es weitergeht. Außerdem weiß ich es im Grunde ja. Keane hatte recht, was das Zusammenwachsen zweier Menschen angeht, die gemeinsam auf einem Boot leben. In den letzten achtzehn Tagen habe ich gelernt, dass er sich jeden Tag um vier Uhr früh erleichtern muss, vor allem, wenn er viel getrunken hat. Er isst zu schnell, nachdem er sich jahrelang während zahlreicher Segelregatten nur zwischendurch etwas hineinstopfen konnte. Und er schläft am tiefsten, wenn er auf dem Rücken liegt.

Wir haben uns auf die Launen des jeweils anderen eingestellt. Wir teilen uns die Mahlzeiten, die Aufgaben an Bord und mittlerweile auch einen Hund. Manchmal ertappe ich ihn dabei, wie er mich ansieht und seine Gefühle ungefiltert über sein Gesicht huschen. Ich verstehe nicht, was er an einer verkorksten Frau wie mir findet. Doch in diesen Momenten, wenn seine Sehnsucht die Hand nach der Sehnsucht in mir ausstreckt, platzen jedes Mal Gedanken an Ben dazwischen und erinnern mich daran, was ich verloren habe.

»Wenn wir jetzt lossegeln, wird die Überfahrt brutal«, fährt Keane fort. »Selbst unter bestmöglichen Bedingungen kann dich eine solche Überfahrt brechen. Bei einem derartig miesen Wetter bekommt man das Gefühl, man hätte seine Seele an den Teufel verkauft.«

»Hast du genug Geld, um hierzubleiben?«, frage ich. »Denn wenn ich es bis Trinidad schaffen und dann auch noch nach Hause kommen will, muss ich sorgsamer mit meinem Budget umgehen.«

»Ich kann die Gebühr übernehmen«, antwortet er. »Aber es reißt auch bei mir ein riesiges Loch in den Geldbeutel.«

»Ich habe Angst vor dem Wetter.«

»Dann warten wir«, erwidert Keane. »Wir teilen uns die Kosten und warten auf ein geeignetes Fenster.«

Queenie springt auf die Bank und sieht ihn mit ihren seelenvollen Augen an. Er lässt sie die Pfote heben, damit er abklatschen kann – ein Kunststück, das die beiden gerade üben –, und gibt ihr ein Stück Hummer, bevor er den Blick hebt. »Was meinst du?«

»Darf ich dich etwas fragen?«

»Was du möchtest.«

»Glaubst du, dass ich die Überfahrt packe?«

Er blinzelt nicht und denkt keine Sekunde lang nach. »Ja.«

»Dann lass uns loslegen«, erkläre ich. »Wir sind so weit. Fahren wir.«

Corrine, die mittlerweile wie eine Ersatzmutter für uns ist, versucht natürlich, uns unsere Pläne auszureden. Gordon hört sich den Wetterbericht an und schlägt mit leiser Stimme vor, noch ein wenig zu warten. Aber falls wir unbedingt loswollen, sollen wir seiner Meinung nach bis nach Big Sand Cay segeln und dort über Nacht vor Anker gehen.

»Macht es Abschnitt für Abschnitt«, meint er. »Es wird eine unruhige Nacht, aber so habt ihr wenigstens die Gelegenheit, euch auszuruhen.«

Corrine gibt uns mehrere Laibe doppelt verpacktes Mangobrot mit auf die Reise, und Gordon schenkt uns zwei 35-Liter-Kanister Treibstoff und warnt uns, unbedingt umzukehren, wenn die Bedingungen nicht mehr beherrschbar sein sollten. Das dunkelgrüne Regenband, das sich während des Wetterberichts im Fernsehen über unser Gebiet zieht, sieht tatsächlich nicht gerade beherrschbar aus, doch Keane wirkt nicht besorgt. Er bindet die Treibstoffkanister an Deck fest und lässt die Luft aus dem Beiboot. Die Unsicherheit legt sich wie ein Schraubstock um mein Herz, als wir Providenciales schließlich per Motorkraft hinter uns lassen.

Die Wellen wogen, und die Insel verschwindet immer wieder hinter den Wassermassen, während sie langsam kleiner und kleiner wird. Keiner sagt ein Wort, und mein Magen zieht sich aufrührerisch zusammen. Seit ich zum ersten Mal mit Ben auf einem Boot war, habe ich nie mehr als eine sanfte Übelkeit verspürt, doch jetzt überkommt mich die Seekrankheit, und salziger Speichel füllt meinen Mund. Ich umklammere die

Rettungsleine so fest, dass meine Knöchel weiß hervortreten, und entleere meinen Magen ins Meer. Ich würge, bis nichts mehr hochkommt, und selbst dann ist es noch nicht vorüber. Mein Hals brennt, und in meinen Nasenlöchern sticht es. Der Gedanke, noch drei Tage diesen Bedingungen ausgesetzt zu sein, treibt mir die Tränen in die Augen.

»Alles okay?«, fragt Keane, als ich mich wieder zu ihm in die Plicht setze.

»Nein.« Mein Mund schmeckt nach saurem Erbrochenem.

»Willst du umkehren?«

Es gibt nichts auf der Welt, das ich lieber täte, als dieses Boot zu wenden und nach Providenciales zurückzukehren, doch ich bin hier, um auf Bens Boot zu segeln. Ich habe mit Keane vereinbart, dass er mir hilft. Nicht dass er die ganze Arbeit übernimmt. Trotzdem ist es verlockend umzukehren. Die Überfahrt abzublasen.

»Nein«, antworte ich schließlich.

Wir übernehmen abwechselnd das Steuer, damit der andere essen, die Toilette benutzen und nach Queenie sehen kann. Keane hat ihr ein kleines Nest in der Nische unter meiner Schlafkoje gebaut. Wir reden nicht viel, und beinahe alles, was ich esse, kommt wieder hoch, weshalb ich die ganze elfstündige Fahrt nach Big Sand Cay hungrig bin und mich erbärmlich fühle.

Die menschenleere Insel besteht praktisch nur aus Sand und bietet kaum Schutz vor dem Wind und den Wellen. Queenie pinkelt tapfer auf den Teppich in der Plicht, aber ich habe trotzdem ein schlechtes Gewissen und wünschte, wir hätten sie nie von Provo weggebracht. Ich versuche, in der Kabine ein wenig Ball mit ihr zu spielen, doch die Schmerzmittel nach der Kastration machen sie müde, und so nehme ich sie über Nacht mit in meine Koje und hoffe inständig, dass ich mich nicht übergeben muss.

Am nächsten Morgen teilt Keane mich für die erste Schicht ein. Es ist so düster und bewölkt, als wäre es noch mitten in der Nacht. Blitze zucken über den Horizont, während er Queenie mit nach unten nimmt und mich allein zurücklässt.

Ich bin noch nie bei so hohen Wellen gesegelt – zwei Meter hohe Wassertürme, die sich in einem endlosen Rhythmus vor mir erheben und wieder zurückziehen. Ich schlüpfe in den Sicherheitsgurt, klinke mich in die Rettungsleine ein und starre hinaus zum Horizont, während sich mein Magen unaufhörlich dreht. Ich versuche, mich nicht zu übergeben, doch es ist hoffnungslos.

Keane bringt mir zwei Tabletten gegen Seekrankheit, aber sie kommen wieder hoch, bevor sie überhaupt unten waren. Also holt er zwei weitere Tabletten und eine große Flasche Gatorade, an der ich langsam nippe. Meine Finger werden trotz seiner Segelhandschuhe immer wunder. Meine Armmuskeln brennen, während ich versuche, das Boot auf Kurs zu halten. So macht Segeln absolut keinen Spaß, und ich schaffe es nicht, mir etwas anderes einzureden. Es ist elendig und schmerzhaft, und als Keane zurückkommt, um das Ruder wieder zu übernehmen, freue ich mich riesig, dass meine Schicht vorüber ist.

Er hingegen ist fröhlich wie immer. Bereit, den Kampf mit dem Meer aufzunehmen und den Sport zu genießen, den er liebt.

Mit Queenies Schnauze auf dem Oberschenkel sitze ich in der warmen, trockenen Kabine, verteile antibiotische Salbe auf den Blasen und wickle Verbandsmull um meine Finger. Nach einer Woche mit vollwertigen Mahlzeiten gleicht ein Becher Instant-Nudeln einem schlechten Scherz. Andererseits wölbt sich mein Magen vor Hunger bereits nach innen. Nach dem Essen balge ich mich mit Queenie um eines von Keanes alten T-Shirts, das wir zusammengeknotet und zum Spielzeug umfunktioniert haben. Anschließend nehme ich sie mit in meine Koje, und wir schlafen sofort ein.

»Warum hast du mich nicht geweckt?«, frage ich Keane und reiche ihm seinen Kaffee in dem Captain-America-Becher. Es ist sein Lieblingsbecher, und es tut nicht mehr weh, ihn damit zu sehen. Er hat eine achtstündige Doppelschicht hinter sich, während ich geschlafen habe. Hinter Keane steigt eine Welle empor, die ihn beinahe überragt, und ich muss mich abwenden, um mich nicht schon wieder zu übergeben. Immer und immer wieder tragen uns die Wellen hoch bis an den Kamm, bevor wir nach unten in das dazwischenliegende Tal gleiten. Es ist wie eine gemächliche, niemals endende Achterbahnfahrt.

»Ich hatte meinen Spaß«, brüllt er gegen den Wind an.

»Du hast eine seltsame Vorstellung von Spaß«, brülle ich zurück.

»Vielleicht, aber das ist alles, was ich kenne.« Er lacht in sich hinein. »Du wärst überrascht, wie viele Freundinnen ich für die Götter des Windes stehen gelassen habe.«

»Wie viele?«

»Bis jetzt jede einzelne«, antwortet er. »Eine Zeit lang ist alles super, aber dann muss ich raus aufs Meer. Es ist nicht ihre Schuld. Es … liegt mir einfach im Blut.«

»Dein Blut ist seltsam.«

»Erzähl mir was Neues.« Er steht auf, und das ist mein Zeichen, das Ruder zu übernehmen. Der Gedanke an die Nachtschicht macht mir Angst, aber ich rufe mir ins Gedächtnis, dass es nur vier Stunden sind. Das sollte zu schaffen sein. »Ich lege mich hin und lüfte mein Bein ein wenig, aber wenn du mich brauchst, ruf einfach.«

Der Mond versteckt sich hinter den Wolken, es sind keine Sterne zu sehen, und die Nacht ist schrecklich dunkel. Kein Mondlicht fällt auf die Wellen, ich sehe nur die roten und grünen Lichter am Bug, die durch die Brandung brechen. Wasser schwappt über das Deck bis in die Plicht und läuft durch das Speigatt wieder ab. Sobald alles abgeflossen ist, sticht das Boot in die nächste Welle. Mein Gesicht ist mit Salzwasser überzogen, und ich kämpfe erneut mit dem Ruder, um das Boot auf Kurs zu halten. Ich überlege, eine Weile den Motor anzumachen, aber wir haben nicht genug Treibstoff, um es bis nach San Juan zu schaffen. Wir müssen ihn für den Notfall bereithalten, und auch wenn es schrecklich ist, ein Notfall ist das hier nicht.

Nach etwa zwei Dritteln meiner Schicht versuche ich, eine Scheibe zerbröseltes Mangobrot zu essen. Doch schon im nächsten Moment steigt Übelkeit in mir hoch, und ich stürze zum Kühlschrank, um das Gatorade herauszuholen. In diesem Moment wird das Boot seitlich von einer Welle getroffen, und ich werde in die Sicherheitsleine geschleudert. Ich klammere mich daran fest, doch die nächste Welle ist noch gewaltiger und katapultiert mich über Bord.

Ich tauche unter, verliere sofort die Orientierung und gerate in Panik.

Ich strample und habe keine Ahnung, wo oben oder unten ist.

Das Wasser ist stockdunkel, und das Salz brennt in meinen Augen, während ich versuche, an die Oberfläche zu gelangen. Es ist nach wie vor kein Mond zu sehen, der mir einen Hinweis geben könnte. Ich trage immer noch meinen Sicherheitsgurt, und die nächste Welle schleudert mich gegen den Rumpf. Ein stechender Schmerz durchfährt meine Fingerspitzen, und mein linker Arm reagiert nicht, als ich versuche, mich an der Verbindungsleine an die Oberfläche zu ziehen. Da geht erneut ein Ruck durch den Gurt, und ich werde aus dem Wasser gehoben. Ich nehme einen schnellen, tiefen Atemzug und krache in der nächsten Sekunde mit dem Kopf gegen das Boot.

Sterne tanzen vor meinen Augen.

Szenen aus meinem Leben blitzen auf.

Ich sehe Ben.

Die Dunkelheit zieht mich in die Bewusstlosigkeit, und ich

weiß, dass ich ertrinken werde. Meine Lunge brennt, während ich versuche, so lange wie möglich die Luft anzuhalten. Ich schaffe es nicht mehr länger, aber genau in diesem Moment weiß ich mit Sicherheit, dass ich nicht sterben will, um bei Ben zu sein. Ich würde lieber ohne ihn weiterleben.

Blindflug

Als ich die Augen öffne, sehe ich Keanes Gesicht über mir, das in den goldenen Schimmer der Kabinenlichter gehüllt ist. Er zieht vor Sorge und Angst die dunklen Augenbrauen zusammen. Meine linke Gesichtshälfte pocht, als wäre mein Herz in meine Wange gerutscht, und als ich versuche, mich aufzurichten, dreht sich alles. Doch solange in meinem persönlichen Himmel Keane Sullivan an meinem Bett sitzt, bin ich zumindest nicht tot.

»Wer steuert das Boot?« Mein Hals fühlt sich an, als hätte ich Schleifpapier gegessen, und Keane reicht mir ein Glas Wasser. Das Boot kracht ins nächste Wellental, und ich höre, wie die Segel im Wind flattern. Die Antwort ist: keiner. Wir befinden uns im Blindflug.

»Du bist über Bord gegangen«, erklärt Keane und ignoriert meine Frage. »Erinnerst du dich?«

»Nein«, antworte ich, doch dann erinnere ich mich plötzlich daran, dass ich wie eine Ladung Klamotten im Trockner hin-

und hergeschleudert wurde und Salzwasser bis in meine Lunge drang. »Ich meine, ja. Teilweise. Was ist passiert?«

»Ich bin aufgewacht, weil das Boot plötzlich schlingerte«, antwortet er. »Als ich dann noch einen dumpfen Schlag gegen den Rumpf hörte, bin ich an Deck gestolpert und habe dich aus dem Wasser gezogen.« Er trägt keine Prothese. Es war eine richtige Heldentat, mich aus dem Wasser zu ziehen und mich in die Kabine hinunterzuschleppen. »Ich glaube nicht, dass der Wangenknochen gebrochen ist, aber er ist geschwollen, und du hast einen riesigen Bluterguss. Außerdem hast du dir die Schulter ausgekugelt und vermutlich auch eine Gehirnerschütterung zugezogen.«

Aus dem Augenwinkel sehe ich die Beule an meiner verunstalteten Schulter, und auch hier spüre ich ein schmerzhaftes Pochen, das schlimmer wird, wenn ich versuche, den Arm zu bewegen. Ich gucke mir die Verletzung lieber nicht genauer an, denn ich schmecke schon wieder Erbrochenes und habe Angst, in Ohnmacht zu fallen. Ich schließe die Augen und atme einige Male tief durch die Nase ein, bis die Übelkeit zurückgeht.

»Das könnte vielleicht wehtun, und ich entschuldige mich schon im Voraus dafür«, meint Keane und holt eine Verbandsrolle aus dem Erste-Hilfe-Koffer. »Ich könnte deine Schulter selbst einrenken, aber ich habe Angst, dass ich dir mehr schade als nutze. Also werde ich sie ruhigstellen, bis wir zu einem Arzt können.«

Er wickelt den Verband vorsichtig um meine Schulter und faltet eine Schlinge aus einem blauen Bandana, damit ich den

Arm dicht am Oberkörper tragen kann. Anschließend verknotet er die Schlinge sanft hinter meinem Nacken. Mir steigen Tränen in die Augen.

»Du hast mich schon wieder gerettet.«

»Was hätte ich denn sonst tun sollen, Anna?«

Mir entfährt ein leises Lachen, weil diese Antwort so typisch für ihn ist. »Danke.«

»Jederzeit.« Er steckt mir eine feuchte Haarsträhne hinters Ohr und drückt mir einen Kuss auf die Stirn. »Immer.«

»Ich will nach Hause.«

Der Sturm hat mich geheilt und gebrochen zugleich. Er hat mich daran erinnert, wie gut es ist, am Leben zu sein, doch ich habe keine Kraft mehr, etwas hinterherzulaufen, das ich niemals erreichen werde. Ich weiß nicht, wie mein Leben ohne Ben aussehen wird, aber es muss nicht aus der Verwirklichung seiner Träume bestehen.

»Okay.« Keanes Stimme ist schwer wie Blei, und ich höre, wie enttäuscht er ist. »Aber wir sind schon viel zu weit, um Kurs auf die Dominikanische Republik zu nehmen, und wir können nicht umkehren. Wir müssen weiter nach San Juan.«

»Dann bleibt mir wohl nichts anderes übrig.«

Bis Puerto Rico sind es immer noch zweieinhalb Tage, aber der Silberstreif am Horizont ist, dass es dort gute Krankenhäuser und billige Flugverbindungen nach Fort Lauderdale gibt.

»Wir haben nur ein kleines Problem«, fährt Keane fort. »Ich habe Schmerzen in den Knien, und wenn ich meinen Stumpf nicht sauber halte, entzündet er sich womöglich. Wenn das passiert, sind wir im Arsch. Ich kann Zehn-Stunden-Schichten machen, wenn du zwei Stunden dazwischen übernimmst. Aber alleine schaffe ich es nicht.«

Ich hätte am liebsten das Funkgerät geschnappt und einen Notruf abgesetzt. Das Schiff verlassen. Aber eine ausgekugelte Schulter ist kein lebensbedrohlicher Zustand. Ich muss damit klarkommen.

»Ich weiß.«

»Okay«, meint Keane. »Und jetzt schlaf ein bisschen.«

Ich liege wach in meiner Koje, und Queenie kuschelt sich an mich, während er seine Prothese anlegt und in wetterfeste Klamotten schlüpft. Ich bin immer noch wach, als er an Deck klettert, um das Boot wieder auf Kurs zu bringen. Doch sobald er fort ist, schlafe ich ein.

Wir bringen zwei Schichtwechsel hinter uns, und bevor er schlafen geht, macht Keane mir jedes Mal etwas zu essen und befestigt eine Flasche Gatorade neben dem Ruder. Ich möchte ihm ebenfalls etwas Gutes tun und frisches Wasser holen, damit er sein Bein und die Prothese waschen kann, doch meine Schulter ist so geschwollen und steif, dass ich den Arm nicht bewegen kann. Ich wünschte beinahe, er wäre das Risiko eingegangen und hätte sie mir eingerenkt. Mein Körper gewöhnt sich langsam an die Wellen, aber ich nehme weiterhin eine Mischung aus Pillen gegen die Seekrankheit und Schmerzstillern. Nach vierundzwanzig Stunden hört das Pochen in meinem Kopf auf, und ich fühle mich gut genug, um Keane vorzuschlagen, meine Schicht zu verlängern, damit er länger schlafen kann.

»Bist du dir sicher?«

Die Schmerzen in meiner Schulter sind nicht mehr ganz so unerträglich, und ich schaffe es endlich, Essen bei mir zu behalten. Außerdem haben mir die ausgiebigen Schlafpausen gutgetan.

»Ich komme schon klar.«

In den nächsten sechsunddreißig Stunden zieht die Front endlich weiter, das Meer wird ruhiger, und die Ein-Meter-Wellen fühlen sich im Vergleich zu dem Seegang am Beginn unserer Reise harmlos an. Der Regen hört auf, und wir schlüpfen aus unseren wetterfesten Klamotten, und als unser Blick zum ersten Mal auf die grünen Berge Puerto Ricos fällt, ist der Himmel klar, und die Sonne trocknet auch den allerletzten Winkel. Wir sind beinahe tot vor Erschöpfung, der Hund hat seit drei Tagen nicht mehr gekackt, aber wir haben es geschafft.

Wir haben es geschafft.

Wir fahren mit Motorkraft an der Altstadt von San Juan entlang und biegen gerade in den von Kreuzfahrtschiffen gesäumten San Antonio Channel, als ich zum ersten Mal seit Bimini mein Handy einschalte. Es piept beinahe nonstop vor eingehenden Nachrichten, doch ich ignoriere sie und rufe in einem der nahe gelegenen Häfen an, um einen Ankerplatz zu reservieren und einen Check-in bei der Zollbehörde anzufordern.

»Ich weiß, dass die Zollbehörde viel zu tun hat«, erkläre ich dem Hafenmeister, »aber ich habe eine ausgekugelte Schulter und muss ins Krankenhaus. Wenn es also möglich wäre, das Prozedere zu beschleunigen, würden Sie bitte so nett sein und es tun?«

Der Zollbeamte trifft am Anlegeplatz ein, als Keane und ich gerade die Spring sichern. Wir liegen eingeklemmt zwischen zwei gewaltigen Sportfischerbooten, und die Kerle an Bord erinnern mich an ChrisDougMike. Dreieinhalb Wochen erscheinen mir wie eine Ewigkeit, vor allem nach den vier Tagen, die gerade hinter uns liegen.

Der Beamte checkt unsere Reisepässe und die Bootspapiere und vergewissert sich, dass Keanes Green Card gültig ist. Danach stellt er die Anlegeerlaubnis aus und erhebt die Gebühren. Er bietet sogar an, mich ins Krankenhaus zu bringen.

»Soll ich mitkommen?«, fragt Keane.

»Queenie sollte mal eine Runde laufen.«

»Soll ich dir einen Flug nach Fort Lauderdale buchen?«

»Noch nicht.«

Er schmunzelt. »Heißt das …?«

»Dass ich Weihnachten vielleicht in der Karibik verbringen will.«

»Das bekomme ich hin.«

Ich werfe ihm über meine heile Schulter ein Grinsen zu, während ich dem Zollbeamten folge. »Da bin ich mir sicher.«

Die Klinik liegt nur fünf Minuten vom Hafen entfernt, doch ich schlafe mit dem Kopf an dem kühlen Fenster des klimatisierten Autos ein. Der Beamte weckt mich und hilft mir ins Gebäude, wo ich den Papierkram erledige, mich ins Wartezimmer setze und die Nummer meiner Mom wähle.

»Gott sei Dank!«, ruft sie, bevor ich überhaupt Hallo sagen kann. »Wo bist du?«

»Ich bin gerade in San Juan angekommen. Hör mal, Mom, ich bin im Krankenhaus …«

»Was ist los? Bist du verletzt?«

»Nur ein bisschen«, antworte ich. »Ich habe mir auf der Überfahrt die Schulter ausgekugelt, aber es geht mir gut.«

»Ausgekugelt?« Ihre Stimme wird vor Panik eine Oktave höher. »Was ist passiert?«

»Ich … wir … wurden von einer Welle getroffen, und ich bin über Bord gegangen und wurde mehrere Male gegen die Bootswand geschleudert.«

»Du hättest ertrinken können.«

»Hätte ich, bin ich aber nicht.«

»Anna, ich weiß noch immer nicht, was ich von der Sache halten soll.«

»Ja, Mom, aber es geht mir gut. Sogar mehr als das.« Und trotz allem ist das nicht gelogen. Ich habe den ersten Teil der Reise damit verbracht, mir Gedanken darüber zu machen, was Ben wollen würde. Jetzt weiß ich, dass ich anfangen muss, mir zu überlegen, was *ich* will – sowohl beim Segeln als auch nach meiner Rückkehr in mein geordnetes Leben. Im Moment weiß ich nur, dass es eine große Leistung ist, so weit gekommen zu sein – eine Leistung, die *ich* erbracht habe –, und dass ich noch nicht bereit bin, nach Hause zurückzukehren. »Ich bin glücklich.«

»Wirst du an Weihnachten zu Hause sein?«

»Ich fürchte nein.« Eine Krankenschwester in einem pinkfarbenen Kittel ruft meinen Namen auf. »Mom, ich muss auflegen, aber ich rufe noch mal an, nachdem sie meine Schulter eingerenkt haben, okay? Ich hab dich lieb.«

Die Schwester misst Puls und Blutdruck, dann entfernt sie den Verband, um sich den Schaden anzusehen. Ein Schmerz durchfährt mich, als sie mir das T-Shirt über den Kopf zieht, und treibt mir die Tränen in die Augen. Meine Schulter ist doppelt so dick wie sonst, und die Haut leuchtet in allen Farben.

»Wie lange wurde die Verletzung nicht behandelt?«

Ich bin froh, dass die Schwester Englisch spricht, denn mein Schulspanisch ist so eingerostet, dass ich sie höchstens nach dem Weg zur Toilette fragen könnte.

»Etwa drei Tage.« Ich erzähle, wie ich über Bord gegangen bin. »Wir hatten Angst, sie selbst einzurenken.«

»Ich versuche, so schnell wie möglich einen Arzt zu organisieren.«

Ich schließe die Augen, als sie die Tür zum Behandlungszimmer hinter sich zuzieht, und öffne sie erst wieder, als mich ein Mann mit puerto-ricanischem Akzent begrüßt. Ich habe getrocknete Spucke auf der Wange, und die Uhr sagt mir, dass ich dreißig Minuten geschlafen habe.

Der Arzt spricht mit schwerem Akzent, während er meine

Wange untersucht und mich nach den Schmerzen und dem Unfallhergang fragt. Während ich erzähle, was passiert ist, zieht er ein Paar Latex-Handschuhe an und desinfiziert meinen Oberarm mit Alkohol. Meine Schulter schmerzt so stark, dass ich den Stich der Nadel kaum spüre, als er mir ein lokales Betäubungsmittel verabreicht. Sobald das Medikament Wirkung zeigt, tritt die Krankenschwester auf die andere Seite des Behandlungstisches und fixiert mich mit sanftem Griff, während der Arzt meinen Arm ruckartig nach außen dreht. Ich schreie auf, als sich die Muskeln in meiner Schulter dehnen, doch ich spüre, wie die Kugel wieder in die Pfanne springt, und die Schmerzen werden unmittelbar und drastisch besser.

»Sie werden weiterhin Schmerzen haben, bis die Schwellung abgeklungen ist, aber vermutlich werden sie nicht mehr so stark sein«, erklärt der Arzt. Die Krankenschwester legt meinen Arm in eine professionelle Schlinge. »Ich würde eine Röntgenaufnahme und Physiotherapie empfehlen, aber das Mindeste, was Sie tun sollten, ist, Ihre Schulter möglichst zu schonen. Stellen Sie sie so lange wie möglich ruhig.«

Der Arzt gibt mir ein Rezept für ein Schmerzmittel und schickt mich nach Hause. Auf der Taxifahrt zurück in den Hafen bin ich erleichtert, dass die Krankenversicherung meiner Mutter für den Großteil der Kosten aufkommen wird und ich mehr oder weniger wieder die Alte bin.

Keane schläft in meiner Koje. Er trägt bloß Shorts und ein T-Shirt und hat seine Prothese abgenommen. Queenies Kopf liegt auf seinem Fuß. Ich klettere zu ihm, und er hebt den Arm, damit ich mich mit dem Rücken an seine Brust schmiegen kann. Wir haben noch nie so geschlafen, aber es fühlt sich gut an, seine Wärme zu spüren.

»Du riechst grauenhaft, Anna«, meint er gähnend. »Echt grauenhaft.«

»Du auch.«

Keane lacht und schlingt die Arme fester um mich. »Wir sind ein Haufen stinkender Sonderlinge«, meint er.

»Wenn wir wieder wach sind, gehen wir alle drei duschen, aber im Moment möchte ich einfach bloß sechs Tage lang durchschlafen.«

»Ja«, stimmt er mir gähnend zu. »Ich auch.«

Die Gegenwart ist alles, was ich habe

Nachdem wir geschlafen, uns geduscht, die Wäsche gewaschen, die Einkäufe erledigt und den Müll von drei Tagen auf See entsorgt haben, feiern wir unsere Ankunft in San Juan mit einem kalten Bier und einer Schüssel selbst gemachter Guacamole. Bob Marley singt von drei kleinen Vögeln, Queenies Netz ist montiert, sodass sie sich frei an Deck bewegen kann, und meiner Schulter geht es tausendmal besser.

Keane und ich sitzen uns gegenüber in der Plicht, seine Füße auf der Bank neben mir und meine neben ihm. Queenie wacht an seiner Seite und starrt ihn in Grund und Boden, damit er ihr einen Tortilla-Chip abgibt. Er streichelt ihren frisch gewaschenen Kopf, ignoriert ihren unnachgiebigen Blick jedoch.

»Was hat dich dazu gebracht, nun doch hierzubleiben?«, fragt er.

»Keine Ahnung.« Ich löffle eine riesige Ladung Guacamole auf einen Chip. »Wahrscheinlich habe ich mir gedacht, dass, nachdem ich es schon so weit geschafft habe, es keinen Sinn macht, jetzt aufzugeben.«

»Der härteste Teil liegt hinter dir.«

Er meint das Segeln, aber dasselbe gilt auch in Bezug auf Ben. Ich habe so viele schreckliche Tage durchlebt, seit er sich umgebracht hat. Diese Leere, wenn ich aufgewacht bin. Der Schmerz, an den ich mich geklammert habe. Der Gedanke, mein Leben ohne ihn fortzusetzen, ist immer noch furchteinflößend – und vielleicht auch unfair gegenüber seinem Andenken –, aber es wird Zeit, nach vorne zu blicken. »Und was hast du jetzt vor?«, frage ich Keane.

»Na ja, was das betrifft …« Er kratzt sich am Hinterkopf. »Als ich dir damals erzählt habe, dass ich nach Puerto Rico muss, war das … nicht ganz die Wahrheit.«

»Nicht ganz?«

»Es ist ein guter Ausgangspunkt für alles Weitere«, erwidert er. »Aber es gibt keinen wirklichen Grund, warum ich hier sein müsste.«

»Kein Kerl, der einen anderen Kerl kennt?«

Keane schüttelt den Kopf.

»Du hast mir also einfach so geholfen, weil …?«

»Du warst ein Wrack, Anna.«

Ich lache. »Das bin ich immer noch, vielleicht solltest du bei mir bleiben.«

Keane sieht mich an. »Nur, wenn du fragst.«

Ich könnte lachen und es als Scherz abtun. Ihn aus seinen Pflichten entlassen. Doch die letzten Wochen haben den

Rost von meinem Leben gekratzt. Keane hat eine Seglerin aus mir gemacht. Und er hat mich aus dem schwarzen Loch geholt, in dem ich seit Bens Tod gelebt habe. Wenn ich ihn jetzt frage, ob er bleibt, dann nicht, weil ich ihn brauche. »Ich frage dich.«

Seine Mundwinkel wandern nach oben, und er nickt. »Dann bleibe ich.«

»Was machen die Leute in San Juan, wenn sie sich amüsieren wollen?«

»Wir könnten durch die Altstadt spazieren und uns die Weihnachtsbeleuchtung ansehen, wenn du Lust hast«, schlägt er vor. »Vielleicht irgendwo etwas essen. Ich war erst einmal hier, und das nur kurz, nachdem ich ein Boot überstellt habe.«

»Das ist ungewohnt.«

»Was?«

»Dass du mal kein Experte bist.«

»San Juan ist etwas zu fortschrittlich für meinen Geschmack«, erklärt er. »Ich fühle mich in einer Surferhütte an einer unwirtlichen Küste weitaus glücklicher. Aber die Weihnachtsbeleuchtung würde ich trotzdem gerne sehen. Hier in den Tropen vergisst man oft, dass die Feiertage vor der Tür stehen.«

Ich hole gerade zwei neue Flaschen Bier aus dem Kühlschrank, als ich einen Mann sehe, der einen roten Seesack mit einem Gepäckanhänger einer Airline geschultert hat und den Kai entlanggeht. Etwas an seinem Gang kommt mir bekannt vor, doch bevor ich eins und eins zusammenzählen kann, winkt er und ruft: »Man hat mir gesagt, dass ich meinen Bruder hier finde, aber ich sehe nur einen irischen Hinterwäldler aus dem County Kerry.«

Keane stößt ein lautes, fröhliches Lachen aus. »Du musst es ja wissen, bist ja selbst einer.«

Er springt vom Boot, umarmt den Mann und klopft ihm grinsend auf den Rücken. Er sieht aus wie eine ältere Version von Keane. Ein paar Zentimeter kleiner und etwas breiter um die Mitte, aber definitiv ein Sullivan.

»Anna«, ruft Keane, als ich, dicht gefolgt von Queenie, ebenfalls auf den Kai steige. »Der Mistkerl hier ist mein Bruder Eamon. Eamon, das ist Anna Beck.«

Eamon Sullivan zieht mich in eine Umarmung, als wären wir alte Bekannte. »Jetzt verstehe ich, warum mein kleiner Bruder dieses Jahr an Weihnachten nicht nach Hause kommen will. Er hat mir schon geschrieben, dass du ein hübsches Ding bist, aber das wird dir nicht ansatzweise gerecht.«

Hitze steigt Keanes Hals empor. »Ich habe sie nicht als *hübsches Ding* bezeichnet.«

»Nein, stimmt«, erwidert Eamon. »Du nanntest sie wunderschön.«

»Mein Gott, du mit deiner Riesenklappe.«

Eamon lacht wie ein großer Bruder, dessen Neckereien ins Schwarze getroffen haben – er klingt so sehr nach Keane, dass es beinahe surreal ist. Dann zwinkert er mir zu. »Er hat nicht gelogen.«

»Ich entschuldige mich für meinen Bruder«, meint Keane.

»Er kommt nicht oft aus seinem Kuhkaff heraus und weiß nicht, wie man sich in der Gesellschaft einer Dame benimmt.«

Sie brechen erneut in Gelächter aus und umarmen sich noch einmal.

»Erlaubnis, an Bord kommen zu dürfen?«, fragt Eamon.

»Erteilt.« Ich deute auf die Plichtbänke und nehme Queenie auf den Arm. Sie kommt besser vom Boot herunter als wieder hinauf. »Setz dich doch. Nimm dir ein Bier.«

»Wenn das so weitergeht, Anna, dann muss ich dir einen Heiratsantrag machen.«

Keane holt drei Flaschen Bier, und wir sitzen in der Plicht, während Eamon von der Familie zu Hause in Irland erzählt. Sein Akzent ist stärker, und er redet schneller als Keane, weshalb ich nicht immer alles verstehe, aber ich reime mir zusammen, dass sich die Familie an Weihnachten wieder im Pub treffen wird und alle Keane vermissen werden, sogar Claire.

»Mom hätte dir am liebsten eine Gans und Blutwurst eingepackt«, lacht Eamon und öffnet seinen Seesack. »Stattdessen hat sie mir ein paar Früchte-Scones zu deinem Geburtstag mitgegeben, und ich habe noch etwas viel Besseres gekauft.«

Er holt eine Flasche Irish Whiskey heraus, und Keane zieht ehrfürchtig die Luft ein.

»Ich nehme sämtliche schlechten Gedanken zurück, die ich jemals über dich hatte, Eamon. Du bist der beste Bruder der Welt.«

»Und obwohl noch nicht Weihnachten ist, habe ich auch etwas für Anna dabei.«

Eamon greift wie ein Weihnachtsmann in seinen Sack und zieht ein Gerät hervor, das aussieht wie eine TV-Fernbedienung in Übergröße.

»Ist das … ein Autopilot?«

»Ganz genau.«

»Du hast einen Autopiloten gekauft, obwohl wir uns gar nicht kennen?«

»Nicht ganz. Ich kenne da einen Kerl …«

»Keane hat dasselbe gesagt, als er in Nassau mit einem Außenbordmotor ankam. Segle ich etwa mit gestohlener Ausrüstung durch die Karibik?«

»Aber nicht doch«, erwidert Eamon. »Es ist nicht annähernd so verachtenswert. Da war ein Mann im Segelclub, der den Autopiloten verkaufen wollte, und ich hatte etwas, das er wollte, also haben wir einen Deal gemacht.«

»Funktioniert er?«

Keane schnaubt, und wir sehen uns grinsend an.

»Aye, aber sicher doch.« Eamon überreicht mir das Gerät. »Mein Bruder dachte, ein Autopilot wäre vielleicht nützlich, nachdem ihr bis Trinidad noch einige Meilen vor euch habt.«

Ich weiß einen Moment nicht, was ich sagen soll, dann frage ich: »Sind alle Sullivans so nett? Ich dachte, Keane wäre eine Ausnahme, aber das … Mein Gott, das kann ich nicht annehmen.«

»Natürlich kannst du.«

»Nimm ihn«, meint Keane. »Sonst lässt er dir keine Ruhe. Glaub mir. Er ist wie ein Terrier, der sich in ein Hosenbein verbissen hat.« Er wirft einen Blick auf den Hund. »Nichts für ungut, Queenie.«

»Okay, dann danke.«

»Gerne. Aber jetzt will ich mich amüsieren«, erklärt Eamon. »Ich habe viel zu lange im Flugzeug gesessen.«

Ich trage meinen paillettenbesetzten Rock, ein weißes Oberteil und Stiefeletten, denn heute Abend ist mir festlich zumute. Es ist ein Abend, an dem ich neue Erinnerungen erschaffen möchte. Einige der Dauergäste im Hafen haben sogar bunte Lichter um die Takelage gewickelt, und Weihnachtsbäume leuchten von den Decks.

Keane führt Queenie an der Leine, als wir die Calle San Francisco, eine enge Gasse aus Kopfsteinpflaster, hinunterspazieren. Die Gebäude erinnern an eine Regenbogentorte – Rot neben Gelb neben Lindgrün neben Violett –, und die Balkone sind mit roten Schleifen und grünen Girlanden geschmückt. Aus jedem Laden dringt Musik, und auf den Plazas – de Armas am westlichen Ende der Straße und de Colón am östlichen – stehen riesige Weihnachtsbäume. Der Pavillon auf der Plaza de Armas wurde zu einem Stall für die beinahe lebensgroßen Krippenfiguren umfunktioniert, und die Columbus-Statue auf der Plaza de Colón wird von Lichtern in Form von Weihnachtssternen, Glocken und Sternen umringt. Die Altstadt ist ein einziges Lichtermeer.

»Ich habe noch nie so viel Weihnachten auf einem Fleck gesehen.«

Eamon lacht. »Es ist ein bisschen so, als hätte sich der alte Nikolaus in die Hose gemacht.«

»Es ist wunderschön«, schwärme ich, und mir kommt der Gedanke, dass ich hierbleiben könnte. Ich könnte mir einen Job bei Starbucks suchen und in einer farbenfrohen Wohnung mit Blick auf eine Straße aus Kopfsteinpflaster mitten in dieser schönen Stadt leben, wo alles so aussieht, als wäre es von Europa hierhergebeamt worden. Doch jeder Ort, den ich bisher besucht habe, hatte etwas Neues und Unerwartetes zu bieten, und es liegen noch so viele Inseln vor mir.

»Was haltet ihr von Tapas?« Keane reißt mich aus meinen Gedanken. Wir stehen vor einem Restaurant mit mehreren Tischen auf dem Bürgersteig. »Ich sehe noch andere Gäste mit Hunden, also schätze ich, dass sie nichts gegen Queenie haben.«

»Klingt perfekt.«

Eamon bestellt einen Eimer rote Sangria und die erste Runde Tapas – Schinkenkroketten mit einer Guaven-Rum-Glasur, Fladenbrot mit Meeresfrüchten, gebratener Oktopus-Salat –, und es dauert eine Sekunde, bis mein Gehirn wieder mit meinem Körper in Einklang ist. Ich bin fast tausend Seemeilen von zu Hause entfernt und koste neue Gerichte mit zwei Männern, die ich niemals kennengelernt hätte, wenn ich in Fort Lauderdale geblieben wäre. Es ist wild und aufregend. Wenn Ben hier wäre, würde das alles nicht passieren. Ich kann mir gar nicht mehr vorstellen, wie mein Leben mit Ben wäre, denn die Gegenwart ist alles, was ich habe.

»Alles okay?« Keane greift unter dem Tisch nach meiner Hand und drückt sie sanft, und als Queenie die Bewegung bemerkt, stupst sie mich mit ihrer feuchten Schnauze an und ruft mir ins Gedächtnis, dass es heute Abend darum geht, neue Erinnerungen zu erschaffen.

»Ja.« Ich lächle und meine es auch so. »Alles bestens.«

Wir teilen uns die Tapas und den Eimer mit Sangria, und Eamon bestellt mehr. Alles um mich herum wirkt sanfter, und irgendwann beginnt die Nacht zu funkeln – bis das Klingeln meines Handys mich zusammenfahren lässt. Es hat so lange geschwiegen. Auf dem Display steht MOM, und mir wird klar, dass ich vergessen habe, sie noch mal anzurufen.

»Hey, Mom. Sieh dir das an.« Ich aktiviere FaceTime und drehe mein Handy, sodass sie die Calle San Francisco und die Altstadt von San Juan sehen kann. Ich stelle ihr Keane und Eamon vor, die ihre Gläser heben, und senke das Telefon, um ihr Queenie zu zeigen. Dann beende ich FaceTime, damit sie sich keine Sorgen wegen meiner blutunterlaufenen Wange macht. »Ich weiß, ich habe vergessen, dich noch mal anzurufen, aber …«

»Du kommst nicht nach Hause, oder?«

»Erst, nachdem ich auf Trinidad war.«

»Und du bist wirklich glücklich?«

»Glücklicher, als ich es lange Zeit war«, erwidere ich. »Wie geht es dir?«

»Ich passe heute Abend auf Maisie auf«, antwortet sie. »Deine Schwester hat ein Date. Er wirkt nett.«

Rachel und Brian – Maisies Vater – haben sich jahrelang gestritten und wieder versöhnt. Vielleicht verdient meine Schwester auch ein paar neue Erinnerungen. »Das hoffe ich für sie.«

»Ich mache mir trotzdem Sorgen um dich.«

»Ich weiß.« Der Kellner tritt mit kleinen Rindfleisch-Chorizo-Burgern, Taquitos mit Shrimps und Knoblauch und einem zweiten Eimer Sangria an unseren Tisch. »Es gibt Schlimmeres, als eine Mom zu haben, die dich so sehr liebt, dass sie sich Sorgen um dich macht. Wir hören uns bald wieder, okay? Ich hab dich lieb.«

Während des Essens erzählt mir Eamon von seinem Job als Angestellter eines Unternehmens für Geoinformation, das Daten für GPS und Satellitennavigationssysteme bereitstellt.

»Heißt das, du fährst mit einem Google-Earth-Auto herum?«, frage ich, und Keane verschluckt sich beinahe vor Lachen. »Ich habe ihn genau dasselbe gefragt.«

Die Brüder erzählen Geschichten aus ihrer Kindheit und Jugend und wie sie ständig versucht haben, den anderen in Verlegenheit zu bringen. Ich lache viel und wünsche mir, ich hätte mehr Anekdoten auf Lager, doch meine besten Geschichten haben alle mit Ben zu tun. Bis jetzt.

Es ist nach Mitternacht, als uns das Taxi am Hafen absetzt. Ich bin wackelig auf den Beinen und müde, und als Eamon vorschlägt, den Whiskey zu öffnen, lehne ich dankend ab. »Ich gehe schlafen.«

Die beiden Brüder setzen sich in die Plicht und trinken

Green Spot aus Plastikbechern, während ich in meinen Schlafanzug schlüpfe und in die Koje klettere. Das leise Gelächter mischt sich mit dem sanften Schwappen des Wassers gegen den Rumpf und dem melodiösen Klimpern der Flaggleine am Mast – sie alle singen mir ein Gutenachtlied, das mich sanft in den Schlaf wiegt.

Kopfüber ins Leben

Die Sonne leuchtet hell vom Himmel, als ich am nächsten Morgen aufstehe, doch die beiden Sullivan-Brüder sind alles andere als hellwach. In der Kabine stinkt es nach Whiskey-Ausdünstungen. Eamon ist auf Keanes Koje zusammengebrochen, und Keane schläft zusammengekauert wie ein kleiner Junge in der Notkoje. Ich trage Queenie die Leiter hoch an Deck, hake ihre Leine ein, und wir eilen über die geschäftige Straße vor dem Hafengelände. Auf der anderen Seite bahnen wir uns schnüffelnd und pinkelnd den Weg bis zu dem Fischerpier an der Two Brothers Bridge. Dann rufe ich Carla an.

»Wird auch langsam Zeit, dass du dich mal meldest«, schimpft sie, doch ich höre das Lächeln in ihrer Stimme.

»Tut mir leid, dass es nicht eher ging. Mitten auf dem Meer gab es keinen Empfang.«

»Wo bist du?«

»San Juan.« Jetzt, da ich vollen Empfang und genug Zeit

habe, mich hinzusetzen, erzähle ich ihr alles. Sie ist so wütend auf Bimini-Chris, wie es sich für eine beste Freundin gehört, und besteht darauf, Queenie kennenzulernen. Ich aktiviere FaceTime, und sie nennt mich eine wilde Hummel, als sie den Bluterguss auf meiner Wange sieht.

»Ich habe das Gefühl, ich kenne dich gar nicht mehr«, meint sie. »Als du fort bist, dachte ich, du würdest abhauen, dabei stürzt du dich kopfüber ins Leben.«

»Glaub mir, mich überrascht das genauso.«

Sie lacht. »Und dieser Kerl? Keane. Seid ihr …?«

»Vor zwei Wochen war ich so wütend auf Ben, dass ich mir an einem menschenleeren Strand die Seele aus dem Leib gebrüllt habe, und ich bin mir nicht sicher, ob ich jemals über ihn hinwegkomme«, erkläre ich. »Keane ist … ein Freund.«

»Ein heißer Freund, der dich küssen will.«

Ich lache. »Halt die Klappe.«

»Mach einfach weiter so, Anna«, meint Carla. »Küss ihn, wenn du ihn küssen willst. Oder lass es bleiben. Denk nur immer daran, dass es nicht mehr wichtig ist, was Ben wollen würde.«

Nachdem wir aufgelegt haben, sitze ich eine Weile in der Sonne und sehe einem Mann beim Fischen zu. Er wirft surrend die Angel aus, während die Autos über die Brücke brausen; trotzdem ist es hier seltsam friedlich. Als ich schließlich so weit bin – zumindest so weit, wie ich jemals sein werde –, wähle ich Barbara Braithwaites Nummer. »Hier spricht Anna Beck.«

»Hallo, Anna.« Bens Mutter klingt stets kühl und herzlich zugleich. Am Anfang wusste ich deshalb nie, wie sie zu mir stand, doch nachdem sie mir mittlerweile Dutzende Sprachnachrichten hinterlassen hat, in denen sie von mir verlangt, das Boot sofort zurückzubringen, da sie mich sonst verhaften lassen würde, ist die Lage recht eindeutig. »Wo sind Sie?«

Ich ignoriere die Frage. »Ich werde Ihnen das Boot nicht überlassen. Sie können gerne weiter Geld zum Fenster hinauswerfen, Bens Testament anfechten und versuchen, mich ausfindig zu machen, aber er hat es mir hinterlassen. Dieses Boot gehört mir.«

Es ist das erste Mal, dass ich die Stimme gegen Bens Mutter erhebe, *und* das erste Mal, dass ich das Boot als mein Eigentum bezeichne. Doch die Alberg ist voll mit meinen Sachen und auf mich und meine Bedürfnisse zugeschnitten. Sie gehört mir.

»Ganz egal, was Sie von mir halten … Ich habe Ben mehr geliebt, als Sie jemals erahnen können«, fahre ich fort. »Pfeifen Sie Ihre Hunde zurück. Respektieren Sie wenigstens *einmal* seine Entscheidung.«

»Wie können Sie es wagen …«

Ich lege mit zitternden Fingern auf und gebe ihr nicht die Gelegenheit, den Satz zu beenden. Es fühlt sich nicht gut an, Barbara etwas abzuschlagen, das sie sich in den Kopf gesetzt hat, aber es fühlt sich auch nicht schlecht an. Sie kann nicht alles haben.

Auf dem Weg zurück zum Hafen steckt Queenie ihre Nase

in den leeren Eimer des Fischers. Mir fällt auf, dass einige der größeren Fischerboote für den Tag rausgefahren sind, und als ich zurück zum Segelboot – zu *meinem Boot* – komme, finde ich eine Nachricht im Bügel des Vorhängeschlosses.

Sind zur Messe in der Kathedrale.

»Natürlich seid ihr das«, murmle ich, und während Keane und Eamon unterwegs sind, putze ich die Kabine. Durch Eamons Sachen fühlt sich das Boot noch kleiner an. Als alles wieder an seinem Platz ist, mache ich eine große Ladung Bananen-Pancakes und halte sie im Ofen warm, bis die Sullivans zurückkommen. Während wir warten, füttere ich Queenie mit Bananenstückchen.

»Du bist mein kleiner Pancake-Hund«, erkläre ich ihr, und sie lächelt ein Hundelächeln, als würde sie mich verstehen. Ich bin froh, dass sie hier bei mir ist, anstatt an einem einsamen Strand auf Providenciales entlangzustreunen.

»Vergiss alles, was du heute noch vorhattest, Anna«, verkündet Keane, als er und Eamon zurück sind. Sie tragen ihr bestes Sonntagsgewand, und ich tue so, als würde ich nicht merken, wie gut sie aussehen. Vor allem Keane. »Wir haben eine Überraschung für dich.«

»Aber ich wollte doch das Deck schrubben«, erwidere ich, und Eamon kichert, während er einen Blick in den Ofen und auf die Pancakes wirft. »Was auch immer ihr geplant habt, sollte also wirklich aufregend sein.«

Keane reicht mir drei Karten für ein Spiel der Tiburones de Aguadilla gegen die Cangrejeros de Santurce. Die Haie gegen die Krabben.

»Baseball?«

»Ein Einheimischer hat uns nach der Messe erzählt, dass die Spiele wie Partys gefeiert werden«, erklärt Keane.

»Und außerdem«, fügt Eamon hinzu, »gibt es im Stadion Piña Coladas.«

Unsere Plätze befinden sich auf der Vier-Dollar-Tribüne hinter dem linken Spielfeld direkt in der gleißenden Nachmittagssonne, aber was der Einheimische über den puertoricanischen Baseball gesagt hat, war absolut richtig. Das Spiel hat noch nicht einmal begonnen, doch die Fans blasen bereits in ihre Vuvuzelas und applaudieren mit ihren Klatschstangen. Die Leute singen und tanzen auf ihren Plätzen, als wäre das hier die Weltmeisterschaft oder der Super Bowl.

Die Cangrejeros sind die Heimmannschaft – und sie haben ein süßes Logo mit einer kleinen Krabbe –, also kaufe ich mir eine ihrer Baseballkappen, um mein Gesicht vor der Sonne zu schützen. Die Kommentatoren verkünden die Startaufstellung in Englisch und Spanisch, und ich blinzle die Tränen zurück, als ich gemeinsam mit den anderen Zuschauern die Nationalhymne singe. Ich bin fast tausend Seemeilen gesegelt, doch bei diesem Lied bekomme ich Heimweh.

»Ich muss dir etwas gestehen.« Eamon reicht mir eine Piña Colada, die er bei einem umherziehenden Stadionverkäufer erstanden hat. »Ich habe keinen blassen Schimmer, worum es hier geht.«

»Ich verstehe auch nicht viel von Baseball, aber ich schätze, wenn wir jubeln, wann immer die anderen es tun, dann kann nichts schiefgehen.«

Das Spiel ist nichts Besonderes, doch nach vier Tagen auf dem Wasser ist es genau das, was ich brauche. Am Ende des neunten Innings haben die Krabben eine sichere Führung aufgebaut, und ich bin angenehm beschwipst. Ich lehne mich näher an Keane heran. »Woher weißt du das immer so genau?«

»Was denn?«

»Alles. Was ich brauche. Und was nicht.«

Er zuckt mit den Schultern. »Ich … weiß es eben.«

Ich frage mich, was er wirklich sagen wollte, doch bevor ich nachhaken kann, schießt ein Home-Run-Ball auf unseren Sektor zu, und die Frage geht im Jubel der Zuschauer unter, die begeistert aufspringen, um den Ball zu fangen.

Auf der Taxifahrt zurück zum Hafen sind wir alle drei noch ein wenig high von den tropischen Drinks, als Keane die Sprache auf Weihnachten bringt. »Willst du hierbleiben? Oder sollen wir nach Jost Van Dyke auf den Jungferninseln segeln?«

»Gibt es etwas Besonderes auf Jost Van Dyke?«

»Ja, eine Bar, die eine Weihnachtsparty für Seeleute veranstaltet, die nicht nach Hause können.«

»Oh Gott, ich halte dich von deiner Familie fern.«

»Darum geht es doch gar nicht, Anna«, erklärt Keane, während Eamon den Fahrer bezahlt. »Mein Bruder ist Familie, also passt es für mich. Das Ziel ist, dass du ein glückliches Weihnachtsfest erlebst. Deshalb tun wir alles, was du willst.«

Es ist zu früh. Mein Körper ist noch nicht bereit, wieder aufs Meer zurückzukehren, mein Arm steckt noch immer in der Schlinge, und ich habe gerade erst aufgehört zu schwanken, wenn ich festen Boden unter den Füßen habe. Aber je länger wir hierbleiben, desto schwerer wird es fortzugehen. San Juan lullt mich ein, und ich fühle mich hier beinahe zu Hause. »Wir sollten weiterziehen.«

»Bist du dir sicher?«

»Ja.«

Eamon geht mit Queenie und mir zum Hafenbüro, um die Gebühren zu zahlen. Als wir an der Reihe sind, holt er sein Portemonnaie hervor und legt seine Kreditkarte auf den Tresen. Er hat mehr oder weniger alles bezahlt, seit er hier ist, und ich fühle mich nicht wohl dabei.

»Mir wäre es lieber, du würdest das sein lassen«, erkläre ich ihm.

»Es ist bald Weihnachten«, erwidert er. »Und für ein Hotelzimmer hätte ich wesentlich mehr bezahlt.«

»Du hast mir doch schon den Autopiloten gekauft.«

Er winkt ab. »Es war ein echt gutes Jahr für mich, Anna, und ihr habt noch einen weiten Weg vor euch. Bitte lass mich das übernehmen.«

»Ich verstehe nicht, warum du und dein Bruder so freundlich seid.«

»Das ist eigentlich ganz einfach«, meint Eamon. »Unsere

Mutter wollte, dass wir gute Menschen werden, und unser Vater hat uns mit Gottes Zorn gedroht, wenn wir ihren Erwartungen nicht entsprechen würden. Das soll nicht heißen, dass wir nie Mist bauen, aber Freundlichkeit ist oft der einfachste Weg.«

»Danke.«

Er steckt die Kreditkarte in sein Portemonnaie zurück, unterschreibt die Quittung und drückt mir einen Kuss auf die Stirn, wie Keane es immer tut. Vielleicht ist das eine weitere Sullivan-Familientradition. »Sagen wir einfach, dass wir jetzt quitt sind.«

Die Strecke von Puerto Rico nach Jost Van Dyke ist lang, aber nichts im Vergleich zu der großen Überfahrt, die hinter uns liegt. Es ist weder zu warm noch zu kalt, das Meer ist ruhig, der Autopilot macht den Großteil der Arbeit, und wir müssen kaum etwas tun, außer die Segel zu trimmen. Keane schätzt, dass wir etwa zwölf Stunden brauchen werden, aber nachdem wir zu dritt sind, müssen wir uns die Zeit nicht mehr in Schichten einteilen. Wir können schlafen, wann immer wir wollen, doch hauptsächlich sitzen wir an Deck, lassen die Weinflasche kreisen und reden.

Gegen Mitternacht gehe ich aufs Vordeck und setze mich auf den Boden, den Rücken an die Kabine gelehnt. Queenie folgt mir und klettert auf meinen Schoß. Das Meer und der Himmel sind von einem dunklen, samtigen Blau und scheinen am Horizont miteinander zu verschmelzen. Ich sehe so viele

Sternschnuppen, dass ich mit dem Zählen nicht hinterherkomme, und in der Ferne lassen sich die roten und grünen Lichter der anderen Boote ausmachen, die ebenfalls unterwegs auf die Jungferninseln sind.

Keane tritt neben mich und lässt Eamon allein am Steuer zurück. »Darf ich mich zu dir setzen?«

Ich rutsche zur Seite, damit er sich ebenfalls anlehnen kann. »Alles okay?«

»Ich wollte dich gerade dasselbe fragen.«

»Wie geht es deinen Knien?«

»Gut. Ich konnte mich ausruhen, und jetzt ist alles wieder in Ordnung. Und deine Schulter?«

»Die Schwellung ist zurückgegangen, und die normalen Schmerzmittel reichen aus, aber sie ist ziemlich steif, und ich habe irgendwie Angst, dass sie wieder aus der Pfanne springt, wenn ich sie zu sehr belaste.«

»Das ist extrem unwahrscheinlich«, meint Keane. »Aber es ist sicher nicht schlecht, wenn du vorsichtig bist, bis alles verheilt ist.«

»Genau. Also, erzähl mir von der Weihnachtsparty auf Jost Van Dyke.«

»In Foxy's Bar gibt es ein besonderes Weihnachtsessen. Spezialitäten wie Rinderfilet, Schwertfisch und sogar Hummer. Wenn man Hummer als Spezialität sieht.«

Ich lache und erinnere mich an unser Gespräch über Hummer. Es scheint ewig her zu sein.

»Es gibt einen Musiker, der Weihnachtslieder spielt, sowohl

traditionelle als auch karibische Songs«, fährt er fort. »Die meisten, die über die Feiertage auf den Inseln unterwegs sind, sind meilenweit fort von zu Hause, also schafft Foxy Abhilfe.«

»Ich hätte nicht gedacht, dass ich meine Familie so vermissen werde«, erkläre ich. »Meine Mom war verletzt, als ich fortgesegelt bin, aber jetzt, seit wir die Gelegenheit hatten, in Ruhe zu reden … Na ja, ich werde dieses Jahr jedenfalls nicht sehen, wie meine Nichte ihre Geschenke auspackt.«

»Du könntest unterwegs Geschenke für deine Familie besorgen und ein zweites Mal Weihnachten feiern, wenn du nach Hause kommst.«

»Das ist eine gute Idee.«

»Ab und zu habe ich mal eine«, sagt er und grinst. »Außerdem wollte ich dir noch erzählen, dass ich ein paar Leute auf Jost Van Dyke kenne. Sie haben angeboten, dass wir bei ihnen übernachten können. Es sei denn, du schläfst lieber auf dem Boot.«

»Wenn du glaubst, dass ich die Möglichkeit ausschlage, in einem richtigen Bett zu schlafen, dann hast du dich aber getäuscht.«

Wir sitzen in angenehmes Schweigen gehüllt nebeneinander, und irgendwann krabbelt Queenie heimlich zu Keane und schmiegt sich aufmerksamkeitsheischend an seine Hand. Immer wieder stechen wir durch die Wellen, die einen feinen Nebel versprühen, der jedoch schnell wieder trocknet.

»Das Vordeck war früher mein Revier«, erzählt Keane schließlich. »Das Startsignal geben, die Segel hissen und einholen, den Spinnaker setzen. Ich war schnell, Anna. Ich war verdammt schnell, aber jetzt …« Er bricht ab, und ich finde einfach nicht die richtigen Worte, um ihn von seiner Melancholie zu befreien.

»Welcher Bootsbesitzer will schon einen Ehemaligen mit einer Beinprothese, wenn er einen voll funktionsfähigen Jungspund haben kann?« Die Bitterkeit in seiner Stimme treibt mir die Tränen in die Augen, vor allem, weil ich gesehen habe, was er kann. »Sie sind alle sehr nett, aber es lässt sich nicht leugnen. Ich bin am Ende. Trotzdem kann ich nicht aufhören, es immer wieder zu versuchen.«

»Vielleicht …«

»Nach dem Unfall habe ich mir selbst eine Deadline gesetzt«, fährt er fort. »Wenn ich es nicht schaffe, bis zu meinem dreißigsten Geburtstag wieder als professioneller Skipper Fuß zu fassen, lasse ich es bleiben. Ich habe zwar keine Ahnung, was ich stattdessen machen soll, aber mein Geburtstag ist in einer Woche, und hier sind wir nun.«

Ich bin froh, dass er mich unterbrochen hat, denn ich hätte nur wenig hilfreiche Ratschläge vorgebracht, die er genauso wenig braucht, wie ich sie nach Bens Tod gebraucht habe. Ich weiß, wie es ist, wenn man etwas will, das man nicht mehr haben kann.

»Die Sache ist die …«, fährt Keane fort. »Wenn ich ehrlich bin, waren die letzten drei Wochen die glücklichsten, die ich seit langer Zeit erlebt habe – abgesehen von deiner Begegnung mit dem Tod natürlich. Trotzdem ist es nicht das, was ich mir von meinem Leben erwarte.«

»Geht mir auch so.«

»Vielleicht war es vorherbestimmt, dass sich unsere Wege kreuzen.«

»Es sind schon seltsamere Dinge passiert.«

Er verschränkt seine Finger mit meinen, und ich lasse es zu. Keane verlangt nicht mehr von mir, und wir sitzen erneut schweigend nebeneinander, bis sich der Horizont langsam in fahles Licht hüllt. In der Nacht sind wir an der zu den Spanischen Jungferninseln gehörenden Isla Culebra vorbeigesegelt, und südlich befindet sich St. Thomas, das zu den Amerikanischen Jungferninseln gehört. Nun ragen vor uns die dunklen Hügel Jost Van Dykes aus dem Meer.

»Ich sollte mal meinen Bruder ablösen.« Keane lässt meine Hand los und schiebt Queenie zurück auf meinen Schoß.

»Ich komme mit.«

Eamon ist hellwach und voller Tatendrang. Er hält einen Isolierbecher Kaffee in der Hand und hat ein breites Grinsen im Gesicht. »So bin ich schon seit unserer Kindheit nicht mehr gesegelt. Es war fantastisch, verflucht noch mal!«

»Willst du dich hinlegen?«

»Noch nicht«, erwidert er. »Aber gegen ein Frühstück hätte ich nichts einzuwenden.«

Ich biete an, das Kochen zu übernehmen, doch Keane geht nach unten, und schon bald höre ich ihn sein Frühstückslied pfeifen. Ich hole Queenies Teppich, damit sie ihr Morgengeschäft erledigen kann, und gebe ihr anschließend eine Schale Trockenfutter. Obwohl sie ständig um Reste bettelt, schlingt sie ihr Futter in sich hinein, als wäre es die letzte Gelegenheit. Sie ist gerade dabei, einen Tennisball zu zerlegen, als Keane mit unseren Tellern nach oben kommt, die sich unter den Eiern, der gebratenen Salami, dem Toast, den Kartoffeln und den Bohnen geradezu biegen.

»Ich habe uns ein irisches Frühstück gemacht, so gut es ohne Speck, Würstchen und Blutwurst ging«, erklärt er, und Eamon verschlingt seine Portion beinahe genauso schnell wie Queenie.

Die Sonne geht über der Insel auf und färbt den Himmel hinter den Hügeln golden. Ich erledige den Abwasch, während Keane das Steuer übernimmt und Eamon in der Plicht ein Nickerchen macht. Wir segeln bis zur Ankerbucht Great Harbour und fahren dann mit Motorkraft an unseren Ankerplatz. Keane und Eamon legen sich in ihre Kojen, während ich mit dem Beiboot, unseren Reisepässen und Queenies Unterlagen an Land fahre, um die Zollangelegenheiten zu erledigen. Nachdem ich die Gebühren beglichen habe, kehre ich aufs Boot zurück, hisse die Gastflagge der Britischen Jungferninseln und krabble erschöpft in meine Koje.

Ein Patchwork-Haus

Jost Van Dyke ist eine kleine, dünn besiedelte Insel, deren Strände direkt in baumbewachsene Hügel übergehen. Und trotzdem ankert in der Bucht ein Boot ums andere, und in den Strandbars ist einiges los, als wir unser Beiboot absperren und unser Gepäck zur Straße hinauftragen, um dort auf unsere Gastgeber zu warten.

»Felix und Agda wohnen dort oben auf dem Man O'War Hill«, erklärt Keane und deutet auf ein Haus am Bergkamm. »Warte, bis du es aus der Nähe siehst. Dann willst du nie mehr von dort weg.«

Zwei Minuten später hält ein alter Toyota Land Cruiser vor uns. Der Fahrer hat einen nackten Oberkörper, einen Schopf weißblonder Haare und sieht dank der ungebräunten runden Flecken um seine Augen aus wie ein Waschbär. Er ist etwa in Keanes Alter. Im nächsten Moment reißt er die Tür auf, springt barfuß aus dem Auto und umarmt Keane.

»Willkommen! Willkommen auf Jost Van Dyke.« Ich kann

Felix' Akzent im ersten Moment nicht zuordnen. Er ist nicht karibisch, aber auch nicht irisch oder amerikanisch. Unser Gastgeber öffnet den Kofferraum, damit wir das Gepäck hineinwerfen können. »Sullivan, Agda hat mir aufgetragen, dich sofort nach Hause zu bringen und keinen Abstecher in die nächste Bar zu machen. Sie freut sich schon so, dich wiederzusehen.«

Der Land Cruiser holpert über die unbefestigte Straße, und Felix erzählt, wie schwer die Hurrikans Irma und Maria die Britischen Jungferninseln getroffen haben. »Great Harbor hat Unmengen an Vegetation verloren, und die Methodistenkirche wurde zerstört. Die meisten Bars und Shops wurden allerdings schon wieder aufgebaut, und man hat neue Palmen gepflanzt. Wir haben selbst einen Teil unseres Daches eingebüßt, aber das Leben geht weiter, nicht wahr?«

Felix und seine Frau betreiben ein Charter-Unternehmen für Taucher, und im Gegensatz zu unseren Bekannten auf der Chemineau gibt es bei ihnen sogar eine Warteliste. »Wir sind gerade aus Belize zurückgekommen, euer Timing ist also perfekt.« Er lacht. »Das Haus ist top aufgeräumt.«

Das Haus am Man O'War Hill sieht aus, als wäre es in Etappen gebaut und über die Jahre erweitert worden, wobei die Anbauten jeweils in der damaligen Lieblingsfarbe der Besitzer gestrichen wurden. Und genau so ist es laut Felix auch gewesen. »Es ist ein seltsames Haus, schon klar«, meint er. »Aber als wir aus Schweden hierherkamen, konnten wir uns nicht mehr als eine einfache Hütte mit einem Schlafzimmer leisten.«

So schräg es von außen aussieht, das Innere ist mehr als einladend. Die Böden bestehen aus dunklem Nadelholz, und jedes Zimmer führt auf einen Balkon mit Blick auf Great Harbour und die umliegenden bewaldeten Hügel.

»Es ist unglaublich.«

»Verstehst du jetzt, was ich gemeint habe?«, fragt Keane.

Die Möbel sehen aus, als hätte man sie häppchenweise auf der ganzen Welt zusammengetragen. Auf der mit fadenscheinigem goldenem Samt bezogenen Couch liegt eine bunte, peruanisch gemusterte Decke, die mich an die Sitzbezüge auf meinem Boot erinnert. Auf einer afrikanischen Trommel stapeln sich Tauchermagazine, und der Großteil einer Wand wird von einem riesigen Aborigines-Bild eingenommen, während die andere mit Fotos volltapeziert ist, die Felix und Agda – überwiegend in Taucheranzügen – in den verschiedenen Weltmeeren zeigen.

»Agda!«, ruft Felix. »Sullivan ist da!«

Wir hören das Tapsen nackter Füße auf dem Holzboden, dann schießt ein Blitz aus rotem Stoff und weißblonden Haaren an uns vorbei und wirft sich in Keanes Arme.

»Wie schön, dich zu sehen!«, ruft Agda, während Keane sie im Kreis herumwirbelt.

Sie ist auf gesunde Weise ausgezehrt und hat dieselben skandinavischen Gesichtszüge wie Felix. Ich bin hin und weg von ihren weißblonden Haaren, bis ich einen Blick auf mein Spiegelbild erhasche. Meine Zöpfe sind ausgebleicht von der Sonne, und meine Haut ist so dunkel wie noch nie.

»Agda, das ist Anna«, stellt Keane mich vor. »Wir segeln gemeinsam nach Trinidad.«

»Schön, dich kennenzulernen, Anna.«

»Ebenfalls.«

»Komm mit«, ruft sie mir über die Schulter hinweg zu und macht sich gleich auf den Weg. »Ich zeige dir dein Zimmer.«

Der Balkon dient als Verbindung zwischen den einzelnen Räumen, und ich folge Agda bis zum Ende, wo wir durch eine offene Balkontür in ein sonnendurchflutetes, luftiges Schlafzimmer treten. Nach Wochen auf See wirkt das Bett riesig. Die Tagesdecke ist eine Patchworkarbeit. Eine Patchwork-Decke für ein Patchwork-Haus. Meine schmuddelige Tasche auf dem Boden wirkt wie ein Schmierfleck auf einem ansonsten perfekten Foto.

»Das hier ist unser bestes Gästezimmer, denn es hat eine eigene Toilette.« Sie zieht einen weißen Duschvorhang zurück, hinter dem sich eine Toilette und ein winziges Waschbecken befinden. »Und außerdem liegt es direkt neben der Dusche.«

Sie führt mich zurück auf den Balkon. Neben meinem Zimmer befindet sich eine Outdoor-Dusche aus Holz mit einem gelben Leinenvorhang. »Am schönsten ist es, wenn es während des Duschens zu regnen beginnt.«

»Euer Haus ist echt skurril.«

Agda lacht. »Es ist skurril, aber wir lieben es.«

»Ich auch.«

»Du darfst jetzt erst mal duschen, ein Nickerchen machen oder was auch immer du sonst tun möchtest. Wir haben Wi-

Fi, falls du deine E-Mails checken willst, und später gehen wir ins Foxy's zum Weihnachtsessen, ja?«

»Danke.«

Agda schenkt mir ein letztes Lächeln, dann bin ich plötzlich allein. Als Keane neben mich tritt, lehne ich am Balkongeländer und versuche, die Alberg unter den Dutzenden Booten in der Bucht auszumachen.

»Jetzt, seit ich endlich begriffen habe, dass es mein Boot ist, braucht es einen Namen.«

»Denk nicht zu viel darüber nach«, meint er. »Ein Boot offenbart dir seinen Namen irgendwann selbst.«

»Hast du dir das gerade ausgedacht?«

Er nickt. »Aber es klingt super, oder nicht?«

»Ich werde mal die Dusche testen.«

»Ich wollte dich noch warnen«, meint er. »Agda marschiert normalerweise nackt zur Dusche und wieder zurück.«

»Gut zu wissen, danke.«

»Du darfst es gerne genauso machen, wenn du möchtest. Man sollte sich ja den örtlichen Gepflogenheiten anpassen.«

»Halt die Klappe.«

Er lacht und stößt mit seiner Schulter gegen meine. »Verbrauch nicht das ganze Warmwasser.«

Ich bin nicht annähernd so mutig wie Agda und ziehe lieber den gelben Vorhang zu, während ich dusche. Der Himmel über mir strahlt in einem Vormittagsblau, und die Luft auf meiner Haut ist kühl. Obwohl ich die anderen am anderen Ende des Balkons reden höre, fühle ich mich mit einem Mal einsam.

Es ist mein erstes Weihnachten ohne Ben. Ich drehe das Wasser ab, doch meine Gedanken lassen sich nicht abstellen. Ich schlüpfe in sein altes, verwaschen grünes T-Shirt mit der Aufschrift *Wie der Grinch Weihnachten stahl* und in einen rot gepunkteten Rock, der festlicher aussieht, als ich mich fühle.

»Anna, das ist ja süß! Du bist der Grinch.« Agda schenkt mir ein Glas pinken Rumpunsch ein und schiebt es über den Tisch, während ich mich setze. »Eamon hat versucht, mir seinen Job zu erklären, aber ich raffe es nicht. Also, was machst du so?«

»Na ja, im Moment … segle ich einfach nur.« Ich sehe an ihr vorbei hinunter in die Bucht und hole tief Luft. »Mein Verlobter hat sich vor fast einem Jahr das Leben genommen, und ich bin nicht wirklich damit klargekommen. Also habe ich meinen Job gekündigt, sein Segelboot geschnappt und bin weg.«

»Das mit deinem Verlobten tut mir sehr leid«, erklärt Agda und berührt sanft meine Hand. »Aber es ist sehr mutig, was du hier machst.«

»Da bin ich mir nicht so sicher.« Mein Lachen klingt etwas gezwungen, aber ich will jetzt nicht weinen. »Nachdem ich auf meiner ersten Überfahrt von Florida nach Bimini beinahe von einem Frachter gerammt worden wäre, habe ich erkannt, dass ich keine Ahnung habe, was ich da tue, und habe Keane engagiert.«

»Siehst du, dann bist du doch mutig. Sullivan ist ein wilder Hund.«

Ich nehme einen Schluck Rumpunsch. Er ist süß und so

stark, dass es mir die Tränen in die Augen treibt. »Woher kennt ihr euch?«

»Wir hatten einen gemeinsamen Freund, der eine Taucherhütte auf Martinique hatte, und haben ihn zur selben Zeit besucht«, erklärt Keane. »Ich war damals vierundzwanzig oder fünfundzwanzig und hatte gerade nichts zu tun …«

»Du warst mit dieser Französin zusammen«, unterbricht ihn Agda. »Wie hieß sie noch gleich?«

»Mathilde.«

Die Menschen um den Tisch sind Beweis genug, dass Keane eine Vergangenheit hat, doch Mathilde ruft ein seltsames Gefühl in mir hervor. Ich sehe eine unbeschwerte, coole junge Frau vor mir – wie Sara von der Chemineau –, die im Bikini einfach umwerfend aussieht. In diesem Alter war Keane sicher das menschliche Äquivalent einer elektrischen Insektenfalle.

»Genau! Mathilde!« Agda knallt die Hand auf den Tisch. »Sullivan, ich muss gestehen, dass wir sie gehasst haben. Sie war strohdumm.«

»Ich schätze, ich war nicht wegen ihrer Persönlichkeit mit ihr zusammen«, erwidert er trocken. »Meine Schmerzgrenze war damals ziemlich niedrig.«

Eamon lacht. »Und was ist daran jetzt anders?«

Niemand sagt etwas, während Keane seinen Punsch hinunterstürzt. Die Eiswürfel klirren im Glas, und draußen zwitschern Vögel und quaken Frösche. Der Stuhl schrammt über den Boden, als er ihn zurückschiebt und aufsteht. »Einfach alles.«

Er stapft missmutig davon, und Eamon schüttelt den Kopf. »Dramatisch wie immer, der Kerl.«

Ich folge Keane.

Er ist wieder an dem Punkt, an dem er letzte Nacht auf dem Boot war, aber angesichts dessen, dass ich gerade selbst gegen die Melancholie ankämpfen muss, kann ich ihn verstehen. Er lässt sich auf einen alten Lederstuhl sinken, der in der Ecke des Zimmers steht, das er sich mit Eamon teilt.

»Na super«, seufzt er. »Jetzt kann ich nicht mehr raus, weil ich mich wie ein verdammter Idiot aufgeführt habe.«

Ich setze mich auf die Bettkante ihm gegenüber. »Wenn es dir hilft – dieses T-Shirt hat mich vorhin in ein totales Gefühlschaos gestürzt.«

»Ben?«

»Bingo.«

»Du siehst aber echt süß darin aus.«

»Danke.« Meine Wangen beginnen zu glühen, als stünde ich in der prallen Sonne. Ich will mich nicht derart geschmeichelt fühlen, wenn er solche Dinge sagt, aber es ist nun mal so. »Weißt du, es ist Heiliger Abend. Vielleicht sollten wir das feiern, was wir haben, anstatt daran zu denken, was nie mehr wiederkommt.«

Er versucht, ein aufsteigendes Lächeln zu unterdrücken. »Wenn ich mit fünfundzwanzig schon so weise gewesen wäre wie du, wäre ich vermutlich nie mit Mathilde zusammengekommen. Sie war nämlich wirklich strohdumm.«

Stille Nacht

Auch wenn wir nicht alle bester Stimmung sind, verstecken wir diesen Umstand hinter unserer weihnachtlichen Aufmachung. Felix trägt einen marineblauen Strickpullover mit weißen Rentieren und Schneeflocken, und Agdas kurze Haare stecken unter einem breiten Stirnband, aus dem ein Geweih ragt. Es ist mit Glöckchen bestückt, die in einem fort klingeln, während wir mit dem Land Cruiser den Hügel hinunterholpern. Eamon hat eine Weihnachtsmannmütze auf dem Kopf und will alle Single-Frauen einladen, sich auf seinen Schoß zu setzen, worauf ihm Agda etwas zu fest auf die Schulter klopft. Und sogar Keane trägt mehrere rote und grüne Mardi-Gras-Perlenketten um den Hals.

Wie bei den meisten Strandbars steht auch im Foxy's ein Teil der Tische im Sand, und karibische Musik erfüllt die Luft. Ausnahmslos alle Tische sind reserviert, und Agda macht auf dem Weg zu unserem Platz immer wieder Halt, um Leute zu umarmen.

»Hier kennt jeder jeden«, erklärt sie. »Unsere Insel ist sehr klein.«

Unser Tisch steht am Strand. Überall brennen Bambusfackeln, und es gibt sogar einen echten, mit Lichtern und Kugeln geschmückten Weihnachtsbaum. Zwei Paare warten bereits auf uns. Es sind ebenfalls Freunde, die mit ihren Segelbooten im Great Harbour ankern. Jefferson und Karoline Araujo sind nach einer Weltumsegelung auf dem Nachhauseweg nach Brasilien, und Amanda Folbigg und Luke Cross sind aus Panama hierher gesegelt, nachdem sie von Australien aus den Pazifik überquert haben. Als ich Fort Lauderdale vor fast einem Monat verließ, kam es mir wie ein riesiges Abenteuer vor, doch angesichts dieser versierten Segler fühle ich mich unerfahren und grün hinter den Ohren. Als müsste ich am Kindertisch sitzen.

Felix bestellt eine Runde »Painkiller«, ein Drink aus Rum und Ananassaft, der angeblich hier auf der Insel erfunden wurde, und Amanda erkundigt sich nach meiner Schulter. Ich schäme mich, ihnen zu gestehen, dass ich über Bord gefallen bin, doch niemand lacht. Luke deutet auf die gezackte Narbe auf seiner Stirn. »Da habe ich mich nicht rechtzeitig geduckt, als der Baum auf mich zukam.«

»Als Anfänger bin ich einmal etwas zu schnell übers Deck gelaufen«, erzählt Keane. »Ich bin ausgerutscht und direkt unter der Rettungsleine hindurch. Im letzten Moment habe ich mich an einer Relingsstütze festgeklammert, damit das Boot nicht ohne mich weiterfährt. Doch bis die Crew es endlich geschafft hat, mich wieder an Bord zu ziehen, wurde ich mit dem Gesicht nach unten durchs Wasser geschleift.«

Während des Weihnachtsessens fragen mich die anderen nach meiner bisherigen Reise und erzählen Geschichten von den Orten, an denen Keane und ich bereits waren. Das Gespräch läuft ohne Pause, und dieses Mal bin ich ein Teil davon.

»Und, Anna… Wohin geht es nach Jost Van Dyke als Nächstes?«, fragt Agda.

»Saint Martin vermutlich.«

»Dann musst du aber unbedingt auf die französische Seite«, erklärt sie. »Die niederländische wird von Kreuzfahrt-Touristen überschwemmt, und Maho Beach ist ein Albtraum.«

Ich behalte für mich, dass Bens ursprünglicher Plan einen Halt am Maho Beach vorsah, der direkt am Ende der Start- und Landebahn des Insel-Flughafens liegt. Die ankommenden Flugzeuge fliegen knapp über den Strand, bevor sie aufsetzen, und die abfliegenden Maschinen erzeugen so viel Wind, dass die Schaulustigen zurück ins Wasser geschleudert werden.

»Ja, das ist wahr.« Karoline nickt zustimmend. »Der Strand ist extrem voll, und nach dem ersten oder zweiten Flugzeug wird es langweilig. Wir segeln alle nach St. Barts weiter, um dort Silvester zu feiern. Dort gibt es Konzerte, lauter Partys und ein Feuerwerk um Mitternacht. Kommt doch mit!«

Eamon schüttelt den Kopf. »Das ist keine so gute Idee, wenn man bedenkt…«

»Vielleicht wäre es ganz witzig«, unterbricht ihn Keane.

Angesichts dessen, was auf St. Barts passiert ist, bin ich überrascht, dass er dorthin zurückwill.

»Bist du dir sicher?«, fragt Eamon.

»Es ist jetzt fünf Jahre her.« Keanes Kiefermuskeln zucken, und ich frage mich, ob das ein Geschwisterding ist. Will er Eamon beweisen, dass er es schafft, sich dem Unfallort zu stellen?

»Okay.« Eamon wendet sich an mich. »Anna, du bist der Boss.«

Ich könnte Keane überstimmen, doch ich will ihn nicht in Verlegenheit bringen, vor allem, weil er mittlerweile nicht mehr für mich arbeitet. Ich muss darauf vertrauen, dass mein Freund weiß, was er tut. »Okay, dann heißt unser nächster Halt St. Barts.«

Nach dem Essen rücken wir näher zusammen, und einige gehen tanzen, während andere am Tisch sitzen bleiben und sich unterhalten. Karoline erzählt mir von ihrer Arbeit als Inneneinrichtungsstylistin, die Räume für Einrichtungsmagazine und Privatkunden designt. Ihr Enthusiasmus weckt in mir die Sehnsucht nach einem Job, der dieselbe Leidenschaft entfacht. Ich will mehr, als mein ganzes Leben als Kellnerin zu verbringen.

Keane kehrt nach einem Tanz mit Agda, Amanda und Felix an den Tisch zurück und stürzt den Rest meines Painkillers in einem Zug hinunter.

»Weihnachts-Karaoke in fünf Minuten«, erklärt Eamon seinem Bruder. »Ich habe uns eingetragen.«

Keane schüttelt den Kopf. »Nein.«

»Es ist Tradition«, beharrt Eamon. »Außerdem hat Anna sich entschlossen, dich noch bis Trinidad zu ertragen, da soll sie wissen, was für eine Art Mann du bist.«

Keane lacht über den Scherz, den nur sie beide verstehen. »Okay. Aber nur, wenn wir die Rollen tauschen.«

»Warum ein erfolgreiches System nach all den Jahren ändern?«

»Ja, schon klar, aber …« Er seufzt übertrieben. Eamon kichert, während sich der Rest von uns fragt, was zum Teufel hier los ist. »Gut, ich mach's.«

»Was denn?«, frage ich.

»Kann ich dir nicht sagen«, erwidert Keane. »Das würde den Zauber zunichtemachen.«

Das Weihnachts-Karaoke startet mit Foxy persönlich, der eine Reggae-Version von »We Wish You a Merry Christmas« zum Besten gibt und alle in seinem Restaurant begrüßt. Ihm folgen zwei weiße Frauen, die nacheinander »White Christmas« und »Winter Wonderland« singen. Beide reizen die hohen Töne bis aufs Letzte aus und untermalen den Gesang mit theatralischen Gesten. An jedem anderen Tag hätten wir über ihre überzogene Vorstellung gelacht, doch heute Abend klatschen wir, als wären wir bei den Grammys.

»Es wird Zeit.« Eamon schiebt seinen Stuhl zurück, und Keane folgt seinem Beispiel. Agda und ich drängen uns durch die Menge, um uns die Vorstellung aus der ersten Reihe anzusehen. Eamon greift nach zwei Mikrofonen und gibt eines an seinen Bruder weiter.

»Fröhliche Weihnachten«, lacht er. »Wir sind die Sullivans aus dem County Kerry in Irland.« Das Publikum applaudiert, und einige – vermutlich irische – Zuschauer pfeifen.

»Als Junge beschloss ich eines Tages, meinem kleinen Bruder zum Spaß ein paar neue, lustige Ausdrücke beizubringen.« Er deutet auf Keane, was ihm einige Lacher einbringt, da sein kleiner Bruder mittlerweile um einiges größer ist als er. »Unsere Familie trifft sich jedes Jahr an Weihnachten in Dads Pub, und wir wollten zu diesem Anlass ein Duett singen. Nach einer strengen Moralpredigt meiner Eltern, dass ich meinem Bruder ein besseres Vorbild sein müsste …«

»Was er nie geschafft hat, wie ich hinzufügen möchte«, unterbricht ihn Keane.

»… wurden wir noch am selben Abend um eine Wiederholung gebeten, und seitdem singen wir den Song jedes Jahr«, fährt Eamon fort. »Es ist ein altes, traditionelles, herzerwärmendes Weihnachts-Liebeslied, das über Generationen hinweg weitergegeben wurde. Wenn ihr es kennt, dürft ihr gerne mitsingen.«

Die Musik setzt ein, ist aber über den Lärm der Gäste kaum zu hören, bis Eamon zu singen beginnt. Er lallt leicht, als wäre er betrunken. *»It was Christmas Eve, babe, in the drunk tank …«*

Alle Zuschauer, die die erste Zeile von »Fairytale of New York« von den Pogues kennen, müssen lachen. Nicht nur, weil das Lied weder traditionell noch herzerwärmend ist, sondern auch, weil klar ist, dass Keane den weiblichen Part übernehmen wird.

Ich stelle mich auf eine hohe Falsettstimme ein, doch er geht anders an die Sache heran. Er singt tief und etwas schief, was das Lied umso witziger macht. Als die beiden Brüder zum Ende kommen, singen und klatschen alle mit.

»Stimmt die Geschichte?«, frage ich Keane auf dem Rückweg zum Tisch. »Hat Eamon dir das wirklich angetan?«

»Aye«, erwidert Keane. »Ich habe fröhlich mitgesungen und war völlig nichts ahnend, bis ich sah, wie die Augen meiner Mom immer größer wurden und meine alte, schwerhörige Großmutter meinte: ›Hat Christopher seinen Bruder wirklich gerade Arschgeige genannt? Ich dachte, das wäre ein Weihnachtslied.‹«

Ich lache und denke an meine Schwester. Es ist lange her, seit wir diese Zuneigung zueinander verspürt haben. Als wir klein waren, führten wir unseren Eltern immer unsere eigenen Shows vor. Wir malten stundenlang Kulissen und probten Texte, die sich ständig änderten. Rachel war immer die Regisseurin, und ich folgte ihren Anweisungen gerne. Ich kann mich nicht erinnern, wann sich das geändert hat, doch plötzlich treten die Gespräche um mich herum in den Hintergrund, und ich denke sehnsüchtig an die Schwestern zurück, die wir einmal waren.

»Bin gleich wieder da.«

Am Wasser hängen Hängematten zwischen den Palmen, und ich suche mir eine aus und schwinge mich hinein. Sobald sie nicht mehr schaukelt, rufe ich zu Hause an.

»Fröhliche Weihnachten, Anna«, begrüßt mich Mom und

flüstert: »Es ist Anna.« Ich sehe vor mir, wie meine Schwester die Augen verdreht. »Rachel und ich packen Maisies Geschenke ein und trinken Glühwein.«

Glühwein ist eine der wenigen Familientraditionen, die Mom aus Deutschland mitgebracht hat. Schon als Mädchen durften wir immer einen kleinen Becher davon trinken.

»Klingt gemütlich.«

»Wo bist du?«

»Auf einer Insel namens Jost Van Dyke«, antworte ich. »Sie gehört zu den Britischen Jungferninseln.«

»Warte mal, ich hole die Landkarte«, erwidert Mom. »Unterhalte dich inzwischen mit Rachel.«

»Hey.« Meine Schwester scheint nicht begeistert, dass sie mit mir reden muss.

»Weißt du, woran ich gerade gedacht habe?«

»Nein.«

»Daran, wie wir Mom und Dad unsere Shows vorgeführt haben. Erinnerst du dich, wie du aus dem Stegreif Lieder erfunden hast, und ich habe versucht mitzusingen, obwohl ich keine Ahnung hatte, was als Nächstes kommt? Ich war immer einen Takt hinter dir.«

Rachel lacht schnaubend. »Kaum zu glauben, dass du dich daran erinnerst.«

»Ich vermisse euch.« Ich halte die Luft an und warte auf einen abfälligen Kommentar.

»Es ist seltsam, dass du nicht da bist.«

»Was bekommt Maisie zu Weihnachten?«

»Glitzerschuhe und ein Spielzeughandy«, antwortet Rachel. »Sie ist zwei, aber sie tut, als wäre sie zwanzig.«

»Gib ihr einen Kuss von mir und sag ihr, dass wir noch einmal Weihnachten feiern, wenn ich nach Hause komme.«

»Mach ich«, verspricht Rachel. »Hilft es eigentlich? Was du gerade machst, meine ich. Du klingst … anders.«

»Ja, das tut es.«

»Das freut mich.«

Wir schweigen beide, doch die Stille ist nicht unangenehm oder erfüllt von Dingen, die noch gesagt werden müssen. Vielleicht ist es bloß ein vorübergehender Waffenstillstand, aber heute Abend gebe ich mich damit zufrieden und genieße die stille Nacht.

»Mom ist wieder da«, verkündet Rachel schließlich. »Fröhliche Weihnachten, Anna.«

»Du bist so weit gesegelt«, meint Mom mit einem Hauch von Ehrfurcht in der Stimme.

»Etwa tausend Seemeilen.«

»Hast du keine Angst?«

»Ständig«, gebe ich zu. »Aber Keane ist bei mir, und er ist …« Ich suche nach den richtigen Worten, die all das beschreiben, was Keane für mich ist. Skipper. Weggefährte. Sicherheitsnetz. Fels in der Brandung. Trostspender. Freund. »Ohne ihn wäre ich nie so weit gekommen. Er hat mir viel beigebracht.«

»Ich bin froh, dass du nicht mehr allein bist.«

Der Tisch ist nicht so weit entfernt, als dass ich nicht immer noch Agdas Lachen hören könnte. Und Karoline, die jedes

Mal klatscht und »Ja!« ruft, wenn sie jemandem zustimmt. Es ist mir nicht gelungen, weit genug fortzulaufen. »Ich auch.«

Wir wünschen einander noch einmal frohe Weihnachten. Sagen *Ich liebe dich* und *Gute Nacht*, und ich lege gerade auf, als Keane durch den Sand auf meine Hängematte zukommt.

»Alles okay, Anna?«

»Jap.«

Er deutet auf das andere Ende der Hängematte. »Hast du noch Platz?«

»Nur für Leute, die mir das Leben gerettet haben.«

»Dann ist heute wohl mein Glückstag.« Die Hängematte schwankt bedenklich, als er auf der anderen Seite hineinklettert, sodass wir einander gegenübersitzen. »Wir sollten eine für das Boot kaufen und sie übers Vordeck spannen.«

»Okay.«

»Das war jetzt fast zu einfach.«

»Ich bin heute gnädig«, erkläre ich. »Vielleicht ist es aber auch einfach eine gute Idee.«

Keane legt seinen Arm auf mein Schienbein und seine Hand auf mein Knie. Wir sind uns in der kurzen Zeit um so viel nähergekommen. Vor einem Monat hatte ich noch eine Panikattacke bei dem Gedanken, mit ihm in derselben Kabine schlafen zu müssen. Jetzt überschreiten wir regelmäßig unsere persönlichen Grenzen.

»Du wirkst glücklich«, meint er.

»Ja, ich schätze, das bin ich tatsächlich.«

Dürftige Gaben

Am nächsten Morgen bin ich in aller Frühe wach, und mein erster Blick fällt auf Queenie, die neben mir auf dem Kissen schläft. Nova, ein kleiner brauner Inselhund, der bei Felix und Agda wohnt, wenn sie hier sind, liegt eingerollt neben dem Bett. Im Haus ist es still, doch die sanfte Brise lässt die Blätter draußen rauschen, und die Vögel zwitschern. Ich stehe auf und werfe einen schnellen Blick in Keanes und Eamons Zimmer. Normalerweise schlafen sie um diese Zeit noch und sind nicht unterwegs, aber heute ist der erste Weihnachtsfeiertag. Nachdem es auf der Insel keine katholische Kirche gibt, nehme ich an, dass sie die Messe in dem notdürftigen Anbau der zerstörten Methodistenkirche am Fuß des Hügels besuchen.

Eine winzige, weihnachtlich geschmückte Kiefer steht auf dem Couchtisch im Wohnzimmer, und darum verstreut liegen zahllose Geschenke. Ich sehe einige mit meinem Namen, und ich habe ein schlechtes Gewissen, dass ich nicht einmal daran gedacht habe, welche zu besorgen. Nicht einmal für Keane.

Als ich angezogen und mit Queenie an der Leine aus dem Zimmer trete, um mit ihr den Hügel hinunterzuspazieren, treffe ich Agda, die bereits wach ist und deren Haare in alle Richtungen stehen.

»Ich sehe mal nach dem Boot.«

»Die Sullivans haben das Auto.«

»Schon okay, wir gehen zu Fuß«, erwidere ich.

Der Weg nach unten ist schnell geschafft, und am Steg angekommen, springt Queenie begeistert ins Beiboot. Wir machen uns auf den Weg zur Alberg, und ich denke im Stillen, dass aus ihr langsam ein richtiger Segel-Hund wird.

Der Anker sitzt fest, also mache ich mir eine kleine Kanne Kaffee und suche in meinen Sachen nach möglichen Weihnachtsgeschenken. Ich finde eine Flasche deutschen Wein, den ich eigentlich für Trinidad aufsparen wollte und der als Geschenk für Felix durchgeht. Agda ist eine größere Herausforderung, denn es kommt mir nicht richtig vor, ihr etwas von meinen Klamotten zu schenken, auch wenn sie noch so selten getragen sind. Immerhin lässt sie mich in ihrem Haus schlafen. Im obersten Schrankfach steht Bens Polaroidkamera. Er hat sie geliebt, doch ich habe sie seit seinem Tod nicht mehr verwendet. Ich nehme sie herunter, wische den Staub ab und mache ein Foto von Queenie.

Am schwersten ist es, das richtige Geschenk für Keane zu finden, denn auf den ersten Blick sehe ich nichts, was ich ihm geben könnte. Doch dann fällt mein Blick auf den Captain-America-Becher in der Spüle. Mein Herz wird schwer, während ich ihn sorgfältig spüle und abtrockne, und ich beginne zu verstehen, warum Bens Mutter nach seinem Tod in die Wohnung eingefallen ist und alles mitgenommen hat, was sie in die Finger bekam. Doch der Becher ist nicht Ben, und es ist kein Verrat an ihm, wenn ich ihn Keane schenke.

Ich packe alles in eine Papiertüte und setze mich an Deck, um den Kaffee auszutrinken. Als Queenie und ich wieder auf der Insel sind, hat Foxy's Andenkenladen bereits geöffnet, und ich kaufe ein T-Shirt für Eamon. Danach hocke ich mich mit meinem Hund und den Geschenken auf die Treppe vor der leeren, zerstörten Kirche, schließe die Augen und höre dem Pastor zu, dessen Stimme aus dem Anbau dringt und der von der Krippe in Bethlehem erzählt. Vielleicht sind meine dürftigen Gaben doch genug.

Der Pastor verlässt die Kirche als Erster, und die Kirchengemeinde singt »O Come, All Ye Faithful«, während sie hinter ihm herzieht. Ich trete mit Queenie zur Seite, als sie an mir vorbeikommen.

»Ist schon okay«, sagt er. »Hier ist jeder willkommen. Frohe Weihnachten.«

Keane und Eamon sind unter den Ersten, die den Anbau verlassen, und sie sind überrascht, mich zu sehen.

»Ich wollte nachsehen, ob auf dem Boot alles okay ist«, erkläre ich. »Und ich könnte eine Mitfahrgelegenheit den Hügel hoch gebrauchen.«

Zurück im Patchwork-Haus, verpacke ich die Geschenke in geliehenem Geschenkpapier und lege sie zu den anderen um den winzigen Weihnachtsbaum. Nachdem Felix inzwischen auch wach ist, versammeln wir uns alle im Wohnzimmer, um die Geschenke auszuteilen. Mein erstes Geschenk ist ein pinkfarbenes Foxy's-T-Shirt von Eamon, und er lacht, als er die Männerversion in Schwarz in seinem Päckchen findet.

»Das ist eine dieser Geschichten, die man sich von jetzt an jedes Jahr erzählt, nicht wahr?«, meint er.

Agda schenkt mir die gestreifte Hängematte, die bis vor Kurzem noch auf ihrem Balkon hing. »Sullivan meinte, du hättest gern eine, und wir segeln nach den Feiertagen wieder zurück nach Belize und können uns jederzeit eine neue kaufen.«

Sie packt die Kamera aus, und ich verschweige, dass sie Ben gehört hat. Ich lächle, als sie ein Foto von Keane und mir auf der goldenen Couch schießt, und er legt den Arm um meine Schulter. Keane bekommt ein Vintage-Guinness-T-Shirt mit einem Tukan auf der Brust, das Agda in einem Wohltätigkeitsladen in Belize entdeckt hat, und Felix wird mit Irish Whiskey, deutschem Wein und puerto-ricanischem Rum überhäuft.

Bald ist nur noch Captain America übrig. Keane packt den Becher aus und runzelt verwirrt die Stirn.

»Das war Bens Lieblingsbecher«, erkläre ich. »Aber du verwendest ihn so oft, dass ich ihn nicht mehr als seinen Becher betrachte. Also dachte ich … wenn du irgendwann auf einer einsamen Insel haltmachst, dann denkst du vielleicht an mich, wenn du deinen Kaffee daraus trinkst.«

Er dreht den Becher in seinen Händen. »Bist du dir sicher?«

»Ich will, dass du ihn bekommst.«

»Das ist toll, Anna, danke.« Er drückt mir einen Kuss auf die Schläfe. »Ich, äh … ich wünschte, ich hätte auch etwas für dich, aber ich …«

»Es reicht, dass du mir das Leben gerettet hast.«

Den restlichen Tag machen wir es uns bequem. Nach dem Frühstück, zu dem es schwedische Pfannkuchen mit Preiselbeersoße gibt, machen wir ein Nickerchen, und danach lungern wir faul im Haus herum. Als ich zwischendurch auf die Toilette gehe, entdecke ich einen Fleck in meiner Unterhose. Er ist eine Erinnerung, dass ich einen Monat unterwegs bin, und eine weitere Sache, die ich nicht bedacht habe, bevor ich beschlossen habe, auf ein Segelboot zu ziehen.

Am zweiten Weihnachtsfeiertag fährt Felix uns über die Insel, und wir folgen Straßen, die an manchen Stellen nicht mehr sind als einfache Feldwege. Wir machen an einem natürlich entstandenen Whirlpool halt. Die Brandung bricht durch die Ritzen in den Wänden des Gezeitentumpels und wuhlt das Wasser im Becken auf wie in einem Salzwasserjacuzzi. Wir setzen uns hinein und trinken Bier, während das Wasser um uns blubbert.

Am nächsten Tag ist Weihnachten offiziell vorbei, und ich spaziere mit Queenie den Hügel hinunter, um eine Teigmischung und eine Schokoglasur für Keanes Geburtstagskuchen zu kaufen. Wir setzen uns ein paar Minuten auf eine Bank vor dem Laden. Neben uns spielen zwei Mädchen Dame. Sie springen auf, als sie Queenie entdecken, und sie rollt sich auf den Rücken, damit die beiden ihren Bauch kraulen können.

»Wie heißt der Hund?«, fragt das Mädchen mit den gelben Haarspangen.

»Queenie.«

Sie sehen sich an und brechen in Gekicher aus, das wohl nur Mädchen in diesem Alter verstehen. Die Dreadlocks des anderen Mädchens sind mit blauen Kugeln geschmückt, und es meint: »Ist sie wirklich eine Königin?«

»Ja, die Königin der Turks und Caicos.«

»Wenn sie eine Königin ist, wo ist dann ihre Krone?«

Ich senke die Stimme zu einem Flüstern. »Sie ist inkognito unterwegs.«

Ihr Kichern ist wie Musik in meinen Ohren.

»Ich mag Queenie«, sagt das erste Mädchen.

»Sie mag dich auch.«

Wir sitzen lange Zeit einfach so da, während ihre kleinen Hände den Bauch meines Hundes kraulen, und irgendwann spüre ich, wie sich das Glück in mir ausbreitet und sich Schicht um Schicht über die Erinnerung an Ben legt. Es entsteht eine Art Puffer, sodass es nicht mehr so wehtut, an ihn zu denken. Vielleicht versiegt der Schmerz irgendwann vollständig.

Der Zauber wird gebrochen, als die Mutter der Mädchen sie zu sich ruft. Ich mache mich mit Queenie auf den Weg den Hügel hinauf und verstecke meinen Einkauf in meinem Zimmer.

Am Montag beginnen die anderen Segler mit den Planungen für die Fahrt nach St. Barts. Ich habe dabei nicht wirklich etwas verloren, also gehe ich in mein Zimmer und beginne zu packen. Ich bin noch nicht bereit weiterzuziehen. Ich werde das breite Bett und das beruhigende nächtliche Pfeifen der Coquí-Frösche vermissen. Genau wie die Freiluftdusche und die Möglichkeit, auf dem Balkon zu sitzen, bis die Sterne aufgehen. Jede Insel, auf der ich bisher war, war noch schöner als die vorherigen, aber ich mache mir Sorgen, was St. Barts betrifft. Sorgen um Keane.

Wir verlassen die Insel tags darauf nach unserem letzten Abendessen im Patchwork-Haus, und Eamon segelt dieses Mal mit Agda und Felix auf ihrem Vierzehn-Meter-Katamaran namens Papillon, wo er eine eigene Kabine hat und es eine gut gefüllte Bar gibt. Keane und ich haben das kleinste Boot, also verlassen wir die Bucht zuerst und setzen die Segel zwischen Jost Van Dyke und Tortola. Wir segeln durch die Narrows und die Flanagan-Passage hinaus ins offene Meer. Die anderen Boote folgen uns in verschieden großen Abständen, sodass wir etwa zeitgleich auf St. Barts eintreffen werden. Der Katamaran überholt uns in der Nacht. Lukes und Amandas Fizgig, eine Dreizehn-Meter-Slup, fährt während Keanes Schicht an uns vorbei. Einzig Karoline und Jefferson auf ihrer Peneireiro bleiben länger bei uns, doch schließlich sind wir wieder allein.

Ich teile die Schichten so ein, dass Keane die ersten Stunden seines Geburtstags übernimmt. Während er an Deck ist, mische ich den Teig und schiebe den Kuchen in den Ofen. Er ist noch warm, als ich ihn nach oben trage.

»Ich würde ja singen, aber es ist für alle besser, wenn ich es bleiben lasse«, erkläre ich. »Happy Birthday.«

Keane sieht mich mit großen Augen an. »Du hast für mich gebacken.«

»Das würde ich so nicht behaupten, nachdem er an manchen Stellen noch nicht ganz gar ist.«

»Stimmt etwas nicht mit der kardanischen Aufhängung?«

»Kardanische ... was?«

Keane lacht. »Sie hält den Herd während des Segelns mittels zweier Drehlager im Lot.«

»Ach so«, murmle ich, während ich ihm den Kuchen überreiche. »Wäre nicht schlecht gewesen, wenn ich das vor dreißig Minuten schon gewusst hätte.«

Er drückt mir einen Kuss auf den Scheitel. »Du bist der Wahnsinn, Anna. Danke.«

»Eine Kerze würde bei dem Wind nicht lange brennen«, meine ich. »Aber ich glaube, du darfst dir trotzdem etwas wünschen.«

Er kneift ein Auge zu, als müsste er nachdenken, dann nickt er. »Erledigt.«

Wir teilen uns eine Gabel und seine letzte Flasche Guinness und essen den ganzen Kuchen auf einmal. Als die Sonne als Feuerstreifen am Horizont erscheint, lecken wir uns die Schokolade von den Fingern. Dann sitzen wir schweigend nebeneinander und sehen zu, wie der Himmel sich golden färbt.

»Ich glaube ...« Ich wende mich zu Keane herum. Im Morgenlicht leuchtet seine Haut so golden wie der Himmel, und die Worte bleiben mir im Hals stecken. Wir sehen einander viel zu lange an, und seine Kiefermuskeln zucken. Er spürt es auch. Ich wende den Blick zuerst ab. »Ich glaube, es wird ein guter Tag.«

»Meiner Erfahrung nach eher nicht.«

»Dann hast du großes Glück, dass ich da bin.«

Unsere Blicke treffen sich erneut. »Ja, das habe ich.«

Ich fliehe mit der Entschuldigung, die Teller spülen zu müssen, nach unten in die Pantry, obwohl ich bloß der Tiefe seines Blickes entkommen will. Doch ich kann die Reaktionen meines Körpers nicht kontrollieren. Ich schaffe es nicht, mein rasendes Herz zu beruhigen. Ich kann den Gedanken nicht verdrängen, dass Freunde einander nicht so ansehen wie wir gerade eben.

Ist es zu früh, um einen anderen Mann zu begehren? Was passiert mit meiner Liebe zu Ben? Wo geht sie hin? Sind die Gefühle für Keane überhaupt echt oder wegen der räumlichen Nähe entstanden? Ich setze mich und versuche, meine Gedanken zu ordnen. Keane wurde von einem Fremden zu einem Segelpartner zu einem Freund. Alles, was darüber hinausgeht, wäre eine Katastrophe. Oder verdammt genial.

»Anna«, ruft er. »Spielst du Scrabble mit mir?«

»Nur, wenn du richtige Wörter verwendest.«

Er lacht. »Ich hätte dir ein Scrabble-Wörterbuch zu Weihnachten schenken sollen.«

Die Steine liegen noch genauso wie beim letzten Mal, als ich das Spiel auf der Bank zwischen uns aufklappe. »Gott sei Dank hast du das nicht getan.«

»Du bist eine schlechte Verliererin.«

»Und du schummelst.«

Er greift lachend nach meiner Baseballkappe und zieht sie mir ins Gesicht. Wir spielen, bis wir hungrig werden, und Keane bietet an, das Mittagessen zu übernehmen. Er kommt mit dick belegten Truthahn-Sandwiches und in Scheiben geschnittenen Mangos zurück, die wir auf Jost Van Dyke gepflückt haben. Ich rolle Queenies Ball über das Vordeck, damit sie ihn fangen kann, und übernehme anschließend das Ruder, während Keane in der Sonne döst. Wir verfallen in unseren alten Rhythmus, während wir in die Nacht segeln, doch als der nächste Tag anbricht und wir uns den grünen Hügeln und roten Dächern von Saint-Barthélemy nähern, wirkt Keane mit einem Mal angespannt und schweigsam, und ich frage mich, ob es nicht vielleicht ein Fehler war hierherzukommen.

Laut und trotzig

Gustavia ist ein hübscher Ort mit gepflegten Häusern und sauberen Straßen, und der Strand, vor dem wir ankern, ist mit unzähligen Muscheln übersät. Dennoch fühlt sich alles irgendwie falsch an. Keane gleicht einer wandelnden Gewitterwolke, und während wir uns mit den anderen Silvester-Besuchern den Weg durch die Rue Jeanne d'Arc bahnen, warte ich ständig darauf, dass ihn seine Vergangenheit einholt.

Und dann ist es so weit.

»Sullivan?« Ein Mann mit grau melierten Haaren springt von einem Tisch mit mehreren jungen Seglern auf, die alle dieselben roten Crew-Shirts der Neujahrsregatta tragen. Eine riesige goldene Uhr ziert sein Handgelenk und glitzert, als er Keanes Hand schüttelt. »Mann, schön, dich zu sehen, Junge! Ich wusste gar nicht, dass du in der Stadt bist. Hast du dir die Regatta angesehen?«

Keanes Kiefermuskeln arbeiten, doch der Mann merkt es nicht und schnippt die Asche seiner Zigarre auf den Gehweg.

»Nein. Wir sind erst heute Morgen von Jost Van Dyke hergekommen.«

»Schön für dich, Junge.« Der Mann klemmt sich die Zigarre zwischen die Zähne und redet einfach weiter. »Wir haben gewonnen, also stoßt doch mit uns an!«

Keane sieht mich unsicher an. Ich kann St. Barts nicht leiden. Im Hafen und entlang der Küste ankern unzählige Mega-Yachten von russischen Oligarchen, amerikanischen Politikern und Rap-Mogulen, und ich fühle mich hier genauso fehl am Platz wie an Barbara Braithwaites Esstisch. Ich habe keine Ahnung, ob Keane nach einer Entschuldigung sucht oder um Erlaubnis bitten will, aber ich bin hier nicht der Boss. Also zucke ich mit den Schultern. »Warum nicht?«

Bei einem Glas Ti Punch, der schrecklich schmeckt und viel zu stark ist, lerne ich Jackson Kemp kennen, Gründer des größten Abfallmanagementunternehmens der USA und Besitzer des Bootes, mit dem Keane vor fünf Jahren gewann. Der Mann, dessen E-Mail-Absage in Nassau dazu führte, dass er sich bis zur Besinnungslosigkeit betrank.

»Du siehst super aus, Junge.« Jackson klopft Keane auf die Schulter. »Die Fortschritte bei Prothesen sind unglaublich. Du bist ja fast wieder wie neu.«

Die abschätzige Art, wie er Keane »Junge« nennt, geht mir bis ins Mark, und meine Schultern verspannen sich. Ich mag diesen Mann und seine unbedachten Äußerungen nicht. Keane fährt sich mit der Hand durch das Haar, und ich verstehe nicht, warum er sich alldem weiterhin aussetzt, obwohl es so schmerzhaft für ihn ist … bis mir klar wird, dass ich es doch verstehe.

»Schade, dass sie noch keinen Weg gefunden haben, unsensible Arschlöcher zu ersetzen«, murmle ich in meinen Drink, rede aber offensichtlich laut genug, dass Jackson Kemp mich hört. Keane sieht mich blinzelnd an, als würde er mich gar nicht kennen – und in diesem Fall stimmt das auch. Jacksons Augen weiten sich, dann lacht er schallend.

»Ich schätze, das habe ich verdient.«

»Ja, schätze ich auch.«

»Hört zu, ich schmeiße heute Abend eine Party in meiner Villa. Ihr solltet kommen.« Sein Blick wandert zwischen mir und Keane hin und her. Vermutlich ist das alles, was Keane als Entschuldigung erwarten kann. »Der Champagner wird in Strömen fließen, und wir haben eine Eins-a-Aussicht auf das Feuerwerk.«

Ich stelle meinen Drink ab und sehe Keane an. »Mir ist gerade eingefallen, dass ich noch etwas vorhabe.«

»Anna, warte.« Ich höre seine Stimme hinter mir, aber ich drehe mich nicht um. Er schließt zu mir auf, bevor ich es auf die andere Seite des Gehwegs geschafft habe. »Was machst du denn?«

Ich fahre herum und sehe ihn an. »Keine Ahnung, *Junge*. Vielleicht segle ich nach Saint Kitts oder Nevis. Überall ist es besser als hier. Du kannst bleiben, wenn du möchtest, aber ich habe kein Interesse an jemandem, der in dir nicht den außergewöhnlichen Menschen sieht, der du tatsächlich bist.«

Er schlingt mitten auf dem Bürgersteig die Arme um mich und zieht mich an sich. Ich lasse meine Arme um seine Taille gleiten und lege meine Wange auf sein weiches Oberteil. »Du hast so viel mehr verdient als das. Komm mit mir.«

Er seufzt und drückt mir einen Kuss auf den Scheitel. »Gehen wir.«

Wir spazieren die Rue de la Plage entlang in Richtung Shell Beach und fahren mit dem Beiboot zu der Stelle, an der unsere vier Boote ankern. Eamon spielt mit den anderen Männern auf der Fizgig Poker, und Queenie sitzt neben ihm, als würde sie das Spiel gerade lernen. Die Frauen sonnen sich oben ohne auf dem Trampolin der Papillon. Keane springt von Boot zu Boot, um mit seinem Bruder zu reden, während ich die Segelabdeckungen entferne und unsere Ausrüstung sichere. Ich bin in der Kabine, als Eamon unter Deck kommt.

»Anna.« Er zieht mich in eine Umarmung. Das mag ich unter anderem an den Sullivans. Sie zeigen dir vorbehaltlos ihre Zuneigung. »Danke, dass ich mit dir segeln durfte. Es war der Hammer.«

»Du kommst nicht mit?«

»Mein Urlaub ist bald zu Ende, ich werde in ein oder zwei Tagen nach Hause fliegen.«

»Danke für den Autopiloten.«

»Danke, dass du auf meinen Bruder achtgibst«, erwidert er. »Ich weiß, du denkst, er würde dir helfen, aber ich glaube, es ist umgekehrt.«

Als wir so weit sind, hilft Eamon, uns von der Peneireiro

loszumachen, und reicht mir die Festmacherleinen. »Ich wünsche dir immer einen Zentimeter Wasser unter dem Kiel, Anna. Hoffentlich sehen wir uns irgendwann einmal wieder.«

»Das hoffe ich auch. Gute Heimreise.«

Wir fahren mit Motorkraft an den unzähligen Booten vorbei, die vor St. Barts ankern. Eines davon ist eine mindestens einhundertfünfzig Meter lange Mega-Yacht, deren schwarzer Rumpf derart glänzt, dass sich mein Boot darin spiegelt. Heute Nacht wird sie voller gut aussehender Menschen sein, die Champagner trinken, während das Feuerwerk über ihren Köpfen explodiert. Vielleicht sehen Keane und ich es ebenfalls – wo auch immer wir das neue Jahr begrüßen werden. Doch sobald wir das offene Meer erreicht und die Segel gesetzt haben, wird mir klar, dass mir das Feuerwerk egal ist.

»Wohin fahren wir?« Ich setze mich neben Keane in die Plicht. Er trägt sein Lieblingsshirt – das er auch bei unserer ersten Begegnung anhatte – und lächelt so strahlend, dass ich einfach zurücklächeln muss. Ich kann seine Augen hinter der Sonnenbrille nicht erkennen, aber die Sorgenfalten auf seiner Stirn sind verschwunden.

»Ich würde gerne auf meine Lieblingsinsel in der Karibik.«

»Und die wäre?«

»Das ist eine Überraschung.«

Es gibt mindestens ein halbes Dutzend Inseln, die nicht zu weit von St. Barts entfernt sind, und wenn ich mir Mühe geben würde, könnte ich das Rätsel vielleicht lösen. Doch Keane ist glücklich, und wir sind wieder unterwegs. »Okay.«

Nach Bens Tod habe ich mir mein Leben in verschiedenen Graustufen vorgestellt, aber heute Abend, als die Sonne hinterm Horizont versinkt, färben sich der Himmel und das Meer violett. Queenie drückt ihren warmen Körper gegen meinen Oberschenkel, und mein Gehirn kämpft gegen das schlechte Gewissen und das Gefühl an, dass es noch zu früh ist. Dass es mir nicht erlaubt ist, jetzt schon so glücklich zu sein. Ich lehne den Kopf zurück, richte das Gesicht in den Himmel, und meine Stimme klingt laut und trotzig. »Ich bin gerade so verdammt glücklich.«

»Ich war noch nie so froh, einen Ort hinter mir zu lassen«, erklärt Keane. »Ich dachte, St. Barts würde vielleicht …«

»… deine Dämonen austreiben«, beende ich den Satz für ihn. »Aber ich weiß nur zu gut, dass das nicht funktioniert.«

Die Spannung fällt von seinen Schultern ab. »Ich habe das außer meinen Eltern noch nie jemandem erzählt, aber der Mann, der bei dem Unfall am Steuer des Mercedes saß, war ein amerikanischer Senator.«

»Ist das dein Ernst?«

Keane nickt. »Die Leute wählen ihn, weil er für familiäre Werte eintritt, aber an jenem Abend war er betrunken mit dem Auto unterwegs, und auf dem Beifahrersitz saß seine Geliebte. Wenn ich eine neue Prothese brauche, schicke ich die Rechnung an ein Postfach in Washington D.C., und das Geld wird umgehend überwiesen. Solange ich seine Identität nicht ausplaudere, habe ich ausgesorgt.«

»Spürst du nicht das Verlangen, es öffentlich zu machen?«

»Manchmal«, gesteht er. »Aber ich habe die beste Prothese, die man mit dem Geld des Senators kaufen kann, und er muss mit seiner Heuchelei leben.«

»Glaubst du wirklich, dass er das tut?«

»Vielleicht nicht. Aber das Karma wird ihn eines Tages einholen«, erwidert Keane. »Wie auch immer, es war verdammt eindrucksvoll, wie du Jackson Kemp als Arschloch bezeichnet hast. Ich konnte mir nicht vorstellen, dass irgendjemand mutig genug wäre, ihm das zu sagen – zumindest nicht ins Gesicht.«

»Ich hätte ihm am liebsten eine gescheuert, aber ich dachte, ihn Arschloch zu nennen wäre höflicher«, erwidere ich. »Tut mir leid, dass ich euer gutes Verhältnis versaut habe. Aber es hat richtig wehgetan, ihm zuzuhören.«

»Mir tut es leid, dass ich dich in meine Scheiße hineingezogen habe.«

»Deine Scheiße, meine Scheiße, im Moment stecken wir doch beide gemeinsam drin.«

»Es ist seltsam, etwas abzuschließen, das eine so große Rolle in meinem Leben gespielt hat«, meint Keane. »Ich bin mir nicht sicher, was ich jetzt tun soll.«

»Wie wär's mit den Paralympics?«

»Es gab da einen Kerl, der wollte, dass ich die amerikanische Staatsbürgerschaft beantrage und dem US-Team beitrete, aber ich hatte immer das Gefühl, ich würde dadurch zugeben, dass ich nicht mehr gegen gesunde Segler antreten kann«, erwidert er. »Was natürlich behindertenfeindlich ist. Aber es ist nun mal die grausame Wahrheit.«

»Okay, also … was, wenn du ein Team aus Seglern mit physischen Beeinträchtigungen zusammenstellst und gegen gesunde Crews antrittst?«, schlage ich vor. »Wenn du nicht bei ihnen mitmachen darfst, musst du sie eben im Wettkampf schlagen.«

Er betrachtet mich schweigend, dann verzieht er die Lippen zu einem kaum merklichen schiefen Grinsen. »Ich würde ein Boot brauchen.«

»Dann treiben wir Sponsoren auf.«

»Wir?«

»Glaubst du, ich traue dir zu, das alles allein auf die Reihe zu bekommen?«, erwidere ich. »Außerdem brauchst du jemanden, der deine Angelegenheiten regelt, während du unterwegs bist – und ich bin gerade arbeitslos.«

Keane lacht. »Ich verlange drei Referenzen und ein Empfehlungsschreiben.«

»Kann ich deinen Bruder als Referenz angeben?«

»Nicht, wenn du den Job willst.«

»Der Erste, den du fragen solltest, ist Jackson Kemp«, schlage ich vor. »Ein wenig Geld, um das schlechte Gewissen zu beruhigen und dir den Start zu erleichtern.«

Vielleicht führt das alles zu nichts, aber das Reden lenkt unsere Gedanken von der ungewissen Zukunft ab und gibt uns die Möglichkeit zu planen. Einige Stunden später diskutieren wir über die Gründung einer Non-Profit-Organisation, und als die Uhr das Ende des Jahres einläutet, haben Keane und ich sein kleines Notizbuch mit Ideen gefüllt.

Im Westen steigen Feuerwerkskörper in den Himmel, was

St. Kitts als Ziel ausschließt. Vielleicht will Keane nach Nevis. Oder Antigua, Guadeloupe, Dominica. Es spielt keine Rolle, Hauptsache, wir sind zusammen.

»Es ist Mitternacht«, sagt er in dem Moment, als ich genau dasselbe denke, und mein Magen zieht sich zusammen. »Gutes neues Jahr, Anna.«

»Gutes neues Jahr.«

Er küsst meine Stirn mit geschlossenen Augen, als fände sein Mund den Weg auch blind. Die Berührung seiner Lippen ist sanft wie eine Feder, und dann ist sie auch schon wieder vorüber. Er berührt mein Gesicht, und sein Daumen wandert über meinen Mundwinkel zu der Stelle direkt unter meinem Ohr. Ein kleines Erdbeben erschüttert mich. Er öffnet die Augen, und unsere Blicke treffen sich. Ich kann kaum atmen, denn das, was jetzt passieren wird, ändert alles. Ich bin nicht in Keane Sullivan verliebt, aber ich könnte es sein. Ich muss nur sein Herz, das er so offen vor sich her trägt, in beide Hände nehmen und versprechen, es niemals zu brechen. Er lehnt sich näher heran, und sein Lächeln setzt meine Nervenenden in Flammen.

Dann küsst er mich.

Langsam.

Seine Finger verweilen auf meinem Gesicht.

Da sind keine Klamotten, die eilig heruntergerissen werden. Kein wilder Tanz der Zungen. Dieser Kuss ist kein Vorspiel. Er küsst mich, als wäre dieser Kuss der erste, der letzte und alles dazwischen. Es fühlt sich so verdammt gut an, dass ich unwillkürlich lächle, und er stößt ein leises Lachen in meinen Mund aus.

Die Grenze zwischen Liebe und Nicht-Liebe ist schmal. Minuten vergehen. Stunden. Jahrzehnte. Ein ganzes Leben.

Seine Lippen lösen sich langsam von mir, dann küsst er meine Nasenspitze und hebt den Arm, sodass ich mich an ihn schmiegen kann. Es ist nicht viel anders als sonst, wenn wir nebeneinandersitzen, außer dass mein Mund von einer Süße erfüllt ist. Seine Finger gleiten sanft durch meine Haare. Und mein klopfendes Herz ruft: *Er, er, er.*

»Das war …« Ich breche ab, unfähig, aus den Gedanken, die in meinem Kopf kreisen, die richtigen Worte herauszufiltern. Ich habe Ben so oft geküsst, aber Keane zu küssen ist irgendwie … besser. Ich habe keine Ahnung, wie ich damit umgehen soll.

»Besser, als Jackson Kemp als Arschloch zu beschimpfen?«

Ich lache und bin ihm dankbar, dass er es immer irgendwie schafft, emotionale Bomben in meinem Kopf zu entschärfen. »Fast.«

»Also, weißt du, das war nicht geplant«, gesteht er. »Aber die Gelegenheit war da, und es schien dir nichts auszumachen, also habe ich …«

»Hör auf zu reden.«

Dieses Mal küsse ich ihn und gebe mich dem Genuss hin, meine Finger in seinem weichen Haar zu vergraben. Auf die Geräusche zu achten, die mir sagen, was ihm gefällt. Ich bin noch nicht bereit für mehr – noch nicht. Aber das hier ist gut. Es ist genug.

Heute ist wie eine offene Tür

Ich wache auf, weil die Sonne durch die offene Luke in meine Koje fällt, und das sanfte Plätschern der Wellen am Bug verrät mir, dass wir nicht mehr segeln. Als ich nach oben schaue, sehe ich Keane an Deck, der gerade die Ankerleine vertäut. Offenbar sind wir am Ziel angekommen. Ich stehe auf, schlüpfe ins Bad und putze mir die Zähne, denn es besteht durchaus die Möglichkeit, dass wir uns küssen, und da kann ich keinen morgendlichen Mundgeruch brauchen. Als ich fertig bin, steht Keane in der Kabine und setzt gerade Kaffee auf.

»Guten Morgen.«

»Hi.« Meine Wangen glühen. Schüchternheit überkommt mich, und ich frage mich, ob ich die Einzige bin, der es so geht. »Bist du die ganze Nacht gesegelt?«

Die Kabine fühlt sich enger an denn je, als ich auf ihn zutrete. Ich habe keine Ahnung, wie das funktioniert. Sind wir jetzt mehr als Freunde? Oder war gestern Nacht nur ein einmaliges Ereignis zur Jahreswende?

»Ja«, erwidert Keane. »Ich hatte gestern Nacht genug Energie, um eine ganze Stadt damit zu versorgen.«

»Danke, dass du mich hast schlafen lassen.«

Er streckt die Hände aus, legt sie sanft auf meine Hüften und zieht mich an sich. Ich schlinge die Arme um seinen Hals, und als unsere Lippen aufeinandertreffen, schmeckt auch er nach Zahnpasta. Der erste Kuss ist vorsichtig und sanft, doch in dem Sekundenbruchteil, bis sich unsere Lippen erneut berühren, schlägt das Verlangen wie eine Welle über mir zusammen. Ich presse meine Hüften an ihn, und seine Hände wandern tiefer und ziehen mich noch näher, bis es kaum mehr auszumachen ist, wo ich ende und er anfängt. Im Gegensatz zu gestern ist das Heute eine offene Tür. Wir müssen nur hindurchtreten.

»Macht das hier unsere Freundschaft kaputt?«, frage ich atemlos.

»Nein.« Er küsst meinen Hals, und ein Schaudern durchläuft mich. Er lacht, und es klingt herrlich verrucht.

»Bist du dir sicher?«

»Ich war mir schon auf Bimini sicher, Anna.« Er lehnt seine Stirn gegen meine. »Als du mich angesehen und gesagt hast, dass du doch Spiegeleier willst. Du hast so verängstigt und gleichzeitig fest entschlossen gewirkt, und da wusste ich, dass ich dir bis ans Ende der Welt folgen würde, wenn du mich lässt.«

»Ich glaube nicht, dass ich diesen einen Moment der Erkenntnis hatte«, gestehe ich. Keane trat als Fremder in mein

Leben und wurde langsam zu jemandem, der so unabkömmlich ist, dass ich nicht mehr ohne ihn sein möchte.

»Das spielt keine Rolle«, erwidert er. »Wir sind am selben Ziel angekommen.«

»Und wo genau befindet sich das?«

Er lacht. »Geh rauf und sieh es dir an.«

Ich klettere an Deck und sehe, dass wir in einer kleinen Bucht vor einer Vulkaninsel ankern, um deren höchste Erhebung sich Wolken bauschen. »Ist das ... Montserrat?«

»Genau.«

Als Ben und ich unseren Trip planten, fanden wir in den Reiseführern kaum etwas über Montserrat, abgesehen von dem Ausbruch des Soufrière Hills 1995, bei dem ein großer Teil der Insel unter Lava und Asche begraben wurde. Sogar in den Internet-Segelforen wird sie nur als nächtlicher Ankerplatz erwähnt, bevor es weiter in Richtung Süden geht. Ben wollte unbedingt hierher, aber das behalte ich lieber für mich. Wenn es Keanes Lieblingsinsel ist, will ich sie durch seine Augen sehen.

»Montserrat erinnert mich am meisten an zu Hause«, erklärt er, während wir mit dem Beiboot zu dem Landesteg der kleinen Stadt Little Bay fahren, wobei der Begriff »Stadt« für eine Handvoll Häuser sehr großzügig bemessen ist. »Die Klippen und grünen Hügel ähneln Irland sehr stark, und viele Menschen hier sind irischer Abstammung. Trotz ihrer Hautfarbe.«

»Die Insel ist hübscher, als ich erwartet habe.«

»Das ist keine ungewöhnliche Reaktion«, meint er. »Die Leute gehen davon aus, dass alles zerstört ist, doch es gibt hier so viel Schönes. Warte nur ab.«

Die Dame vom Zoll überprüft unsere Ausreisepapiere von Jost Van Dyke – wir tun so, als wäre St. Barts nie passiert –, und wir zahlen die Ankergebühren. Die Einreisebehörde befindet sich im selben Gebäude, und nachdem unsere Reisepässe gestempelt wurden, sind wir offiziell auf Montserrat angekommen. Als wir aus der Tür treten, hält ein Polizeiauto vor dem Haus. Ein dunkelhäutiger Beamter in einem strahlend weißen Uniformhemd steigt aus und sagt, an Keane gewandt: »Einen wunderschönen guten Morgen allerseits.«

»Möge dir dein Weg stets entgegenkommen«, erwidert Keane mit übertrieben irischem Akzent. Seine Mundwinkel zucken, als würde er gleich loslachen, und ich habe keine Ahnung, was hier los ist.

»Und mögest du im Himmel ankommen, bevor der Teufel von deinem Ableben erfährt«, erwidert der Polizist, und sein einheimischer Akzent vermischt sich mit einer bemüht irischen Aussprache. Im nächsten Moment brechen die beiden in Gelächter aus und fallen einander um den Hals.

»Anna.« Keane legt den Arm um meine Mitte. »Das ist mein guter Freund und sehr wahrscheinlich auch mein Cousin sechsten Grades väterlicherseits, Desmond Sullivan. Desmond, das ist Anna Beck, meine Spießgesellin.«

Keane vermeidet es geschickt, unserer aufkeimenden Beziehung einen Namen zu geben, und ich bin erleichtert, denn dafür ist es noch zu früh. Desmond und ich schütteln die Hände, und er führt uns zu seinem Streifenwagen.

»Ich habe erst am Nachmittag frei«, erklärt er. »Aber ich kann euch rauf in mein Haus fahren, bis ich fertig bin.«

»Es gibt nur ein kleines Problem mit unserer Hündin«, erwidert Keane. »Sie ist ein Topfhund von den Turks und Caicos. Sie hat alle notwendigen Impfungen und Papiere, aber ich glaube, wir brauchen eine Einreisegenehmigung.«

»Bringt sie an Land«, meint Desmond augenzwinkernd. »Wenn jemand fragt, gehört sie mir.«

»Du ausgefuchster Hund.«

Desmond lacht. »Muss in der Familie liegen.«

Keane und ich fahren zum Boot, um Queenie und unsere Taschen zu holen, und kehren dann an den Strand zurück, wo wir das Beiboot an Land ziehen und an einem Baum festbinden. Queenie hetzt wie verrückt über den schwarzen Sand und genießt nach den vielen Stunden auf dem Boot ihre Freiheit. Als sie endlich keuchend und zufrieden neben uns steht, legen wir sie an die Leine und machen uns auf den Weg zurück zur Straße, wo Desmond auf uns wartet.

»Heute ist der letzte Tag des Montserrat-Festivals«, erklärt er, während wir auf schmalen, hügeligen Straßen durch Wälder und Farne fahren. Alles ist unglaublich grün. »Sharon und Miles sind bei der Parade, aber wenn wir später alle zu Hause sind, feiern wir gemütlich, ja?«

»Das wäre super!«, erwidert Keane.

Desmond wohnt in einem Dorf namens Lookout. Sein

kleines mangogelbes Haus steht auf einem Hügel mit Blick auf eine Bucht, in der das Wasser genauso blau ist wie die Fensterläden.

»Lookout wurde gebaut, nachdem der untere Teil der Insel durch den Vulkanausbruch zerstört wurde«, erklärt er, während er die rote Eingangstür für uns aufschließt. »Viele Menschen haben hier ein neues Zuhause gefunden. Der Ort hat noch keine Geschichte und sucht noch immer nach seiner Identität.«

Er verlässt uns mit der Aufforderung, uns wie zu Hause zu fühlen, doch es gibt nur zwei Schlafzimmer.

»Wir können Miles unmöglich aus seinem Zimmer vertreiben«, erkläre ich. »Auch wenn Desmond darauf besteht.«

»Ich bin ganz deiner Meinung, und deshalb habe ich das Zelt eingepackt.«

»Du denkst wirklich an alles.«

Er umfängt meine Mitte mit einem Arm und zieht mich an sich. »Dann rate mal, woran ich jetzt gerade denke.«

»Dass du eine Dusche brauchst?«

Seine Hand ruht auf meinem Rücken, und sein Daumen streicht über meine Wange, während er mich sanft küsst. Und dann immer tiefer. Ich lasse meine Hände über seinen Rücken gleiten, und wir stehen in der Küche und küssen uns, bis wir atemlos auseinandertreten.

»Eine *kalte* Dusche«, meint er. »Eiskalt.«

Während Keane duscht, wasche ich die Einlage seiner Prothese. Ich habe es noch nie selbst gemacht, aber ich habe ihm schon oft genug dabei zugesehen. Seine Alltagsprothese steht neben der Badewanne, also lege ich eine saubere Einlage und den Strumpf darüber und setze mich auf den geschlossenen Toilettendeckel. »Macht dir die ganze Sache genauso viel Angst wie mir?«

»Meinst du uns?«, fragt er hinter dem geblümten Duschvorhang hervor.

»Ja.«

»Kein bisschen.«

»Ich schätze, nach Bens Tod habe ich einfach Angst davor, dass mir noch einmal der Boden unter den Füßen weggezogen wird.«

»Das ist absolut verständlich«, erwidert Keane. »Ben litt an etwas, das er nur schwer unter Kontrolle hatte. Ich war an demselben dunklen Ort, aber ich habe eine andere Entscheidung getroffen. Das bedeutet nicht, dass es nicht Tage gibt, an denen ich mich selbst und alle anderen hasse. Aber wenn schon sonst nichts, kann ich dir zumindest versprechen, dass ich vorhabe, diese Welt als alter, buckeliger Mann zu verlassen, dem die Haare büschelweise aus den Ohren stehen. Und wenn dieses Bild jetzt nicht alles vermasselt hat, dann … na ja … dann gehöre ich dir so lange, wie du mich haben willst.«

Lange Zeit dachte ich, mich in jemand anderen zu verlieben würde bedeuten, dass ich Ben nicht genug geliebt hätte. Dass das, was wir hatten, weniger wert sei. Aber ich habe nicht aufgehört, ihn zu lieben. Ich will am Ende nur nicht bereuen, dass ich Keane Sullivan habe gehen lassen. »Dann hast du mich vielleicht ziemlich lange an der Backe.«

»Ich hätte mir nie gedacht, dass ich diese Art Gespräch in einem Badezimmer auf Montserrat führen würde.« Er macht das Wasser aus, und sein Gesicht taucht hinter dem Vorhang auf. »Aber je länger ich dich an der Backe habe, desto besser.«

Ganz in der Nähe entdecken wir eine kleine Imbisshütte am Straßenrand, wo wir mit Kartoffeln gefülltes Roti mit Bratensoße essen und Carib-Bier trinken. Wir spielen, wer von uns die Farbe des nächsten Autos errät, das die Straße entlangkommt, und kehren dann langsam zu Desmonds Haus zurück, wobei wir immer wieder von Einheimischen begrüßt werden und freundlich zurückwinken.

Desmond ist schon zu Hause, als wir eintreffen, und einen Moment später tritt auch Sharon mit Einkaufstüten beladen durch die Tür. Sie ist groß, hat Naturlocken und bedankt sich, als ich ihr ein paar Tüten abnehme. Miles ist in der Grundschule, und ihm fehlt bereits einer der Schneidezähne.

»Miles.« Desmond geht neben seinem Sohn in die Hocke. »Das ist mein Freund Keane Sullivan.«

Die Augen des kleinen Jungen werden groß. »Sullivan wie ich?«

»Ja.«

»Ich kann Sullivan buchstabieren«, verkündet Miles. Er nennt die Buchstaben und hält für jeden einen Finger hoch, bis er bei acht angekommen ist. »Acht.«

»Das ist ja toll«, staunt Keane. »Ich habe gerade erst gelernt, wie man Sullivan richtig buchstabiert.«

Miles kichert. »Vielleicht bin ich ja schlauer als du.«

»Schätze schon.«

»Keane.« Sharon umarmt ihn mit einem Arm und drückt ihm einen Kuss auf die Wange. »Das wurde aber auch Zeit. Wir haben dich vermisst.«

»Ich euch auch«, sagt er. »Sharon, das ist Anna Beck, meine Begleitung.«

»Er lügt«, erkläre ich, während ich Sharon in die Küche folge. »Er ist meine.«

Während ich die Einkäufe auf der Arbeitsplatte abstelle, die ins Wohnzimmer zeigt, spricht Miles Keane auf sein Bein an, und seine junge Stimme ist kaum mehr als ein Flüstern. »Bist du wie Iron Man?«

»Ein bisschen«, antwortet Keane. »Aber nur das eine Bein.«

»Cool.«

Er scheint zufrieden, dass der Freund seines Vaters teilweise ein Superheld ist, und läuft zum Spielen aus dem Haus. Desmond und Keane setzen sich mit zwei Flaschen Guinness – »das angemessene Getränk, um gemütlich zu feiern« – auf die Terrasse, während ich Sharon beim Auspacken helfe.

»Wie lange seid ihr schon zusammen?«, fragt sie.

»Wir segeln seit etwas mehr als einem Monat miteinander«, antworte ich. »Aber zusammen sind wir seit … sechzehn Stunden.«

Sharon lacht. »Das ist aber sehr genau.«

»Es hat eine Weile gedauert, bis wir uns im Klaren waren. Eigentlich vor allem bei mir …«

»Er ist ein guter Mann.« Sie holt noch zwei Flaschen Guinness aus dem Kühlschrank, öffnet sie und gibt mir eine. »Gehen wir doch raus. Wir bekommen nachher noch Besuch von einigen anderen Festivalbesuchern, also können wir uns später um das Essen kümmern.«

Wir sitzen zu viert auf der Terrasse mit Blick auf die Margarita Bay, während Miles Purzelbäume im Gras schlägt und mit Queenie spielt. Desmond erzählt, wie er vor sieben Jahren den betrunkenen Keane beim Urinieren am Straßenrand erwischte. »Ich wollte ihn verhaften, doch als er sich als Sullivan vorstellte, habe ich ihn zum Ausnüchtern mit nach Hause genommen.«

»Wobei er verschweigt, dass er mich, sobald ich nüchtern war, zu einem Ziegeneintopf und ein paar Flaschen Guinness eingeladen hat, woraufhin wir beide sofort wieder betrunken waren.«

Sharon arbeitet als Friseurin in einem Laden in der Nachbarstadt St. John's, und als sie mich fragt, womit ich mein Geld verdiene, erwähne ich meinen Job als Piraten-Kellnerin nicht. Stattdessen erzähle ich ihr, dass wir eine Non-Profit-Organisation gründen wollen, und schäme mich ein wenig, wie privilegiert wir sind, Geld für ein High-Tech-Segelboot sammeln zu können, während Montserrat seit mehr als zwei Jahrzehnten wieder aufgebaut wird. Doch Sharon lächelt begeistert. »Das wird Keane guttun. Er braucht ein Ziel im Leben.«

Der Nachmittag geht in den Abend über, und Freunde und Familienmitglieder schauen vorbei. Unter ihnen ist auch eine junge Frau in einem leuchtend pinkfarbenen Kleid, einer funkelnden Krone auf dem Kopf und einer Schärpe mit der Aufschrift *Miss Montserrat* über der Schulter. Es ist Sharons Schwester Tanice, die direkt von dem Festival kommt.

»Du hättest nicht eigens wegen uns das Königshaus herbemühen müssen«, erklärt Keane. »Wir sind einfache Leute.«

Sharon drückt die Schultern durch und wirft sich die Haare über die Schulter. »Aber ich nicht, Mr. Sullivan. Ich bin die Schwester der Königin.«

Tanice verdreht die Augen, nimmt ihre Tiara ab, tritt die High Heels beiseite und macht sich über Desmonds CDs her, um Musik aufzulegen. Ein paar Männer grillen Hühnchen, und die Frauen gehen ins Haus, um die mitgebrachten Beilagen auszupacken. Ich wandere mit dem Guinness in der Hand zwischen den beiden Gruppen hin und her, höre zu, wie sie sich darüber beschweren, dass es so lange dauert, bis Little Bay endlich zu einer richtigen Stadt wird, und lausche Gerüchten über Leute, die ich nicht kenne.

Irgendwann schlendere ich an die Westseite des Hauses, um mir den Sonnenuntergang anzusehen, und Keane tritt hinter mich, legt die Arme über meine Schultern und sein Kinn auf meinen Scheitel.

»Wenn du den Blick auf die Oberkante der Sonne richtest, siehst du vielleicht den grünen Blitz.«

Gemeinsam gucken wir in die Sonne, und ich versuche, nicht zu blinzeln, doch in dem Augenblick, als sie tatsächlich untergeht, sehe ich nicht mehr als den farbenfrohen Himmel. »Ich habe es verpasst.«

»Dann eben beim nächsten Mal«, meint Keane und drückt mir einen Kuss auf die Wange. »Wir haben noch viele Sonnenuntergänge vor uns.«

Die echte Welt

Am nächsten Morgen setzt Sharon uns in St. Peter's ab. Wir befinden uns am Fogarty-Hill-Einstieg des Oriole Walkways, einem Wanderweg, der quer über die Insel bis zum Lawyers Mountain führt. Queenie ist bei Desmond zu Hause und spielt mit Miles, während Keane und ich durch die dichten Wälder streifen. Von den Bäumen hängen Ranken mit Blättern, so breit wie unsere Köpfe, und Farne wachsen entlang des Pfades. Keane deutet auf einen großen Leguan in den Zweigen, und wir hören die Rufe der Ochsenfrösche, auch wenn wir die früher im Überfluss vorhandenen, aber nach dem Vulkanausbruch vom Aussterben bedrohten Tiere nicht sehen können.

Der Aufstieg ist steiler, als wir erwartet haben, und am höchsten Punkt sind unsere T-Shirts schweißnass. Wir befinden uns mehr als dreihundertfünfzig Meter über dem Meeresspiegel und haben einen freien Blick in alle Richtungen. Im Norden sehe ich mein Boot als blauen Punkt in der Bucht, dahinter erheben sich die Silver Hills, die Überreste eines erloschenen Vulkans. Im Süden stehen Dampf- und Gaswolken über dem schlafenden Vulkan Soufriére Hills, und der pyroklastische Strom zieht sich durch die grüne Insel wie eine entzündete graue Narbe.

»Nachdem ich gestern die Gespräche über den unvollständigen Wiederaufbau und die unerfüllten Wahlkampfversprechen gehört habe, habe ich mich gefragt, wie die Inselbewohner es schaffen, nicht den Mut zu verlieren«, sage ich. »Aber hier oben verstehe ich, warum die Menschen nicht fortwollen. Und ich verstehe, warum du die Insel liebst.«

»Viele Leute werden von der Zerstörung angezogen«, erwidert Keane. »Aber bei mir sind die Menschen der Grund dafür, warum ich immer wieder herkomme.«

Auf dem Rückweg füllen wir unsere Taschen mit Zitronen und Guaven von den Bäumen entlang des Pfades, an dessen Ende Sharon und Miles auf uns warten. Queenie beobachtet uns durch das offene Fenster des kleinen SUVs und wedelt wie verrückt mit dem Schwanz.

»Würdest du uns vielleicht in Little Bay absetzen, damit wir nach dem Boot sehen können?«, bittet Keane. »Wir rufen für den Rückweg nach Lookout ein Taxi, damit du uns nicht abholen musst.«

Sharon lässt uns in Little Bay aussteigen, und Queenie springt ins Beiboot, bevor wir es überhaupt ins Wasser gezogen haben. Auf dem Boot überprüfen wir die Bilge und den Motor und setzen uns anschließend in den Schatten der

Plichtüberdachung. Keane nimmt seine Prothese ab, entfernt die Einlage und massiert seinen Stumpf. Er hat während der Wanderung nicht über Schmerzen geklagt, doch jetzt wirkt er, als fühlte er sich unbehaglich.

»Kann ich das für dich machen?«

»Was? Mein Bein massieren?«

»Es fühlt sich immer besser an, wenn jemand anderer es macht.«

»Stimmt.« Er fängt meinen Blick auf und hält ihn fest. »Aber du musst das nicht tun.«

»Ich will aber.«

Ich beuge mich nach vorne und nehme sein rechtes Bein in die Hände. Sein Stumpf ist wie eine topografische Karte – hervorstehende Wülste aus Narbengewebe und weiche Schluchten unverletzter Haut –, und ihn hier zu berühren ist fast schon zu intim. Doch als ich mit den Fingerspitzen sanft die Muskeln an der Hinterseite massiere, schließt er die Augen und seufzt. Ich knete mit den Daumen die Kniekehle, und er stöhnt genussvoll. »Mann, das fühlt sich herrlich an.«

Es dauert nicht lange, bis sich meine Finger an die Muster der Narben gewöhnt haben und sich der Stumpf nicht mehr fremd, sondern wie ein Teil von Keane anfühlt. Er hat die Augen immer noch geschlossen, als ich die Wölbung auf der Vorderseite seiner Shorts bemerke.

Er reißt die Augen auf.

»Verdammt! Anna, es tut mir leid, ich …« Er fährt sich mit einer Hand übers Gesicht, während er mit der anderen seinen

Schritt bedeckt. »Das hat nichts zu bedeuten, es ist nur … Nein, das ist nicht wahr. Ich will dich im Moment so sehr, dass ich es kaum aushalte.«

Es ist fast ein Jahr her, seit ich zum letzten Mal Sex hatte. Mein Körper ist schon länger bereit, aber mein Kopf zögert. Ich denke zu viel nach. Habe Angst, dass es zu früh ist.

»Ich sehne mich in einem fort nach dir«, gesteht Keane. »Ich habe mir dich mehr als einmal nackt vorgestellt, wenn ich … na ja, wenn ich mit meinen Gedanken allein war, aber …«

»Oh mein Gott.« Ich lache, und meine Wangen glühen. »Wie soll ich denn mit diesen Fantasien mithalten?«

»Komm her.« Er streckt die Hand aus, und ich lasse mich rittlings auf seinen Schoß ziehen. Durch den Stoff spüre ich, wie sich seine Erektion gegen mich presst. Seine großen Hände liegen warm auf meinem Rücken, während er mich küsst. Seine Lippen sind salzig vom Schweiß. »Ich verspreche dir, dass nichts, was ich mir vorgestellt habe, jemals besser sein wird als das Original. Du bist die Fantasie.«

»Langsam glaube ich, du bist zu gut, um wahr zu sein. Niemand ist dermaßen perfekt.«

»Falls du es noch nicht bemerkt hast, mir fehlt ein Bein. Und ich bin arbeitslos. Du könntest es bestimmt besser treffen.«

»Vermutlich.« Seine Bartstoppeln fühlen sich weich unter meinen Händen an, als ich sein Gesicht umfasse. »Aber aus irgendeinem Grund will ich dich auch.«

Unsere Lippen berühren sich, als Queenie sich zwischen uns drängt und uns daran erinnert, dass wir nicht allein sind. Ich bin ein wenig enttäuscht, aber auch erleichtert. »Die zweite Frau in deinem Leben verlangt nach Aufmerksamkeit.«

Keane krault Queenie hinter den Ohren, während er mir in die Augen sieht. »Wäre es okay, wenn wir hier auf Pause drücken?«

»Wir haben alle Zeit der Welt«, sage ich. »Vielleicht sollten wir stattdessen schwimmen gehen.«

Unsere Badesachen sind im Haus, also ziehen wir uns bis auf die Unterwäsche aus und springen vom Boot. Der Hund bellt uns hinterher.

»Queenie, spring!« Ich winke sie zu mir, und sie zappelt aufgeregt auf der Stelle und rennt bellend von einer Seite zur anderen, als könnte sie uns so dazu bringen, wieder an Bord zu kommen. Dann springt sie. Sie landet mit einem uneleganten Platschen im Wasser, doch im nächsten Moment paddelt sie auch schon zu mir und anschlicßcnd zu Kcanc.

Wir schwimmen an Land, wo Keane sich ans Wasser setzt, während Queenie und ich den leeren Strand auf und ab hetzen und mehrere Wasservögel aufschrecken, die uns daraufhin wütend beschimpfen. Als ich nicht mehr kann, bringt Queenie Keane ein Stück Treibholz, damit er es für sie ins Wasser wirft.

»Nach dieser Reise hat das Leben mit festem Boden unter den Füßen keinen Reiz mehr für mich.« Ich lasse mich neben Keane in den Sand fallen. »Ich will nicht zurück in die richtige Welt.«

Er lacht. »Das hier ist die richtige Welt, Anna.«

»Du weißt, was ich meine.«

»Ja«, sagt er. »Aber es gibt viele Leute, die ihre Alltagsjobs gegen etwas anderes eintauschen. Wenn du weitersegeln willst, wirst du eine Möglichkeit finden. Oder du kehrst nach Florida zurück und wohnst auf dem Boot. Was auch immer das Richtige für dich ist.«

»Was ist mit dir?«

»Wo auch immer es dich hin verschlägt, ich werde mit dir gehen.«

»Und die Götter des Windes?«

Er wirft den Stock. »Die sollen sich ins Knie ficken.«

Ich lege mich lächelnd mit dem Rücken in den Sand und erlaube mir die Vorstellung, dass Keane und ich gemeinsam auf der Alberg leben. »Das Boot ist ziemlich klein für zwei Leute und einen Hund.«

»Für den Anfang reicht es.«

Wir kehren aufs Boot zurück, versperren alles und rufen ein Taxi. Meine Unterwäsche ist noch feucht und mein Gesicht von der Sonne gerötet, als wir vor Desmonds Haus aussteigen und Keane den Fahrer bezahlt. Sharon ist im Vorgarten und schneidet ihren kleinen gelben Frangipani-Baum, und Queenie läuft direkt zu Miles, der im Garten Fußball spielt. Auch wenn mir die Außendusche auf Jost Van Dyke gefallen hat, schenken mir Miles' Spielzeuge in den Ecken der Badewanne ein Gefühl von Geborgenheit, während ich mir den Sand und das Salz vom Körper wasche.

Nachdem Desmond von der Arbeit nach Hause gekommen ist, fährt er mit uns zum Sperrgebiet im Süden der Insel. Während der Fahrt erklärt er, dass die Zone V – das Gebiet um den Vulkan, wo der größte Schaden entstand – nur von den Wissenschaftlern des Montserrat Volcano Observatory und Behördenvertretern betreten werden darf. Die etwas weiter entfernten Gebiete sind untertags auch für geführte Gruppen, Inselbesucher und Farmer geöffnet, deren Tiere noch immer in dem Sperrgebiet unterwegs sind.

Wir werden durch den Polizei-Checkpoint gewunken und fahren durch das mit Asche gefüllte Bett des Belham Rivers. Kurz darauf sehen wir die ersten verlassenen Häuser. Einige wirken noch bewohnt, bei anderen sind die Fensterscheiben zerborsten, und Unkraut wuchert durch die leeren Rahmen ins Innere.

Näher am Vulkan kommen wir an einem Haus vorbei, das von Schlamm und Asche begraben wurde und von dem nur noch das obere Stockwerk zu sehen ist. Wir fahren an einem Golfplatz entlang, den das Lavagestein und die Asche beinahe unkenntlich gemacht haben.

»Das Haus meiner Eltern in Plymouth wurde komplett zerstört«, erzählt Sharon. »Es ist schon unter normalen Umständen schwer, aus dem Elternhaus auszuziehen, doch noch schlimmer ist es, wenn es plötzlich nicht mehr existiert. Manchmal macht es mich traurig, dass ich Miles nicht zeigen kann, wo ich als kleines Mädchen gelebt habe, und dass er nie eine Großmutter und einen Großvater kennenlernen wird, die nicht in St. John's wohnen. Aber es ist nicht gut, der Vergangenheit zu sehr hinterherzutrauern.«

Plymouth ist eine Geisterstadt, die unter einem Fluss aus Gestein begraben liegt, und in den Nachbarstädten Richmond Hill und Kinsale erinnern mich die zerstörten Häuser an Muschelschalen am Strand. Über allem hängt eine dunkle, schwefelhaltige Aschewolke.

»Der Vulkan war in letzter Zeit ruhig«, erklärt Desmond. »Doch es gibt jeden Tag seismische Aktivitäten und kaum merkliche Erdbeben, die die Wissenschaftler daran erinnern, dass die Insel lebendig ist.«

Plymouth ist zwar kein übergroßer Sarg, aber die Stimmung auf der Rückfahrt ist trotzdem ernst. Miles unterhält sich leise mit Queenie, als ob sie ihn verstehen könnte. Es gibt nichts Bedeutungsvolles, das Keane und ich über den Vulkanausbruch sagen könnten und das nicht ohnehin schon gesagt wurde. Als wir beim Haus ankommen, ist das Abendessen – mit Curry gewürztes Ziegenfleisch und Kartoffeln aus Sharons Tontopf – fertig. Das Guinness, das von der Party gestern Abend übrig geblieben ist, löst unsere Zungen, und Desmond fragt, wie Keane und ich uns kennengelernt haben.

Wir erzählen die ganze Geschichte, und Keane kommt auf die Chemineau und – zu meinem Entsetzen – auf Sara zu sprechen. Ich kann mir nicht vorstellen, dass er so unsensibel ist, in meiner Anwesenheit über den Sex mit ihr zu reden, andererseits ist er uneingeschränkt ehrlich.

»Der Abend zählt zu den schlimmsten meines Lebens«, erklärt er. »Ich konnte nicht meinen Mann stehen, weil ich total verknallt in Anna war, und zu allem Überfluss habe ich Sara dann auch noch *Anna* genannt. Sie warf mich wenig überraschend hinaus, und wir haben folgerichtig nicht miteinander geschlafen.«

»Das überrascht mich jetzt aber«, erkläre ich. »Als du am nächsten Tag zur Beichte bist …«

»Ich war nicht beichten.«

»Lügner.«

»Ich habe den Dekan nur um seine professionelle Meinung gebeten, ob das, was mit Sara passiert ist – oder eben *nicht* passiert ist –, als Sünde gilt«, erwidert er. »Er erklärte mir, dass mein Urteilsvermögen vermutlich nicht das allerbeste war, doch er erteilte mir sicherheitshalber und inoffiziell die Absolution, und mehr war da nicht.«

Sharon versteckt ihr Grinsen hinter vorgehaltener Hand, doch Desmond lacht so laut und herzhaft, dass ihm Tränen in die Augen steigen.

»Die ganze Sache hätte vermieden werden können, wenn ich Anna damals schon gesagt hätte, was ich empfinde«, fährt Keane fort. »Aber nachdem wir uns erst eine Woche kannten, hätte sie mich wohl für verrückt erklärt.«

»Und was soll daran jetzt anders sein?«, frage ich.

Er zwinkert mir zu. »Jetzt hast du mich an der Backe.«

Der Rest der Geschichte geht in Gelächter unter, und Sharon erzählt, dass sie etwa in meinem Alter war, als sie Desmond auf dem Montserrat-Festival kennengelernt hat, wo er bei einem Wettsingen mitmachte.

»Er war ein schrecklicher Sänger«, meint sie. »Aber so süß, dass ich es nicht übers Herz gebracht habe, es ihm zu sagen.«

»Das ist der Sullivan-Charme«, erklärt Desmond. »Wenn man ihm einmal erlegen ist, kommt man nie mehr davon los.«

Echte Zuneigung

Am Sonntag kommt langsam das Gefühl auf, dass es Zeit wird weiterzuziehen. Desmond fährt uns in den Taucherladen in Little Bay, wo Keane sich eine Ausrüstung leiht, um den ganzen Vormittag Seepocken vom Rumpf des Bootes zu schaben. Ich putze die Kabine, sende Neujahrswünsche nach Hause und erzähle Mom und Carla von Montserrat. Meine Beziehung mit Keane erwähne ich nicht, dafür bin ich noch nicht bereit. Es ist zu frisch, und ich will das Geheimnis noch ein wenig länger bewahren. Wir sehen gemeinsam unsere Vorräte durch, doch nachdem wir die meiste Zeit bei den Sullivans oder auf der Insel gegessen haben, kaufen wir nur einen Zwölfer-Träger Cola und etwas frisches Obst.

»Wir sollten bald weitersegeln.« Wir bringen gerade die Tauchausrüstung zurück, als Keane in Worte fasst, was ich mir auch schon gedacht habe. »Desmond und Sharon lassen uns so lange bleiben, wie wir wollen, aber ich will ihre Gastfreundschaft nicht überstrapazieren.«

»Wohin geht es als Nächstes?«

»Guadeloupe, Dominica und Martinique sind jeweils einen Tag entfernt, und das Wetter ist auf unserer Seite«, antwortet er. »Wir können eine der Inseln oder alle nacheinander besuchen. Es liegt an dir.«

Bens Route spielt keine Rolle mehr. Wir sind an Inseln vorbeigesegelt, die er besuchen wollte, und waren an Orten, die er nicht eingeplant hatte. Ich bereue nur, dass ich mich nicht intensiver in die Recherchen eingebracht habe, sonst wüsste ich jetzt mehr darüber, was die einzelnen Inseln zu bieten haben.

»Wie würdest du es machen?«, frage ich Keane.

»Martinique ist mein zweitliebster Ort in der Karibik«, antwortet er. »Ich würde jeweils für eine Nacht vor Guadeloupe und Dominica ankern und in Martinique an Land gehen.«

»Dann machen wir es so.«

Wir fahren mit dem Taxi zum Haus, packen unsere Sachen, verabschieden uns von Sharon und Miles und versprechen, bald wiederzukommen. Miles drückt Queenie so lange an sich, bis sie sich aus seiner Umarmung windet. Zurück im Hafen beladen wir gerade unser Beiboot, als Desmonds Streifenwagen neben uns hält. Ich erwarte ein weiteres irisches Spielchen mit Keane, doch er meint bloß: »Ich wünschte, ihr könntet länger bleiben.«

»Das könnten wir«, erwidert Keane. »Aber Miles muss wieder zur Schule und Sharon zur Arbeit, und wir wollen nicht zur Belastung werden. Da ist es besser, wir erinnern uns in aller Freundschaft aneinander.«

»Das würde voraussetzen, dass du mein Freund bist.«

»Leck mich am Arsch, Sullivan.«

Desmond grinst und zieht Keane in eine Umarmung. »Mach's gut, Kumpel. Komm bald wieder. Und Anna …« Jetzt bin ich mit Umarmen an der Reihe. »Auch du bist bei uns immer herzlich willkommen.«

Er sieht zu, wie wir den Anker lichten und mit Motorkraft davonfahren. Ich winke zum Abschied, bis er vor meinen Augen verschwimmt.

Wir segeln von Montserrat nach Guadeloupe und ankern im Hafen von Deshaies. Essen. Schlafen. Und am nächsten Morgen weiter nach Dominica, wo wir die Nacht in der Prince Rupert Bay verbringen. Essen. Schlafen. Segeln. Auf dem Weg nach Martinique versuche ich mich als Fischerin und fange einen kleinen Schwarzflossen-Thun, den wir zum Mittagessen braten und mit Guaven-Salsa genießen. Wie Keane vorhergesagt hat, weht der Wind zu unseren Gunsten, und der einzige Unterschied zu den vorangegangenen Fahrten ist, dass wir weniger über Scrabble streiten und mehr Zeit mit Küssen verbringen. Wir haben zusammen in meiner Koje geschlafen, aber nicht miteinander. Am Anfang wusste ich Keanes Zurückhaltung zu schätzen, denn ich musste mich erst an den Gedanken gewöhnen, mit jemand anderem als Ben eine intime Beziehung einzugehen. Aber … wir haben lange genug gewartet.

Der Hafen auf Martinique sieht aus wie eine Realität gewordene Postkarte. Der türkisfarbene Ozean, der weiße Strand, die roten Dächer der Häuser und die grünen Hügel, die die Bucht umgeben, als wollten sie sie sanft umarmen. Der Holzsteg, der an Land führt, scheint mitten durch die offene Eingangstür in die Dorfkirche zu führen.

»Willkommen in Les Anses d'Arlet«, lächelt Keane. »Der schönste Ort der Welt.«

»Moment mal. Ich dachte, Montserrat wäre deine Lieblingsinsel.«

»Als Ganzes gesehen ja«, erwidert er. »Aber ich könnte mir gut vorstellen, den Rest meines Lebens in diesem Dorf hier zu verbringen.«

»Also, meine Erwartungen sind gerade gestiegen.«

Ich fahre mit dem Beiboot an Land und benutze den Computer in einem Restaurant, um die Zollangelegenheiten zu erledigen. Danach miete ich uns ein Häuschen auf einem Hügel über dem Strand.

Zurück auf dem Boot trage ich Keane auf, seine Tasche für die Nacht zu packen. »Ich habe eine Überraschung für dich.«

»Ist sie so gut wie puerto-ricanischer Baseball?«, fragt er.

»Besser.«

Fünfzehn Minuten und einen steilen Anstieg später stehen wir in einer kleinen Holzhütte mit einer Outdoor-Küche und Blick auf den Hafen. Die gestreifte Hängematte auf der Veranda ist groß genug für zwei, doch der Mittelpunkt des Zimmers ist das breite Bett mit den frischen weißen Laken und einem Moskitonetz über dem Kopfteil.

Keane sieht sich um und nickt. »Das ist auf alle Fälle besser als Baseball.«

Ich lache und schließe Queenie mit einer Schüssel Wasser, Futter und ihrem Lieblingsball im Badezimmer ein. »Genau. Ich dachte, wir könnten an den Strand oder durch die Wälder wandern, oder wir …«

Er bringt mich mit sanften Küssen zum Schweigen, und eine Hand gleitet in mein Haar, während er die andere auf meinen unteren Rücken legt und mich enger an sich drückt. Die sanften Küsse werden leidenschaftlicher, dringlicher, und ich packe die Hinterseite seines T-Shirts mit den Fäusten. Mein Herz pocht wie verrückt. Vielleicht schiebe ich ihn zurück, vielleicht zieht er mich mit sich, auf jeden Fall stehen wir plötzlich direkt vor dem Bett. Er setzt sich und bugsiert mich auf seinen Schoß. Berührt sanft meine Wange.

»Bist du bereit, Anna?«

»Ja«, flüstere ich und lasse die Lippen über die Innenseite seines Handgelenks gleiten. »Ja.«

Er öffnet die Knöpfe an meinem Oberteil. Keane hat mich im Bikini gesehen und neulich in meinem nassen, rosa gepunkteten BH, doch heute fühle ich mich entblößt. Der Kleber, der mein gebrochenes Herz zusammenhält, ist eben erst getrocknet, und ich habe ihm gerade einen Hammer in die Hand gelegt. Doch als Keane die Haut direkt über meinem Herzen küsst, fühle ich mich sicher und geborgen.

Mein Oberteil landet auf dem Boden, während er meine Schulter liebkost. Ich ziehe ihm das T-Shirt über den Kopf und werfe es daneben. Küsse den Mundwinkel, der immer als Erster nach oben wandert, wenn er grinst. Dann stehe ich auf und schlüpfe aus meinen Shorts, und Keane sieht mir zu, wie ich meinen BH öffne und aus der Unterhose steige. Ich habe Angst, dass meine Brüste zu klein sind und meine Schambehaarung zu üppig ist, doch als er scharf einatmet und beim Ausatmen meinen Namen haucht, bin ich beruhigt. Das Verlangen pocht zwischen meinen Schenkeln.

Mein Mut erwacht von Neuem, und ich setze mich wieder auf ihn und lasse mich mitziehen, als er sich aufs Bett zurückfallen lässt. Zuerst unter mir, dann über mir. Die Laken drücken sich kalt an meinen Rücken, doch sein Mund hinterlässt ein Gefühl der Wärme, während er an meinem Körper nach unten wandert. Unsicherheit steigt in mir hoch, als ich seine Lippen auf der Innenseite meiner Oberschenkel spüre, doch sie wird von den Glücksgefühlen davongeschwemmt, die seine Zunge in mir entfacht.

Meine Beine zittern immer noch, als er seine Prothese abnimmt, aus seinen Shorts schlüpft und ein Kondom überzieht. Er gleitet über mich und in mich hinein.

»Oh mein Gott«, stöhne ich mit den Lippen an seiner Schulter. »Du kannst dir nicht vorstellen, wie gut sich das anfühlt.«

Keane verdreht die Augen und bewegt seine Hüften, sodass ich nach Luft schnappe. »Nein, absolut nicht.«

Zuerst lachen wir und finden keinen Rhythmus, denn immerhin haben sich unsere beiden Körper noch nie im Einklang bewegt. Doch sobald wir eins sind, verschwindet die Welt um uns herum. Als es vorbei ist und wir schwitzend und schwer atmend nebeneinanderliegen, höre ich in einem fort dieselben drei Worte in meinem Kopf.

Ich liebe dich. Ich liebe dich. Ich liebe dich.

Ich habe Angst, sie auszusprechen, doch als ich sie schweigend auf seine Lippen übertrage, habe ich das Gefühl, als kämen sie direkt zurück.

»Mann, Anna, das war …« Er stößt die Luft aus und presst die Lippen auf meine Stirn. So sehr ich das Gefühl seines Mundes auf meinem mag: Küsse auf die Stirn sind für die Sullivans ein Zeichen echter Zuneigung, und deshalb mag ich sie am liebsten.

»Ganz genau.«

Er lacht, rollt sich von mir herunter und hebt den Arm, damit ich mich an ihn schmiegen kann. »Ich schätze, jetzt hast du mich für immer verdorben.«

»Und es tut mir nicht ansatzweise leid.«

Wir liegen nebeneinander, während die Sonne ein Viereck auf den Boden malt und die Vögel vor der Hütte krächzen. Ein winziger grüner Gecko läuft die Wand neben dem Bett hinauf und hält inne, um uns anzustarren. Ich konzentriere mich auf diese Dinge. Auf Queenies kurzes, eindringliches Bellen, das nach Freiheit verlangt. Auf Keanes ruhigen Herzschlag. Auf alles, was mich von den Schuldgefühlen ablenkt, dass ich für diesen Mann womöglich mehr empfinde, als ich je zuvor empfunden habe.

Es gibt viele Dinge, die man auf Martinique unternehmen kann, doch in den ersten drei Tagen verlassen wir das Bett nur, um mit Queenie spazieren zu gehen oder in der Outdoor-Küche zu essen. Ich schneide Keanes Haare mit einer Schere, die ich in einer Schublade gefunden habe, und er zeigt mir, wie er seine Prothese sauber hält und anlegt. Wir lernen jeden Zentimeter unserer Körper kennen und erkunden, von welchen Stellen wir uns fernhalten und an welchen wir verweilen sollen. Wir schlafen. Machen Liebe. Reden. Ficken. Lachen. Es ist wie ein Crash-Kurs im Zusammensein – auch wenn wir schon von Beginn an voneinander gelernt haben –, und als wir auf die Alberg zurückkehren, nehmen wir alle neuen Erkenntnisse mit.

Die Kabine riecht nach den Orangen, die in einem Netz über der Küchenzeile hängen, und ich lächle, als mein Blick auf meine Baseballkappe aus Puerto Rico fällt. Das Blau verblasst bereits, und sie hat sich meiner Kopfform angepasst. Die Seesterne vom Pig Beach stehen in einer Reihe auf dem Sims der Koje, und das Foto von Keane und mir im Patchwork-Haus hängt neben dem Foto von Ben und mir. Ein neues Haus, das sich neben dem alten erhebt.

»Ich habe die Hängematte montiert«, sagt Keane, der in die Kabine tritt, während ich gerade das Bett mache. Er schlingt von hinten die Arme um meine Hüften. »Aber die Vorstellung, nackt mit dir unter dieser Decke zu liegen, übertrifft alles.«

Meine Wangen beginnen zu glühen, obwohl wir die letzten Tage die meiste Zeit nackt verbracht haben, und er lacht leise.

»Ich habe ein Geschenk für dich.« Er wühlt in seinem Seesack. »Ich habe es in San Juan gekauft, aber dann hast du mir Bens Becher geschenkt, und ich hatte Angst, dass es zu viel ist. Oder zu wenig. Aber jetzt … hier, bitte.«

Er streckt mir ein handtellergroßes, in Weihnachtspapier gewickeltes Päckchen entgegen und massiert sich den Scheitel, während ich das Papier aufreiße. Er ist nervös. Also bin ich es auch.

Mein Blick fällt auf ein Paar Ohrringe. Unpolierte Steine in einer Fassung aus Sterling-Silber.

»Das sind Rohdiamanten«, erklärt er. »Konfliktfrei. Ich habe sie in einem Schaufenster in der Altstadt gesehen, und sie waren einfach … wie du.«

»Sie sind wunderschön.«

»Sage ich ja.«

Ich lache und küsse ihn. »Kannst du zur Abwechslung mal weniger gelassen sein?«

»Ich liebe dich«, platzt er heraus. »Ich weiß, ich sollte das wohl besser noch einige Zeit für mich behalten, aber es ist die Wahrheit, und ich bin im Moment alles andere als ruhig und gelassen.«

»Ich … ich weiß nicht, was ich darauf sagen soll.«

»Das ist nicht ganz das, worauf ich gehofft habe, aber …«

»Nein, ich meine … ich habe Angst. Ich bin bereit, dich zu lieben, aber andererseits auch wieder nicht. Ich denke ab und zu immer noch an Ben und habe keine Ahnung, wie ich es abstellen kann. Und vielleicht fällt uns das alles irgendwann auf den Kopf, aber … ich will es versuchen.« Ich senke den Blick. »Das war die unromantischste Erklärung aller Zeiten.«

Keane nickt. »Ich würde es nicht gerade auf eine Grußkarte drucken.«

»Ich liebe dich auch.« Die Worte sprudeln mit dem nächsten Atemzug aus mir heraus, und mein Mund verzieht sich zu einem Lächeln. Ich wollte es nicht laut aussprechen, aber jetzt ist es draußen. »Du sollst nicht bloß ein Trostpflaster sein, Keane Sullivan. Ich will, dass du der Richtige bist.«

Er nimmt sanft mein Gesicht in beide Hände und küsst mich. »Worauf du dich verlassen kannst.«

Am nächsten Morgen fahren wir mit dem Bus los und müssen einige Male umsteigen, bis wir in Fort-de-France angekommen sind, wo wir ein Auto mieten. Auf dem Weg zurück in den Süden sagt Keane mir nicht, wohin wir unterwegs sind. Er meint bloß, er will, dass ich mir etwas ansehe. In der Nähe von Le Diamant führt er mich zum höchsten Punkt einer Klippe, wo zwanzig Betonstatuen zu einem Dreieck angeordnet sind.

»Nachdem die Sklaverei auf den Inseln verboten worden war«, erzählt er, »kam 1830 ein Handelsschiff mit einer illegalen Ladung Sklaven nach Martinique. Der Anker wurde nicht richtig gesetzt, und das Schiff krachte gegen den Diamond Rock.« Er deutet auf einen einsamen Felsen mitten im Meer. »Alle Sklaven, die im Lagerraum aneinandergefesselt und angekettet waren, ertranken.«

Die Statuen ziehen geschlagen die Schultern hoch, ihre

Stirnen sind von Sorgenfalten durchzogen, und ihre Mundwinkel zeigen nach unten. Sie stehen auf einem grasbewachsenen Fleck über dem endlosen blauen Meer, erstarrt in ihrer Trauer und ihrem unendlichen Leid. Mir steigen Tränen in die Augen.

»Das Dreieck symbolisiert die Handelsroute von Westafrika in die Karibik und zu den amerikanischen Kolonien«, erklärt Keane. »Und die Statuen zeigen in einem Hundertzehn-Grad-Winkel zum Golf von Guinea. In Richtung Heimat.«

Jetzt kann ich die Tränen nicht länger zurückhalten.

»Wir bauen Denkmäler, um die Erinnerung an die Menschen zu ehren, die wir verloren haben. Und um die tragische Zeit im Gedächtnis zu behalten, als Menschen andere Menschen als Eigentum betrachteten«, fährt er fort. »Ich habe darüber nachgedacht, dass du gesagt hast, du wüsstest nicht, wie du aufhören kannst, an Ben zu denken und … na ja, das würde ich nie von dir verlangen. Du hast ihm bereits ein Denkmal in deinem Herzen errichtet, aber wenn dort noch ein kleiner Platz frei ist …«

Mein Gesicht ist tränennass, und meine Lippen sind salzig, als ich ihn küsse und flüstere: »Da ist noch so viel Platz für dich.«

Zurück in Les Anses d'Arlet verbringen wir den Nachmittag an einem Plastiktisch unter einem Partyzelt, trinken Lorraines und hören Reggae. Die Einheimischen sprechen kein Englisch, und Keanes Versuche, sich mit seinem Schulfranzösisch verständlich zu machen, sorgen für Gelächter, aber wir schlagen uns durch. Queenie erlaubt einigen Kindern, sie im Sand einzubuddeln, und als sie fertig sind, steht sie auf, schüttelt sich und verteilt den Sand überall. Die Kinder lachen und kreischen.

»Das Boot braucht einen Namen«, erkläre ich, als wir am Abend zurück auf der Alberg sind. »Wie wäre es mit … Braveheart?«

Keane zieht die Nase kraus. »Wie bei William Wallace? ›Aber niemals nehmen sie uns unsere Freiheit‹? Das ist ein bisschen … schottisch. Doch es ist natürlich dein Boot. Ich würde dir niemals sagen, was du tun sollst.«

»Klar, das hast du ja noch nie getan.«

Er lacht. »Was auch immer du aussuchst, es wird perfekt passen.«

»Solange es nicht Braveheart ist?«

»Ganz genau.«

Ich setze mich rittlings auf ihn und küsse ihn. »So dringend ist es nun auch wieder nicht.«

»Nein.« Dieses Mal klingt sein Lachen sexy und verrucht, und seine Lippen berühren meinen Hals, als er meint: »Ganz und gar nicht.«

Es ankern noch weitere Boote im Hafen, doch die Baum-Persenning ist niedrig genug, sodass wir uns nicht damit aufhalten, in die Kabine zu gehen. Keane streift sich ein Kondom über, und ich schlüpfe aus meinem Bikinihöschen. Kein Vorspiel. Keine sanften Worte. Nur Verlangen, schnell, hart, keuchend. Und als es vorbei ist, überhäufe ich sein Gesicht mit sanften Küssen und flüstere vor jedem Kuss, dass ich ihn liebe.

Jetzt ist mir klar, was der Unterschied zwischen Keane und Ben ist. Keane gehört mir auf eine Art, auf die Ben mir nie gehört hat. Ben hat mich geliebt, doch er hatte immer eine Exit-Strategie in petto. Keane gehört mir, solange ich ihn an meiner Seite haben will. Und das spüre ich in allem, was er sagt, und in allem, was er tut.

Winzige Risse

Die Zeit auf Martinique scheint endlos, während wir unsere Tage damit verbringen, jeden Winkel der Insel zu erkunden.

Wir schnappen das Zelt und machen uns auf den Weg zur Presqu'île de la Caravelle, einer Halbinsel im Osten mit einer naturbelassenen Küste und einer Vielzahl an Surfer-Stränden. Dort suchen wir nach der Taucherhütte, wo Keane Felix und Agda kennengelernt hat, doch da ist nur noch eine verlassene, in sich zusammengefallene Baracke, die die Natur zurückerobert hat und unter deren Dachbalken Vögel nisten. Wir übernachten am Strand und verbringen den nächsten Tag damit, Surfen zu lernen – wobei Keane seine Kenntnisse lediglich wieder ausgraben muss.

Ein anderes Mal fahren wir nach Saint-Pierre, einer Stadt, die 1902 während des Ausbruchs des Mount Pelée völlig zerstört wurde. Ein Teil der Ruinen kann noch besichtigt werden, darunter auch die Grundmauern einiger Häuser, die der Lavastrom mit sich riss. Das heutige Saint-Pierre ist sehr viel kleiner als die damalige Stadt und scheint sich nie mehr ganz erholt zu haben. Viele Gebäude sind mit Brettern verschlagen, und die katholische Kirche steht leer. Der Ort erinnert mich an Montserrat. Daran, wie belanglos meine Probleme im Vergleich dazu sind. Ich bin eine Besucherin, die dieses Paradies genießt und von seinen Schrecken nichts mitbekommt.

Am zwölften Tag auf der Insel reden wir zum ersten Mal darüber, sie wieder zu verlassen.

»Wir müssen nicht fort«, meint Keane beim Frühstück in der Plicht. »Wir können die Taucherhütte besetzen, sie reparieren, Hühner und Ziegen halten und unser eigenes Gemüse anbauen.«

Ich schmiere Guaven-Konfitüre auf mein Baguette. »Okay.«

»Du bist leichter zu überzeugen, als ich dachte.«

»Ich liebe Martinique«, erkläre ich. »Und zwar nicht nur wegen dem Sex.«

»Nein, aber dadurch wird mir die Insel für immer in bester Erinnerung bleiben.«

Mit Keane zusammen zu sein ist mühelos. Es gibt kein Rätselraten, in welcher Stimmung er ist, und ich mag, wie er sein Herz auf der Zunge trägt. Ich lächle und sage ihm, dass er den Mund halten soll, auch wenn ich jedes einzelne seiner Worte liebe. Er macht das Radio an, und wir hören den Wetterbericht aus St. Lucia.

»Wir hätten gerade ein Fenster«, erklärt Keane. »Danach kommt eine Front, und wir müssten noch zwei oder drei Tage länger bleiben.«

»Ich will für immer in dieser Bucht ankern.«

»Was ist mit Trinidad?«

An irgendeinem Punkt ist Trinidad von meinem Radar verschwunden, und ich hätte es beinahe vergessen. Bens Route ist nicht mehr so wichtig, trotzdem muss ich diese Reise zu Ende bringen. Ich brauche einen Abschluss. Die einzige Möglichkeit, uns von dem Bann der Insel zu befreien, ist, sie zu verlassen. Ich seufze. »Okay, dann segeln wir morgen früh los.«

Wir verbringen den Nachmittag mit einem ausgiebigen Nickerchen in der Hängematte. Zum Abendessen kaufen wir uns einen fetten Hummer von einem der Fischer im Ort, und nachdem das Geschirr gespült ist, spiele ich mit Queenie an Deck, während Keane seine E-Mails checkt.

»Anna.« Er klingt ernst, doch seine Augen leuchten. »Mir wurde ein Platz an Bord einer Zwanzig-Meter-Yacht für die Dauer der Barbados Sailing Week angeboten. Mit der Aussicht auf eine feste Stelle im Team!«

Seine Mundwinkel zucken, und offensichtlich würde er gerne losgrinsen. Queenie lässt den Ball in meinen Schoß fallen, während ich überlege, wie ich reagieren soll, damit er nichts von den winzigen Rissen in meinem Herzen mitbekommt. Keane und ich habe so oft darüber gesprochen, etwas Neues zu wagen, das uns gemeinsam gehört, doch das ist sein Traum. Er versucht, es nicht zu zeigen, aber er will diesen Job.

»Das ist toll.«

»Du hörst dich nicht wirklich glücklich an.«

»Ich *bin* glücklich.« Außer, dass sich meine Brust zusammenzieht, wenn ich mir vorstelle, dass er mich verlässt. »Das ist vielleicht der Wendepunkt, auf den du gehofft hast.«

Er nickt. »Der Besitzer will, dass ich einen Kurzstreckenabschnitt mitsegle und anschließend die Distanzstrecke von Barbados nach Antigua.«

Seine Begeisterung ist so überbordend, dass er sie nicht für sich behalten kann, und als er lächelt, frage ich mich, ob dieses Lächeln das Letzte war, was seine Ex-Freundinnen von ihm zu sehen bekamen, bevor die Götter des Windes ihn mit sich nahmen.

Ich blinzle die Tränen zurück. Es war dämlich, davon auszugehen, dass er mir gehört.

Sein Lächeln verblasst. »Du weinst.«

»Ja, weil ich egoistisch bin.« Ich reibe mir mit dem Handballen über die Augen. »Ich dachte, wir würden uns gemeinsam etwas aufbauen. Ich habe gehofft, dass ich genug wäre, damit du bei mir bleibst.«

»Das bist du, aber …«

»Das Schlimmste ist, dass du es mir nicht erklären musst. Ich verstehe es.«

»Komm doch mit«, schlägt er vor. »Wir segeln gemeinsam nach Barbados, und du kannst die Insel erkunden, während ich die Regatta fahre.«

»Und was mache ich, nachdem du nach Antigua aufgebrochen bist? Oder wenn ein anderer Besitzer dich für eine

Fahrt nach Key West, Tasmanien oder Dubai anheuern will? Barbados stand nicht auf Bens Route, und ich will da auch nicht hin.«

»Das muss nicht das Ende sein«, meint Keane. »Ich komme zurück.«

»Wann?«

»Ich … ich weiß es nicht.«

»Ich will nicht dein Ausweichplan sein«, erkläre ich. »Ich muss an einem Strand auf Trinidad einen Siegestanz tanzen, und obwohl ich dich mehr liebe, als ich es mir jemals hätte vorstellen können, schaffe ich das auch ohne dich.«

»Was willst du damit sagen?«

»Dass wir beide eine Aufgabe zu erfüllen haben. Wenn wir zusammengehören, werden wir den Weg zurück zueinander finden.«

Als er mich küsst, versinke ich in ihm, denn ihn zu küssen ist so natürlich geworden wie das Atmen. Und als er in mir ist, fleht mein Körper ihn an, bei mir zu bleiben, auch wenn ich es niemals laut aussprechen würde. Später, als er eingeschlafen ist, steige ich an Deck und sitze allein in der Dunkelheit. Sein Geruch haftet an mir, und ich spüre seine Finger in meinen Haaren, während ich mich in den Schlaf weine.

Wir tun so, als wäre alles in Ordnung, als wir den Steg entlang auf die offene Kirchentür von Saint-Henri zugehen, um die sonntägliche Messe zu besuchen. Ich will, dass Keane glücklich ist, und das versichere ich ihm. Ich will nicht, dass er es später bereut, es nicht versucht zu haben. Ich versichere ihm auch, dass wir nie weiter als einen Anruf oder eine E-Mail voneinander entfernt sein werden. Doch das alles ist eine Lüge, denn im Grunde will ich, dass er seine Meinung ändert. Ich knie neben ihm und höre ihm zu, wie er Gebete auswendig mitspricht, während ich selbst für ein Wunder bete.

Immer und immer wieder muss ich mich davon abhalten, ihn zu bitten, bei mir zu bleiben. Es wäre egoistisch. Er ist egoistisch. Ich bin egoistisch. Bis zu dem Punkt, an dem wir einander aus unserem Leben ausschließen. Wir sind beide bloß Menschen, die sich an den dunklen Wänden des Lebens entlangtasten und hoffen, einen Lichtschalter zu finden. Die hoffen, nicht alles zu zerstören.

Schließlich wird es Zeit für ihn, in den Mietwagen zu steigen und zum Flughafen zu fahren. Wir stehen auf dem Steg, und er küsst mich eine Million Mal, bis er sich keine Minute länger Zeit lassen darf, wenn er seinen Flug noch erwischen will.

»Ich liebe dich, Anna.« Er drückt mir einen Kuss auf die Stirn, und es wäre beinahe um mich geschehen. »Ich hoffe, das weißt du.«

»Ja. Ich liebe dich auch.«

Ich sehe ihm nicht hinterher. Stattdessen gehe ich den Steg entlang und fahre mit dem Beiboot zur Alberg, ohne ein einziges Mal zurückzublicken. In gewisser Weise bin ich wieder dort, wo ich begonnen habe. Allein und traurig. Doch ich habe mich verändert. Ich bin stärker. Furchtloser. Vielleicht werden Keane und ich eines Tages wieder zusammenfinden, aber ich werde trotz seiner Abwesenheit weiter funktionieren. Und wenn das alles ist, was von unserer Beziehung übrig bleibt, dann ist es genug.

Piratenköniginnen

Als ich am nächsten Morgen an Deck komme, habe ich zwei neue Nachbarn – einen riesigen Katamaran und ein Fünfzehn-Meter-Charter-Segelboot. Ich lege mich mit einem Guaven-Toast und meinem Laptop in die Hängematte. Unter meinen E-Mails befindet sich eine Nachricht von meiner Mutter, die sich darüber beschwert, dass Rachel und ihr neuer Freund bereits vom Zusammenziehen reden.

Es ist zu früh, schreibt sie. *Aber Rachel war noch nie sonderlich schlau, wenn es um Männer ging.*

Ich lache. Vielleicht sind wir diesbezüglich alle nicht sonderlich schlau. Obwohl das nicht stimmt. Unser Timing war zwar nicht perfekt, aber Keane war nicht der falsche Mann.

Meine Mutter braucht nicht noch mehr Sorgen, also schreibe ich ihr nicht, dass ich wieder allein unterwegs bin. Stattdessen erzähle ich ihr von Martinique, dem Sklavendenkmal, dem Ausbruch des Mount Pelée, dem Surfen und dem Campen am Strand. Zum Abschluss mache ich ein Foto von Queenie und mir mit Les Anses d'Arlet im Hintergrund, damit sie sieht, dass es mir gut geht.

Auch Carla erfährt nicht, was wirklich los ist, damit sie kein Mitleid mit mir haben muss. Ich schreibe bloß, dass Keane ein Jobangebot erhalten hat, dass ich Martinique schon bald verlassen werde und dass ich etwa eine Woche bis nach Trinidad brauche. Die Ziellinie ist zum Greifen nah. Ich bin rund eintausenddreihundert Seemeilen weit gekommen.

Queenie und ich fahren in der Abenddämmerung los. Es weht eine steife Brise, und die Überfahrt ist länger als von Miami nach Bimini, doch ich bin souveräner als damals, und der Autopilot wird mir ein wenig Erleichterung verschaffen.

Es ist ziemlich langweilig ohne Keane. Ich höre Musik, beende das Buch, das ich die ganze Inselkette über gelesen habe, und werfe die Angelschnur ins Wasser, jedoch ohne Erfolg. Während Queenie ihr Trockenfutter frisst, mache ich mir ein Sandwich. Ich nehme gerade den ersten Bissen, als ich ein Rascheln höre. Ich hebe den Blick. Das Großsegel ist nach unten gesackt und blockiert den Niedergang.

»Verdammt!« Ich klettere die Leiter hoch und zwänge mich an dem Segel vorbei. Das Boot fährt noch, wenn auch etwas langsamer, nachdem nur noch ein Segel übrig ist. Außer dem Fall ist alles heil, doch ich kann unmöglich allein den Mast hochklettern und den Schaden beheben. Und selbst wenn ich es könnte, wüsste ich nicht wie.

»Was zum Teufel soll ich jetzt tun?«, frage ich Queenie, die wenig hilfreich den Kopf schief legt.

Keane hätte eine Lösung parat gehabt, und ich überlege, ob ich ihm eine Nachricht schreiben soll, aber ich habe keinen Empfang, und außerdem muss ich das allein hinbekommen. Ich brauche ein Ersatzfall.

»Fall. Fall.« Ich wiederhole das Wort immer wieder, als könnte mich das der Lösung näherbringen. Und genau das tut es auch. Denn an der Rettungsleine hängt das Spinnakerfall.

Ich schalte den Autopiloten aus, drehe das Boot in den Wind und mache das Fall oben am Großsegel fest. Ich kann es nicht bis ganz nach oben ziehen, aber die Segelfläche reicht aus, um es bis nach St. Vincent zu schaffen.

St. Lucia zieht in der Dunkelheit an mir vorbei, und ich schlafe in Zwanzig-Minuten-Etappen, wobei ich immer den Horizont nach möglichen Gefahren absuche, bevor ich den Wecker erneut stelle. Die Morgendämmerung färbt den Himmel pink und gelb, als St. Vincent sich vor mir aus dem Meer erhebt. Ich bin hundemüde und hungrig, doch das Glück steigt in mir hoch wie Kohlensäure in der Flasche, nachdem man sie geschüttelt hat, und ich tanze in der Plicht im Kreis, bis Queenie zu bellen beginnt. Ich nehme sie in die Arme und knuddle sie.

»Wir haben es geschafft«, erkläre ich ihr. »Wir sind die Piratenköniginnen der Karibik.«

Ben wäre stolz auf mich. Und Keane auch. Aber am allerwichtigsten ist, dass ich selbst stolz auf mich bin.

Der erste Bootsjunge aus St. Vincent heißt Norman und lauert vor der Küste in einem pinkfarbenen Ruderboot, als ich das Segel einhole und mit Motorkraft in Richtung Wallilabou Bay fahre. Er bietet mir über Funk Hilfe beim Anlegen an, und ich funke zurück, dass ich allein klarkomme. Trotzdem rudert Norman unverdrossen neben mir her und besteht darauf, mir zu helfen.

»Wirf mir eine Leine rüber«, ruft er. »Für nur zwanzig EC bringe ich dich zum nächsten Anlegeplatz.«

»Nein, danke.« Ich versuche freundlich, aber bestimmt zu klingen. Zwanzig Ostkaribische Dollar sind siebeneinhalb US-Dollar. Das ist zumutbar, aber ich brauche keine Hilfe. Doch Norman lässt mich nicht in Frieden.

Ein neuer Funkspruch trifft ein. Justice, ein weiterer Bootsjunge, bietet eine geführte Tour durch Wallilabou und zu den Drehorten von *Fluch der Karibik* an. »Zuerst helfe ich dir beim Anlegen, dann bringe ich dich hin.«

»Kein Interesse, danke«, antworte ich, doch er rudert ebenfalls auf mich zu. Die beiden erinnern mich an Schiffshalterfische, die mit den Haien schwimmen und sich von den Überresten ernähren, die aus deren Mäulern fallen. Auch wenn ich mich hier nicht gerade in der Rolle des furchtlosen Raubtieres sehe. Vor allem, als Norman und Justice sich zu zanken beginnen. Ihr Akzent ist so stark, dass ich sie kaum verstehe, und ihre Boote kommen meinem immer näher.

Ein drittes Ruderboot gesellt sich dazu und dann noch ein viertes, und alle wollen mir helfen. Sie bitten mich, ihnen eine

Leine zuzuwerfen, wollen alles Mögliche verkaufen und werfen verstohlene, äußerst unangenehme Blicke auf mein Boot.

»Bitte. Hände weg von meinem Boot.« Meine Stimme geht in dem Gezanke unter. Also greife ich in die Plichtschublade, hole die Leuchtpistole heraus und lade sie. Dann klettere ich auf das Kabinendach und brülle: »Ich will eure verfluchte Hilfe nicht!«

Die jungen Männer verstummen und sehen mich mit großen Augen an.

»Ich will keine Führung. Ich will keine Kette«, rufe ich so laut und selbstsicher, wie ich kann, und richte die Leuchtpistole auf Normans Kimm. Ich würde niemals abdrücken, aber solange er es mir zutraut, habe ich die Oberhand. »Ich will, dass ihr verschwindet und mich in Ruhe lasst.«

Er hebt ergeben die Hände und sieht die anderen mit einem Gesicht an, als hätte er nichts Falsches getan. Die jungen Männer versuchen bloß, sich und ihre Familien über Wasser zu halten, aber ihre Aggressivität ist mir zu viel.

»Ihr alle. Verschwindet, verdammt noch mal.«

Sie verziehen sich murmelnd und werfen immer wieder einen Blick zurück, als erwarteten sie, dass ich sie doch noch um Hilfe anflehe. Nennen mich verrückte weiße Schlampe. Meine Hände zittern, als ich zurück in die Plicht klettere, wende und Wallilabou Bay hinter mir lasse.

Meine Augenlider sind vor Erschöpfung schwer wie Blei, und ich bin so müde, dass ich weinen könnte, aber es sind nur vier Stunden bis Bequia, der nächsten Insel der Grenadinen.

Ein hysterisches Lachen entfährt mir, als mir klar wird, dass vier weitere Stunden auf dem Wasser mir keinen Schrecken mehr einjagen. Ich tuckere an der Küste von St. Vincent entlang, bis ich ruhig genug bin, um mein Notsegel zu hissen und den Motor abzustellen.

Das Wasser in der Admiralty Bay ist so klar, dass ich den Anker im Sand stecken sehe. Ich springe vom Heck ins Wasser, und Queenie landet mit einem Platschen neben mir. Sie paddelt um mich herum, während ich mich im hellen Sonnenlicht auf dem Rücken treiben lasse. Mein Bauch ist vollgestopft mit Pfannkuchen, und das kühle Wasser wäscht St. Vincent genauso fort wie den Schweiß. Wir machen ein langes Nickerchen in der Hängematte und fahren dann an Land, um die Zollangelegenheiten zu regeln. Danach gehen wir auf dem Belmont Walkway spazieren, einem schmalen Gehweg entlang der Ufermauer. Wir essen Pizza mit Rotfeuerfisch in einer kleinen blauen Hütte und machen in einem Laden namens *Daffodil Marine Services* halt, um meine schmutzigen Sachen zu waschen und jemanden anzuheuern, der mein Fall repariert. Daffodil ist eine Selfmade-Business-Frau, die das Geschäft der Bootsjungen in ein maritimes Imperium verwandelt hat, und sie verspricht, dass beides bis zum nächsten Morgen erledigt sein wird.

Zurück auf dem Boot male ich ein Bild von mir und meinem Hund als Piratenköniginnen – Queenie mit Augenklappe und ich mit zwei überkreuzten Buschmessern hinter dem Kopf –

und schreibe *Staatsgebiet der Grace O'Malley* darunter. Lange Zeit sage ich kein Wort, sondern sitze nur allein und zutiefst zufrieden auf dem Boot. Nicht einmal die Tatsache, dass ich Keane vermisse, kann daran etwas ändern.

Es ist ein geschäftiger Hafen, in dem zahllose Yachten, Fischerboote und Fähren von anderen Inseln unterwegs sind. Eine weiße Frau ruft mir von einem in der Nähe liegenden Segelboot etwas zu. Sie stellt sich als Joyce Fields aus Port Huron, Michigan, vor, und nachdem ich meinen Namen genannt habe, lädt sie mich auf einen Drink ein. Ich setze Queenie ins Beiboot und halte eine Minute später ein Glas Rumpunsch in der Hand.

»Komm, setz dich.« Joyces apfelförmiger Körper ist in einen trägerlosen Badeanzug gehüllt, der ständig Gefahr läuft, der Schwerkraft nachzugeben. Ihre Haut ist so braun wie Leder, und ich frage mich, ob ich inzwischen auch so aussehe. Ich weiß nicht, ob es der Rum, die Insel oder eine Kombination aus beidem ist, aber sie strahlt vor Glück.

»Woher kommst du, Anna?«

Es ist eine einfache Frage, aber mein Zuhause ist in diesem Augenblick genau hier. »Aus Florida, schätze ich.«

Sie lacht. »Du *schätzt?*«

»Ich führe gerade ein Nomadenleben, aber ich habe meine Reise in Fort Lauderdale begonnen.«

»Mein Gott, du bist so jung.« Joyce klingt wie eine besorgte Mom, was wirklich rührend ist. »Hast du die ganze Strecke allein geschafft?«

»Ich war eine Zeit lang allein unterwegs, aber die meiste Zeit hatte ich jemanden dabei.«

»Wir kommen gerade aus Grenada«, erklärt sie. »Mein Mann und ich haben uns eine mehrjährige Auszeit genommen, um durch die Karibik zu segeln, aber die Grenadinen und Grenada gefallen uns am besten, weshalb wir seit einem halben Jahr hin und her pendeln. Wohin willst du?«

»In den Süden nach Trinidad, aber vielleicht segle ich danach noch weiter. Nicht sofort, weil ich zuerst etwas Geld sparen muss, aber ...« Ich nehme einen Schluck Punsch und bin von mir selbst überrascht. Der Panamakanal wäre für mich allein unglaublich schwierig zu bewältigen, und ich weiß nicht, ob ich tatsächlich den Pazifik überqueren will, aber alles ist möglich. »Ich kann überallhin.«

Ich esse mit Joyce und ihrem Mann Mike zu Abend, nachdem dieser mit dem Beiboot und einem Eimer Hummer vom Strand zurückgekommen ist. Die orangefarbenen Monster entfachen eine plötzliche Sehnsucht nach Keane in mir. Ich mache ein Foto und schicke es ihm:

Was die armen Schweine jetzt wohl essen? Ich vermisse dein Gesicht und den Rest auch.

Joyce, Mike und ich unterhalten uns über die Inseln, auf denen wir bereits waren, und ich erzähle ihnen lachend von der verrückten, brüllenden Weißen in der Wallilabou Bay.

»Es ist schwer, eine Lieblingsinsel herauszupicken«, meint

Joyce, »aber ich glaube, bei mir ist es Mayreau, ein Stück südlich von hier. Ein herrlicher Strand, amüsante Bars, und der Nationalpark rund um die Tobago Cays ist spektakulär. Überall Schildkröten. Man kann sogar mit ihnen schwimmen.«

Ich bin froh, dass ich schon genug Rum getrunken habe, sodass meine glühenden Wangen nicht auffallen, als ich erzähle, dass Martinique meine Lieblingsinsel ist. Und es ist auch nicht wirklich gelogen, als ich das Sklavendenkmal und den Strand von Les Anses d'Arlet als Gründe dafür nenne.

Bevor ich gehe, macht Joyce ein Foto von mir für ihren Segel-Blog und schlägt vor, morgen gemeinsam zu Mittag zu essen. Ein warmes Summen breitet sich in meinem Körper aus, als ich mit Queenie an den Strand fahre, damit sie ihr Geschäft erledigen kann. Am Ende schlafe ich bei offener Luke und den Sternen über mir ein und träume von Meeresschildkröten.

Alexander aus Daffodils Laden steht im frühen Morgengrauen mit meiner sauberen Wäsche und einem Ersatzschäkel für mein Fall vor dem Boot. Ich bin noch nicht einmal ganz wach, als er bereits den Mast emporklettert und das Fall nach unten zieht. Der neue Schäkel ist innerhalb weniger Minuten montiert, und ich stelle den Wetterbericht an. Womöglich habe ich ein Fenster, um weiterzusegeln.

Joyce kommt gerade in ihrem gefährlichen Badeanzug und mit einem riesigen Kaffeebecher in der Hand an Deck, als ich den Anker lichte.

»Verlässt du uns?«

»Ich muss mit diesen Schildkröten schwimmen.«

Sie lacht. »Viel Spaß. Pass auf dich auf.«

»Ihr auch. Und danke fürs Essen.«

Bevor ich keinen Empfang mehr habe, checke ich noch schnell mein Handy, ob Keane zurückgeschrieben hat, während ich geschlafen habe, doch ich habe keine neuen Nachrichten.

Mit voll leistungsfähigem Großsegel pflügt das Boot durchs Wasser. Ich segle an Canouan und Mayreau vorbei und überlege, mir die Salt Whistle Bay anzusehen, von der Joyce so geschwärmt hat, doch noch lieber würde ich tatsächlich mit den Schildkröten schwimmen.

Der Ozeanwind nimmt zu, also reffe ich das Großsegel, bis ich in der Lee der Tobago Cays bin. Ich hole die Segel früh genug ein und fahre vorsichtig mit Motorkraft weiter. Navigationsmarkierungen führen mich sicher durch die Riffe. Vor dem Strand einer winzigen unbewohnten Insel sind etwa ein Dutzend Schiffe aller Größen und Antriebsarten vertäut, und ich binde mein Boot gerade an einer Boje fest, als ein Park-Ranger kommt, um die Gebühr zu erheben.

Als ich schließlich in das klare, seichte Wasser springe und meine erste Meeresschildkröte sehe – sie ist so nahe, dass ich sie fast berühren kann, und gleitet wie ein Vogel durchs Wasser –, weiß ich, dass es alle Anstrengungen wert war hierherzukommen. Die Schildkröte starrt mich an und schwimmt davon. Ich tauche unter, und die Zeit verliert jegliche Bedeutung, während ich meiner neuen Freundin folge und ihr dabei zusehe, wie sie nach unten taucht und wieder aufsteigt, um den Kopf aus dem Wasser zu strecken und sich umzublicken. Ich schwimme, bis ich keine Kraft mehr habe und mein Magen knurrt.

Queenie bringt mir ihren Ball, während ich auf dem Vordeck einen Becher Suppe und ein Sandwich esse. Später lege ich sie in meiner Koje schlafen, schwinge mich in die Hängematte und schaue zu den Sternen empor, die den Himmel wie ein Konfettiregen überziehen.

In meinem Traum bin ich wieder in Fort Lauderdale, in meiner alten Wohnung, und ich sehe Bens Gesicht über mir. Seine Hüften stoßen langsam gegen meine. Meine Finger sind in seinen Haaren vergraben, und ich kann ihn in mir spüren. Ein Stöhnen reißt mich aus dem Schlaf, und ich liege mit klopfendem Herzen in der Hängematte, während mein ganzer Körper nach dem unbewussten Orgasmus pulsiert. Tränen der Enttäuschung, des schlechten Gewissens, des Glücks und der Verwirrung steigen mir in die Augen. Vor allem, als mir klar wird, dass die Art, wie sich sein Körper bewegt hat, ganz und gar nicht zu Ben passte. Sondern zu Keane.

Ich versuche, wieder einzuschlafen, gebe aber auf, als das erste Licht des neuen Tages über den Horizont steigt. Es ist noch nicht hell genug, um es als Sonnenaufgang zu bezeichnen, als ich den Anker lichte und mich auf den Weg in Richtung Süden mache. Ich lege einen kurzen Halt auf Union Island ein, um offiziell in die Grenadinen einzureisen und mit

Queenie spazieren zu gehen. Während sie an einer struppigen Palme schnuppert und nach Eidechsen Ausschau hält, schreibe ich Keane.

Ich hasse es, dass jeder Teil von mir jeden Teil von dir vermisst.

Doch sobald ich Senden gedrückt habe, bereue ich es auch schon. Ihm Nachrichten zu schreiben bringt mich nicht voran.

Eine Stunde später segle ich weiter in Richtung Grenada, dem letzten Halt vor Trinidad.

Delfine begleiten mich die ersten Stunden über, und ich stelle den Autopiloten ein und stehe am Vordeck, um zu beobachten, wie sie mit dem Boot um die Wette schwimmen. Es sind Gemeine Delfine – eine Art, die ich noch nie zuvor gesehen habe; sie sind dunkler als die Tümmler und weiß an den Seiten. Nachdem sie ihren Spaß gehabt haben, verschwinden sie wieder, und ich muss mir die Zeit allein vertreiben. Ich denke lange über meinen Traum nach und überlege, ob ich die Trauer um Ben zu früh beiseitegeschoben und mich zu schnell in Keane verliebt habe.

Früher trugen trauernde Witwen ein Jahr und einen Tag lang Schwarz, danach begann eine Phase der Halbtrauer, in der sie die Farben aufhellen durften. Auch wenn die wahren Gefühle nicht eindeutig waren, waren die Regeln es umso mehr. Mein ganzes Jahr und dieser eine Tag sind bald vorbei, und ich habe keine Ahnung, was ich tun, und schon gar nicht, wie ich mich fühlen soll. Es gibt keine falsche Art zu trauern, aber ich habe einen Schritt rückwärts gemacht. Ich bin wütend, dass Keane fort und Ben wieder da ist.

Ich lege Dance-Musik auf und schiebe beide Männer weg von mir. Singe aus vollem Hals. Lege eine kurze Pause ein, um über den aktiven Unterwasservulkan namens Kick'em Jenny zu staunen, der etwa fünf Seemeilen entfernt eine neue Insel erschafft. In tausend Jahren wird vielleicht eine andere Frau allein daran vorbeisegeln; Menschen werden die Insel besiedeln und sie ihr Zuhause nennen. Und wieder einmal rückt Mutter Natur mein klägliches Leben in die richtige Perspektive.

Die Sonne steht kurz vor dem Untergehen, als ich die Fock und das Großsegel einhole und mit Motorkraft auf den Hafen von Hog Island zufahre. Grenada besteht aus grünen Hügeln und goldenen Stränden, und ich bin kurz vor der Hafeneinfahrt, als der Motoralarm losgeht. Queenie beginnt zu jaulen, und ich habe keine Ahnung, was ich tun soll, außer den Motor abzustellen. Ich steige in die Kabine hinunter, hebe die Treppe hoch und öffne den Motorraum. Hitze schlägt mir entgegen, und es riecht nach verbrannter Farbe. Da ist kein Feuer und auch kein Rauch, aber die Maschine ist definitiv überhitzt.

»Mist.«

Dieses Problem ist schwerer zu lösen als die Sache mit dem Fall. Ich kann unmöglich in einen Hafen voller Boote segeln, an der richtigen Stelle anhalten und ohne Motor den Anker setzen. Und im Gegensatz zu St. Vincent, wo ich mir bloß einen von vielen Bootsjungen hätte aussuchen müssen, gibt es hier keinen einzigen. Ich überlege, per Funk um Hilfe zu bitten, doch mein Stolz verbietet mir das. Es ist peinlich, nicht zu wissen, was auf dem eigenen Boot verkehrt gelaufen ist. Und zu allem Überfluss wird es auch noch dunkel.

»Wenn ich wenigstens mit dem Beiboot an Land fahren … Oh mein Gott! Ich weiß, was ich tun muss! Ich weiß, was ich tun muss!«

Ich reiße einen der Plichtschränke auf und hole eine Leine heraus, laufe damit aufs Vordeck und befestige sie an einer der Klampen. Ich halte sie fest umklammert, während ich ins Beiboot steige … und dann schleppe ich die Alberg in den Hafen.

Gestrandet im Paradies

Den Großteil des darauffolgenden Vormittags verbringe ich im Internet und versuche herauszufinden, was mit dem Motor los ist. Ich bin mir nicht sicher, ob ich mir einen professionellen Mechaniker leisten kann. Ich kann nur hoffen, dass der Schaden nicht zu gravierend ist und ich ihn selbst beheben kann. Vielleicht kann ich aber auch jemanden von den benachbarten Segelbooten bitten, mir zu helfen. Alles deutet darauf hin, dass das Wasserpumpenlager klemmt, also nehme ich den Bus – einen großen Van, in dem dicht gedrängt fünfzehn Fahrgäste sitzen – zur nächstgelegenen Werkstatt, um eine neue Pumpe zu besorgen.

»Wir warten gerade auf die Lieferung aus Trinidad«, erklärt der Mechaniker. »Das Schiff sollte Dienstag oder Mittwoch hier sein.«

»Glauben Sie, dass jemand auf der Insel das Teil lagernd hat?«

Er zuckt mit den Schultern. »Ich kann mich umhören, aber eher nicht.«

»Wie viel kostet so eine Pumpe?«

»Etwa dreihundert US-Dollar«, antwortet er. »Plus die Arbeitszeit, wenn wir sie einbauen sollen. Mitsamt der Anfahrt würden wir auf etwa vierhundertfünfzig Dollar kommen.«

Ich denke zurück an Providenciales, als Keane und ich beschlossen haben, kein zusätzliches Geld auszugeben, um auf besseres Wetter zu warten. Im Nachhinein war es angesichts der ausgekugelten Schulter nicht gerade die beste Entscheidung, andererseits habe ich jetzt wenigstens genug Geld für die Wasserpumpe.

»Melden Sie sich, wenn das Ersatzteil da ist«, bitte ich. »Das mit dem Einbau überlege ich mir noch.«

Nachdem ich nichts tun kann, bis die Pumpe da ist, beschließe ich, die Zeit auf Grenada zu genießen. Ich mache einen Zwischenstopp im Supermarkt von Grand Anse, um meine Vorräte aufzufüllen, und spiele mit Queenie an Deck, während ich einen Hühnereintopf mit Reis und Bohnen koche. Die Musik, die aus der Strandbar auf Hog Island herüberweht, und die angeregten Gespräche auf dem Nachbarboot sind zu laut, als dass ich schlafen könnte, also lege ich mich mit Queenie in die Hängematte. Erneut schreibe ich Keane.

Deine Werkzeugtasche vermisst dich auch.

Ich schicke die Nachricht ab, ohne darüber nachzudenken, und bekomme auch dieses Mal keine Antwort. Vielleicht verlieren sich meine Worte auf dem Weg über den Ozean in Zeit und

Raum. Vielleicht war die Werkzeugtasche ein geringer Preis für Keanes Freiheit. Die Zweifel kriechen in den letzten Winkel meiner Seele und schlagen dort Wurzeln, auch wenn ich nicht glaube, dass Keane sich auf diese Art aus dem Staub machen würde. Trotzdem muss ich damit aufhören. Ich muss loslassen.

Ich schreibe Mom und Carla eine E-Mail und erzähle, dass ich auf Grenada angekommen bin und die Tausendsechshundert-Seemeilen-Marke überschritten habe. Ich berichte, wie ich die Probleme mit dem Fall und dem kaputten Motor gelöst habe, und hänge das Foto an, das Joyce auf Bequia von mir gemacht hat. Bisher habe ich ihnen noch kaum etwas über die Orte erzählt, an denen ich war, und auch nicht über die Leute, die ich kennengelernt habe. Das will ich mir alles für den großen Abschlussbericht aufheben.

Carla schreibt sofort zurück.

A…

Du siehst so anders aus. Und nicht nur, weil du lächelst. Du siehst aus wie die Anna, an die ich mich erinnere. Ich vermisse dich, aber es freut mich, wie weit du gekommen bist. Sowohl geografisch als auch emotional. Ich habe mit den Leuten aus der Bar auf einer Karte mitverfolgt, wo du gerade bist, aber ich schätze, wir haben einiges verpasst. Ich kann es kaum erwarten, alle Einzelheiten zu hören, vor allem über Keane Sullivan, denn in dieser Hinsicht weiß ich sicher auch nicht alles. Pass auf dich auf.

Kuss, C.

Am Samstag nehme ich den Bus zum Wochenmarkt in St. George's und schlendere die Straße und an den von Zelten geschützten Ständen entlang. Die Tische biegen sich unter Gemüse und Obst, Gewürzen und Andenken. Ich kaufe ein paar Früchte, die ich noch nie gesehen habe – Stachelannonen, Mangostanen und Zimtäpfel –, während die Verkäufer lauthals T-Shirts, Umhängetaschen, Flaschen mit scharfer Soße und Gewürzketten anpreisen. Nach gebratenem Hühnchen duftender Rauch umhüllt mich, und ich trinke mit einem Strohhalm das Wasser aus einer Kokosnuss. Anschließend kaufe ich kleine Säckchen mit Gewürzen für meine Mom – ganze Muskatnüsse, Sternanis, Zimtrinde und Schwarzkümmel. Ich entdecke ein blaues Batikkleid und eine kleine Steel Drum für Maisie und lasse mich von einer Frau zum Kauf einer Gewürzkette mit rotem Pfeffer, Zimtrinde, Ingwer, Gewürznelken, Muskatnuss und Kurkuma überreden. Für zehn Ostkaribische Dollar bekomme ich am Ende sogar drei der Ketten, die sie um ihre braunen Arme geschlungen hat.

»Man hängt sie in die Küche oder ins Badezimmer«, erklärt sie. »Sie halten drei Jahre, aber Sie müssen sie alle sechs Monate in Wasser tauchen, dann duften sie länger.«

Mein letzter Halt ist bei einem Fleischer, wo ich ein paar Stücke Ochsenschwanz kaufe, die ich später mit Reis, Bohnen und gedämpftem Kohl koche. Nach dem Abendessen probiere ich einen der Zimtäpfel und teile die knubbelige Schale in mehrere Stücke. Das weiße Fleisch ist weich und süß wie Vanillesoße, und jedes Stück enthält einen Kern. Es ist viel

Arbeit für eine derart kleine Frucht, aber es lohnt sich. Ich wickle die Samen in ein feuchtes Küchentuch und stecke sie in einen Plastikbeutel. Vielleicht suche ich mir etwas Erde und ziehe meinen eigenen Baum.

Am Sonntagnachmittag laden zahllose Segler aus aller Welt Kühlboxen mit Bier in ihre Beiboote und vertäuen sie vor Roger's Barefoot Beach Bar miteinander, wo eine Reggae-Band spielt. Ich sehe von der Plicht aus zu, als eine großmütterlich wirkende weiße Frau an mir vorbeifährt. Sie trägt einen riesigen Strohhut, von dessen Krempe Korken baumeln, und ruft mir zu: »Komm doch mit zum Schlauchbootkonzert!«

Ich schnappe Queenie, ein paar Flaschen Carib und eine Tüte Bananenchips und mache mich auf den Weg. Am Strand binde ich mein Beiboot an das Schlauchboot eines glatzköpfigen Weißen Ende dreißig. Sein Hund, eine strubbelige rot-schwarze Promenadenmischung, klettert zu Queenie an Bord, bevor ich den Knoten geknüpft habe.

»Tut mir leid«, ruft der Besitzer. »Gus ist ein freundlicher Kerl.«

»Kein Problem. Queenie freut sich über Gesellschaft.«

»Ich bin Dave.« Er streckt mir die Hand entgegen.

»Anna.«

»Woher kommst du?«

»Theoretisch gesehen aus Florida«, erwidere ich. »Aber ich gehöre auf das Boot dort.«

Er lacht. »Das gefällt mir. Es ist absolut treffend. Und stell dir vor … ich gehöre auf das Boot da.«

Er deutet auf eine etwas kleinere, kampferprobte Version meines Bootes, die den Namen Four Gulls trägt.

»Das ist die erste Alberg, die ich sehe, seit ich Florida verlassen habe.«

Dave erklärt, dass er den Großteil des Jahres in der Karibik verbringt und im Sommer zu Hause in Cleveland als Barkeeper arbeitet, um sich das Segeln zu finanzieren. Ich erzähle, dass ich von daheim abgehauen bin, und er lacht. Nach dem Schlauchboot-Konzert zeigen wir uns gegenseitig unsere Albergs.

»Verdammt«, seufzt Dave. »Deine ist viel sauberer als meine.«

»Vielleicht. Aber ich wette, deine funktioniert.«

»Was ist denn los?«

»Es ist ziemlich sicher die Wasserpumpe«, antworte ich. »Der Mann in der Werkstatt meinte, er würde das Ersatzteil Dienstag oder Mittwoch bekommen.«

»Es gibt Schlimmeres, als im Paradies gestrandet zu sein«, meint er. »Wenn du Hilfe beim Einbau brauchst, mache ich das gerne.«

Dave bewundert meine Piratenzeichnung, und als sein Blick auf das Polaroidfoto aus dem Patchwork-Haus fällt, fragt er, ob Keane mein »Macker« ist. Ich tue, als müsste ich kurz überlegen. »Das lässt sich im Moment schwer sagen.«

Er lacht. »Die Entfernung macht viel kaputt.«

Wir fahren von meinem Boot zu seinem, schießen im Slalom durch die Ankerleinen der anderen Boote hindurch und drehen noch ein paar extraschnelle Runden. Wir lachen wie kleine Kinder, als ein alter Mann aus seiner Kabine stürzt und uns ausschimpft.

Die Four Gulls ist vollgestopft mit allerlei Zeugs – Elektrowerkzeuge, Zusatzsegel, Klamotten, ein kaputter, an die Reling montierter Ventilator. Es sieht aus, als wäre ein Lagerraum explodiert. Ich habe keine Ahnung, wie Dave und sein Hund in dieser Enge leben können.

»Schuld an dem Chaos ist nur diese riesige Monsterwelle«, verteidigt er sich. »Aber es ist ein Saustall, schon klar.«

Am Schott hängt ein Foto von Dave und einer hübschen Blondine.

»Fernbeziehung?«, frage ich.

»Jap.« Er hebt die Hand, und ich schlage ein. »Sie kommt in ein paar Wochen vorbei. Ich muss also langsam mal aufräumen.«

»Am besten, du wirfst alles über Bord und fängst noch mal von vorne an.«

Er lacht. »Oder ich setze den Kutter in Brand und kaufe mir für die Versicherungssumme ein neues Boot.«

Dave holt ein Bud Light, das er aus Ohio mitgebracht hat, und wir trinken und spielen bis zum Sonnenuntergang Domino. Als er mich zu meinem Boot zurückbringt, gehen gerade im ganzen Hafen die Ankerlichter an.

»Wie beim Zapfenstreich«, meint er. »Ruf einfach rüber, wenn du deine Wasserpumpe bekommen hast.«

Ich krabble in meine Koje und überlege, Keane zu schreiben,

aber im Grunde hat es keinen Sinn. Selbst wenn es an der Satellitenverbindung liegt, habe ich die Hoffnung auf eine Antwort aufgegeben.

Am Montag fahren Queenie und ich mit dem Minibus in den Grand Etang National Park, wo wir eine lange Wanderung durch den Regenwald unternehmen. Am Dienstag springe ich von einem Felsen in das Becken unter dem Annandale-Wasserfall. Am Mittwoch ruft der Serviceleiter der Werkstatt an und gibt Bescheid, dass meine Pumpe da ist.

Dave kommt am nächsten Morgen vorbei und erklärt mir Schritt für Schritt, wie ich die kaputte Pumpe aus- und die neue wieder einbauen muss. Wenig später ist alles erledigt.

»Da habe ich ja für einige Ikea-Möbel länger gebraucht«, staune ich.

»Ganz genau«, erwidert er. »Deshalb ist es nicht notwendig, Geld für den Einbau auszugeben.«

Er überprüft noch einmal, ob alle Schrauben fest genug sitzen, dann gibt er mir ein »Daumen hoch«. »Das hast du gut gemacht.«

Nachdem der Motor wieder läuft, ist das Boot bereit für Trinidad.

Ich verbringe den restlichen Tag damit, Essen für die Überfahrt vorzubereiten, damit ich nicht kochen muss, falls das Wetter schlecht wird. Ich putze die Kabine, verstaue meine Sachen, baue einen behelfsmäßigen Zwinger für Queenie, falls ich sie zu ihrer Sicherheit einsperren muss. Am Abend kommt

Dave vorbei und nimmt mich auf einen Abschiedsburger mit auf sein Boot. Er serviert ihn Medium und mit schmelzendem Käse.

»Oh mein Gott«, schwärme ich mit vollem Mund. »Ich kann mich gar nicht mehr erinnern, wann ich das letzte Mal einen Cheeseburger gegessen habe.«

»Nicht wahr? Ich mag Fisch und Meeresfrüchte«, erklärt er. »Aber einen arterienverstopfenden Burger mag ich lieber.«

Wir hören den Wetterbericht und stoßen mit einem Glas Rumpunsch auf die vorhergesagte ruhige See an. Danach bringt mich Dave zurück auf mein Boot und umarmt mich zum Abschied.

»Wir könnten E-Mail-Adressen austauschen«, meint er. »Aber ich schaue eigentlich selten in meinen Posteingang.«

»Schon okay. Ich verstehe langsam, dass manche Menschen in dein Leben treten, wenn du sie gerade brauchst, und wieder verschwinden, wenn es Zeit wird«, erwidere ich. »Und falls ich jemals wieder eine Wasserpumpe tauschen muss, werde ich an dich denken.«

Er lacht und umarmt mich noch einmal. »Gute Reise.«

Ich bedanke mich, und dann wird es Zeit aufzubrechen.

Eine Million schimmernde Teile

Ab und an teilt das Universum Belohnungen aus. Für Kleinigkeiten, weil man zum Beispiel jeden Tag Zahnseide benutzt oder Papier anstelle von Plastik verwendet. Oder aber dafür, weil man jemanden so sehr liebt, dass er noch eine Weile länger am Leben bleibt, als er es sonst getan hätte. Aus welchem Grund auch immer belohnt mich das Universum mit der schönsten Nacht meines Lebens. Der Himmel ist so klar, dass man mit Sicherheit jeden einzelnen Stern am Firmament sieht, und das Mondlicht lässt das Meer in eine Million schimmernde Teile zerspringen. Vor zwei Monaten war es für mich ein Wagnis, den Golfstrom zu überqueren, doch heute Nacht habe ich keine Angst vor dem Meer. Genauso wenig wie vor der Zukunft. Selbst wenn der Wind auffrischt und die Wellen sich erheben, bin ich bereit.

Doch der Wind bleibt beständig, und die Nacht vergeht langsam und gemächlich. Ich stelle den Autopiloten ein, um etwas zu essen oder auf die Toilette zu gehen, aber die meiste

Zeit bin ich wach und habe eine Hand am Ruder. Irgendwann zwischen Freitag und Samstag komme ich an zwei Ölplattformen vorbei. Es sind kleine, hell erleuchtete Städte mitten im Nirgendwo und ein Zeichen, dass ich die Hälfte der Strecke hinter mir habe. Am Horizont tauchen zwischen den Wellen bereits die ersten Lichter Trinidads auf.

Die Tatsache, dass ich eintausendsiebenhundert Seemeilen zurückgelegt habe, mag keinen großen Einfluss auf die Menschheit haben, aber der Riss in meiner eigenen kleinen Welt wurde dadurch gekittet. Das Glück, das ich empfinde, ist zu gewaltig, um es in Worte zu fassen. Queenie seufzt wohlig, ihr flauschiges Kinn ruht auf meinem Oberschenkel, und ich befinde mich in einem Zustand tiefer Zufriedenheit und Gnade.

Der Samstag beginnt mit einem goldenen Schimmer, und die ersten Sonnenstrahlen breiten sich wie eine Verheißung über den Himmel aus. Die Insel wird immer größer und grüner, je näher ich komme. Vorfreude packt mich. Trinidad ist größer als die meisten Inseln, auf denen ich bisher war. Sie ist städtischer und besser erschlossen, weshalb ich keine Ahnung habe, was mich erwartet. Etwa eine Seemeile vor der Küste hole ich die Segel ein, stelle den Motor an und melde meine geschätzte Ankunftszeit der Küstenwache.

Venezuela und Trinidad strecken sich einander entgegen, und die Bocas del Dragón – der mit Inseln gesprenkelte Streifen zwischen beiden Ländern – ist nur etwa zwanzig Kilometer breit. Ich fahre mit Motorkraft zwischen den beiden kleinen

Inseln Huevos und Monos hindurch und nach Chaguaramas, einen Industriehafen am nordwestlichen Ende Trinidads. An den Anlegestegen liegen Öltanker und Baggerschiffe, und die Marina gleicht einem Wald aus Masten, so viele Segelboote aus aller Welt liegen hier vor Anker. Eine Fischerflotte hat sich im tiefsten Teil des Hafens umeinander geschart, ganz in der Nähe der Trockendocks voller Rennboote.

Es ist zwar unwahrscheinlich, dass ich eine Antwort bekomme, aber ich schreibe Keane dennoch. Trotz allem ist er der Erste, dem ich Bescheid geben will.

Ich habe es geschafft.

Einen Gutteil des Nachmittags verbringe mit Einreiseformularen, Zollerklärungen und Queenies tierärztlicher Untersuchung. Es ist ernüchternd. Ich sollte an Bord ein Glas Champagner genießen. Stattdessen steuere ich das Boot an den vorgesehenen Anlegeplatz in der Marina und mache mit Queenie einen Spaziergang durch die Werft.

Dabei wähle ich Moms Nummer.

»Ich bin so stolz auf dich«, erklärt sie, und ich höre an ihrer Stimme, dass sie lächelt. »Du warst derart von Ben eingenommen, dass ich Angst hatte, die Reise … Ich dachte, du wärst in die falsche Richtung unterwegs.«

»Vielleicht war es so, als ich mich auf den Weg gemacht habe. Aber jetzt nicht mehr.«

»Wann kommst du nach Hause?«

»Ich bin mir nicht sicher«, antworte ich. »Ich muss noch entscheiden, was mit dem Boot passieren soll.«

»Du könntest es verkaufen«, schlägt Mom vor. »Und das Geld verwendest du, um aufs College zu gehen oder um dich über Wasser zu halten, bis du einen neuen Job gefunden hast.«

»Vielleicht«, erwidere ich, doch ein Verkauf ist keine Option. Das Boot ist mein Zuhause. »Richte Rachel und Maisie viele Grüße aus und sag ihnen, dass ich sie lieb habe. Hoffentlich sehen wir uns bald wieder.«

Ich beende das Gespräch und überlege, ein Glas Champagner zu trinken oder irgendwo schick essen zu gehen, doch ich war zwanzig Stunden unterwegs und bin hundemüde. Also klettere ich für ein Nickerchen in die Koje und wache erst am nächsten Tag wieder auf.

Am Sonntagmorgen gibt es viel zu tun. Zuerst werden Kleinigkeiten erledigt. Ich nehme eine lange, heiße Dusche in einem richtigen Waschraum, ich schrubbe das Boot und wasche Wäsche. Dann geht es in den Supermarkt, wo ich mich mit Milch, Eiern, Käse und Joghurt eindecke und die lange überfällige Flasche Champagner für mich, eine Packung Hundeleckerli für Queenie und eine Tüte M&Ms kaufe – ein Luxus, den ich mir seit Florida nicht gegönnt habe. Ich setze mich ins Gras vor der Werft und esse sie, während Queenie sich dumm und dämlich läuft. Irgendwann legt sie sich keuchend und staubig neben mich, und ich richte das Gesicht in die Sonne. Ich wünschte, Ben könnte mich sehen. Ich wünschte,

Keane wäre hier. Aber ich verstehe langsam, wie Traurigkeit und Glück nebeneinander in demselben Herzen existieren können. Und wie dieses Herz weiterschlagen kann.

Während ich so dasitze, beobachte ich eine Gruppe von Werftarbeitern, die ihr Mittagessen bei einem Fahrradverkäufer kaufen, auf dessen Gefährt HOT DOUBLES steht. Ich rapple mich auf, wische mir den Staub von den Händen und stelle mich hinter den Männern in die Reihe, obwohl ich keine Ahnung habe, was ich gleich bekommen werde.

»Doubles sind das Nationalgericht hier auf Trini«, erklärt mir einer der Arbeiter und öffnet sein in Papier gewickeltes Mittagessen, damit ich einen Blick darauf werfen kann. »Es ist wie ein Sandwich mit zwei Stück *Bara* – das ist das Brot – und *Channa*, also Kichererbsen, in der Mitte. Dazu kommen noch süßes Chutney, scharfer Pfeffer oder beides.«

Der nächste Kunde bestellt ein Double mit Mango Chutney, Gurke und einer Medium-Portion Pfeffer, und als ich an der Reihe bin, nehme ich das Gleiche. Das Ergebnis ist eine westindische Version eines Tacos, allerdings mit frittiertem Fladenbrot und einer Füllung aus Kichererbsencurry. Die Mango schmeckt süß, die Gurke kühl, und der Pfeffer ist feuriger als erwartet.

»Du meine Güte, das ist vielleicht würzig!« Meine Augen tränen, meine Nase läuft, und die Einheimischen lachen. Ich spüle alles mit Red-Solo-Limonade hinunter.

»Vielleicht nehmen Sie beim nächsten Mal nur eine *Prise* Pfeffer«, schlägt der erste Arbeiter vor.

»Definitiv«, erwidere ich. »Danke für die Hilfe bei der Bestellung.«

Meine Lippen brennen, und meine Hände riechen nach Curry, als ich den Laden für Bootsbedarf im Hafen betrete, um den nächsten Punkt auf meiner Liste zu erledigen. Den wichtigsten Punkt. Ich kaufe eine Dose Goldlack und einen kleinen Pinsel. Zurück auf dem Boot logge ich mich ins Internet ein und mache mich auf die Suche nach der richtigen Schriftart.

Ich weiß mittlerweile so viel mehr über mein Boot.

Unter anderem, wie es heißen soll.

Als Nächstes wickle ich mir ein feuchtes Tuch um den Kopf, damit die karibische Sonne nicht auf meinen Hinterkopf herabbrennt, und balanciere im Beiboot, während ich die Buchstaben anbringe. Zuerst mit Bleistift, dann mit dem Goldlack. Es dauert einige Zeit, und ich habe Krämpfe in den Fingern, doch als ich fertig bin, erstrahlt der Heckspiegel in neuem Glanz.

Ich schlüpfe in ein hübsches Kleid, lege die Diamantohrringe an, die Keane mir geschenkt hat, und stelle mich auf den Kai neben dem Boot, um dessen Taufe zu begehen. Queenie sitzt neben mir und wirkt angemessen feierlich. Lachend öffne ich die Champagnerflasche. Ich habe keine Ahnung, wie man ein Boot tauft, also bitte ich die Götter des Windes einfach, alle zu segnen, die jemals auf diesem Boot gesegelt sind. Einschließlich Ben. Vor allem Ben.

»Und so sollen alle Namen, die dieses Boot bisher hatte, aus den Büchern gestrichen werden und der neue Name in eure

Herzen eingehen.« Ich flüstere den Namen und schütte etwas Champagner über den Bug. »Möge dieses Boot immer einen Zentimeter Wasser unterm Kiel haben und allen zu Glück verhelfen, die darauf segeln.«

Ich reite auf einer Welle des Hochgefühls und genieße das Blubbern des Champagners in meinem Inneren, als ich Barbara Braithwaites Nummer wähle. Bevor ich etwas sagen kann, ergreift sie das Wort.

»Das letzte Mal, als wir telefoniert haben, war ich entsetzt darüber, was Sie gesagt haben. Über die Andeutung, ich hätte Bens Wünsche missachtet. Aber … Sie hatten recht. Charles und ich wollten, was wir für das Beste für Ben hielten, und wir haben uns nie Gedanken darüber gemacht, ob er vielleicht etwas anderes gewollt hätte.«

»Es tut mir leid, dass ich Sie angeschrien habe.«

»Vielleicht hatte ich es verdient.«

»Vielleicht.«

»Ben war mein einziges Kind, mein Herz, und ich … Wissen Sie, als er starb, wollte ich alles, was er besaß, um mich herum bunkern und nie wieder loslassen«, erklärt sie. »Und als der Anwalt uns von dem Boot erzählte …«

»Ich gebe es Ihnen immer noch nicht«, erkläre ich, dieses Mal sanfter.

Sie stößt ein leises Lachen aus. »Wir werden Bens Testament nicht länger anfechten. Das Boot gehört Ihnen, genauso wie die Dinge in dem Lagerraum, die er Ihnen hinterlassen hat.« Ihre Stimme bricht. »Sie haben ihn glücklich gemacht, so lange, wie es ihm möglich war, und dafür … nun, ich kann Sie nicht hassen. Und glauben Sie mir, ich habe es versucht. Danke.«

»Danke, dass Sie ihn mit mir geteilt haben, auch wenn Sie es nicht wollten.«

»Leben Sie wohl, Anna. Passen Sie auf sich auf.«

Sie legt auf, und eine weitere Tür schließt sich. Ich glaube nicht, dass ich Bens Eltern jemals wiedersehen werde, und ich werde auch nicht sein Grab besuchen, denn für mich liegt er nicht unter der Erde, sondern wohnt für immer in meinem Herzen.

Das beschwipste Hochgefühl ist verschwunden, als ich ins Beiboot steige und mich an der Küste entlang auf den Weg zu dem abgeschiedenen Strand in der Scotland Bay mache, auf dem Ben und ich heiraten wollten. Queenie springt an Land, und ich ziehe das Boot auf den Strand, damit es nicht abtreibt.

Der Sand unter meinen Füßen ist weich, und ich halte den Karton mit den Fotos von Bens alter Polaroidkamera, der getrockneten Hibiskusblüte von unserer ersten Verabredung, dem kleinen Stapel anrüchiger Liebesbriefe und dem Abschiedsbrief umfasst.

Mit bloßen Händen grabe ich ein Loch und lege den Karton zusammen mit Bens Kartenbuch hinein. Ich muss ein neues kaufen, aber ich folge ab jetzt meiner eigenen Route.

Schließlich entzünde ich ein Streichholz.

Die Polaroids knacken leise, als sie verbrennen. Winzige Feuerwerke, um das zu betrauern, was vielleicht gewesen wäre.

Winzige Feuerwerke, um das Leben eines Menschen zu feiern, den ich einst geliebt habe. Eines Menschen, den ich immer lieben werde.

Ich setze mich neben das Feuer – wo sich der Mensch, der ich war, und der, der ich jetzt bin, wie zwei Linien kreuzen –, bis nur noch Asche übrig ist.

Anschließend vergrabe ich die Überreste.

Während ich das Beiboot zurück ins Wasser schiebe, piept mein Handy plötzlich mehrmals hintereinander. Ich halte inne und mache mich auf das Schlimmste gefasst. Mom musste in die Notaufnahme. Rachel hatte einen Autounfall. Etwas ist mit Maisie passiert.

Stattdessen ist das Display voller neuer Textnachrichten.

Ich will dich.

Ich brauche dich.

Ich vermisse dich.

Ich liebe dich.

Ich komme nach Hause.

Ein Zustand der Zufriedenheit und Gnade

Als ich am nächsten Morgen ein wenig verkatert an Deck steige und erst mal blinzelnd im hellen Sonnenschein stehe, entdecke ich Keane Sullivan am Kai neben dem Heck des Bootes. Er sieht mit müden Augen zu mir hoch, und sein Bart wuchert unkontrolliert, aber der Kampf gegen den Impuls, ihm zuzulächeln, ist wie der Kampf gegen eine Welle. Unsere Blicke treffen sich, wir lächeln beide, und mein Herz macht einen Freudensprung.

Oh Gott, wie sehr ich diesen Mann liebe.

»*State of Grace.*« Er deutet auf die Worte auf dem Heckspiegel. »Ein wunderschöner und sehr passender Name für dein Boot.«

»*Unser* Boot«, korrigiere ich, während er an Bord kommt und Queenie hochhebt, die vor Freude am ganzen Körper zittert. Ich weiß genau, wie sie sich fühlt. Sie leckt ihm übers

Kinn und springt aus seinen Armen. »Solltest du nicht auf dem Weg nach Antigua sein?«

»Ja, sollte ich. Aber nach dem letzten Rennen habe ich den Flug gebucht.«

»Wie war die Regatta?«

»Genauso wie erhofft.« Er stößt die Luft aus. »Es war genial, Anna. Ich war in Höchstform. Als wäre der Unfall nie passiert. Aber … es war nicht genug. Ich meine, wenn du nicht am Ziel stehst und auf mich wartest, welchen verdammten Sinn hat das dann alles?«

Ich überwinde die letzten Zentimeter zwischen uns und küsse ihn innig. Bevor ich mich von ihm lösen kann, gleiten seine Hände über mein Gesicht und in meine Haare. Sein Mund bittet um Verzeihung, und ich gewähre sie ihm. Er flüstert, dass er mich liebt, und ich flüstere zurück, und wir küssen uns, bis wir kaum noch Luft bekommen. Wir legen lächelnd unsere Stirnen aneinander.

»Und was jetzt?«, frage ich.

»Ich habe mit meinem Freund aus Florida gesprochen, der wollte, dass ich für das US-Team arbeite, und er hat mir eine Stelle als Segel-Instruktor für Leute mit Behinderungen angeboten«, erwidert Keane. »Und Jackson Kemp hat versprochen, Geld beizusteuern, sobald wir unsere Non-Profit-Organisation auf die Beine gestellt haben.«

»Wirklich?«

»Es hat wohl damit zu tun, dass ihn jemand auf St. Barts Arschloch genannt hat.«

Ich lache. »Ich hatte keine Ahnung, dass das Akquirieren von Spenden so einfach ist.«

»Aber für den Moment, Anna«, fährt er fort, »möchte ich eine Weile nicht mehr irgendetwas hinterherrennen, sondern einfach nur segeln. Egal wohin, Hauptsache, ich bin mit dir zusammen.«

»Das klingt sehr gut.« Ich steige hinunter in die Kabine, und Keane folgt mir. »Du solltest wissen, dass ich einiges gelernt habe, während du fort warst.«

Ich ziehe ihm das T-Shirt über den Kopf, und er erschaudert, als meine Finger seitlich über seinen Oberkörper gleiten. »Erstens: Schwimmen mit Meeresschildkröten ist eines der schönsten Dinge, die ich jemals in meinem Leben gemacht habe.«

Er öffnet die Knöpfe meines Oberteils und küsst mein Schlüsselbein. »Schildkröten. Okay.«

»Zweitens …« Ich lasse meine Shorts auf den Boden fallen. »Der Austausch einer Wasserpumpe ist einfacher als gedacht.«

»Ich werde mir alle weiteren Fragen zu diesem Punkt für später merken«, erklärt er und hakt seine Finger in den Bund meines Bikinihöschens.

»Und drittens. Ich kann auch ohne dich leben.«

»Ich, ähm …« Er lässt die Hände sinken, fährt sich mit den Fingern durch das Haar und runzelt verwirrt die Stirn. »Ich weiß ehrlich gesagt nicht, was ich darauf sagen soll.«

»Du musst gar nichts sagen, denn es gibt noch ein Viertens: Ich will es nie wieder tun müssen.« Ich greife nach seinem

Hosenbund. »Also, das nächste Mal, wenn du mich verlässt, Keane Sullivan, hast du am besten schon mal das Rückflugticket in der Hand.«

Einige Tage später verlassen wir Chaguaramas mit Motorkraft und machen uns auf den Weg nach Norden. Die ganze Inselwelt der Karibik liegt vor uns. Ich hisse das Großsegel, während Keane einen Blick in unser neues Kartenbuch wirft. »Wo würdest du gerne hinsegeln?«

Wir haben auf dem Weg in den Süden einige Inseln ausgelassen, die ich gerne besuchen würde, wie etwa Mayreau, Saba, Nevis und Tortola. Wir könnten aber auch an die Orte zurückkehren, an denen es uns am besten gefallen hat. Oder wir machen beides. Wir haben keine Termine. Keinen Zeitplan.

Ich trete in die Plicht und setze mich neben Keane auf die Bank. Queenie klettert auf meinen Schoß. Im Grunde ist das Ziel egal. »Entscheide du.«

Keane überlegt, dann breitet sich ein derart verschmitztes Grinsen auf seinem Gesicht aus, dass ich mich frage, ob ich gerade einen Pakt mit dem Teufel geschlossen habe.

»Sag mal, Anna«, meint er, setzt die Sonnenbrille auf und korrigiert den Kurs. »Was hältst du davon, nach Irland zu segeln?«

Danksagung

Mentoren sagen einem immer wieder, dass man ein Buch schreiben soll, das man selbst gerne lesen würde. Für mich war das hier der Fall. Ich habe vor acht Jahren mit der Arbeit an diesem Buch begonnen, also sind im Laufe der Zeit viele Menschen zusammengekommen, bei denen ich mich bedanken möchte.

Der Letzte, den ich in meinen Danksagungen erwähne, ist normalerweise mein Mann Phil, doch sein Segelwissen findet sich auf jeder einzelnen Seite wieder, also muss er dieses Mal der Erste sein. Danke, dass du meine endlosen Fragen beantwortet hast und nicht zu entsetzt warst, wenn meine Figuren eine schlechte Entscheidung trafen. Es tut mir leid, dass ich deinen Kurzauftritt im Buch gestrichen habe, aber du bleibst trotzdem für immer mein Star.

Ich bin so dankbar, Kate Testerman als Agentin gewonnen zu haben. Ihr Glaube an diese Geschichte geriet kein einziges Mal ins Wanken. Mehr als einmal hat sie mich aufgehoben, mir den Staub von den Kleidern geklopft und sich anschließend auf die Suche nach der allerbesten Herausgeberin gemacht.

Vicki Lame in dieser Rolle war wie ein Lotteriegewinn. Ich wusste, dass Anna und Keane bei ihr in guten Händen sein würden – und so war es auch. Es war eine unglaubliche Erfahrung. Danke, Vicki.

Natürlich waren alle bei St. Martin's Griffin wunderbar, vor allem Jennie Conway, Kaitlin Severini, Chrisinda Lynch, Cathy Turiano, Marissa Sangiacomo, Naureen Nashid, Meghan Harrington, Marta Fleming, Kerry Nordling und das ganze Kreativteam. Ich danke euch allen für eure Hingabe, dieses Buch in die Welt zu entlassen.

Adam Finnieston und Elizabeth Pla von Prosthetic Orthotic Designs Inc. haben meine unzähligen Fragen zum Thema Prothesen und ihrer Pflege beantwortet, und sämtliche Fehler diesbezüglich gehen auf mein Konto.

Ich weiß nicht, wo ich ohne meine Kritikerinnen Suzanne Young und Cristin Bishara wäre. Sie sind wie die zwei Seiten einer Münze. Suzanne ist meine größte Cheerleaderin, während Cristin stets meint: »Ja, schon, aber was, wenn …« Und ich bin so glücklich, sie beide zu haben.

Ich habe außerdem das Glück, einige talentierte Autorinnen zu meinen Freundinnen zu zählen, deren Meinungen unbezahlbar waren, darunter Kirsty Eagar, Annie Gaughen, Kelly Jensen, Miranda Kenneally, Elisa Ludwig, Amanda Morgan, Wendy Mills und Veronica Rossi. Ich danke euch allen, nicht nur für eure Zeit, sondern auch für eure Freundschaft.

Es ist nicht übertrieben zu sagen, dass ich in den letzten sechs Jahren eine *Tonne* Testleser hatte: Carla Black (ja, sie wurde nach dir benannt), Taylor Cote, Christina Franke, Anna Hutchinson, Cee Jay Maxwell, Sarah Moon, Pam O'Neal, Marissa Davis-Orban, Ginger Phillips, Stephanie Pierce, Grace Radford, Jessica Sheehan, Andrea Soule und Gail Yates (du hast das Vorrecht). Falls ich jemanden vergessen habe, dann nicht mit Absicht. Ich danke euch allen.

Die Gespräche mit Dave Welch über seine Alberg 30 mit dem Namen Four Gulls waren eigentlich nur für Recherchezwecke gedacht, doch seine Begeisterung war so ansteckend, dass wir uns auch eine gekauft haben. Danke, Dave.

Terry Igo hat mir jede Menge Fragen über Testamente, Eigentum und Treuhandfonds beantwortet, und auch wenn das meiste davon nicht im Buch gelandet ist, hat er keine Mühen gescheut, und dafür bin ich ihm dankbar.

Es ist unmöglich, alle Menschen aufzuzählen, die wir auf den verschiedensten Inseln kennengelernt haben und die auf große oder kleine Weise zu dieser Geschichte beigetragen haben. Alles Liebe und ein besonderer Dank an Shelley und Phillip vom Little Cocoa in Grenada, Njomo in der Salt Whistle Bay, Mayreau, und Andrea und LaVon in Les Anses d'Arlet, Martinique.

Und schließlich: Danke an Caroline, Scott, Mom und Jack, weil sie mir zuhören (oder zumindest so tun), wenn ich mal wieder über imaginäre Leute schwadroniere. Ihr seid die Besten, und ich liebe euch alle.